浙江理工大学基本科研业务费青年创新专项项目（项目编号：22086230-Y）

明清戏曲的文体互渗现象研究

李碧 著

ZHEJIANG UNIVERSITY PRESS
浙江大学出版社
·杭州·

目　录

第一章　明代词曲的同源性及其研究价值

"诗一变为词，词一变为曲"，词与曲文体相近，但又"别是一家"，两种文体的独立研究已较为深入，二者之间的互渗与融通正成为学界研究的新焦点。明代是词、曲发展的重要转折期，词体走向衰落，戏曲步入巅峰，文体发展的消长直接影响到整个明代文学的文本生成、创作观念，甚至是文坛格局。当前有关明代词、曲互渗以及相关文学问题的海外研究很少，只有日本学者冈崎由美《明杂剧〈苏门啸〉的叙事模式》(2018)一文中涉及明代戏曲创作对其他文体的吸收与化用，以此形成新的叙事模式，但仅为个案研究，未能上升到文体学的宏观视角，在此备为一说。国内研究成果主要聚焦于三个层面。

一是词曲之别研究。20世纪初，王易《词曲史·明义篇》(1934)首度论及词曲之意义及其分界，以大量例证力破"词为诗之余，曲为词之余"之说，提出"文体流变，各辟疆宇，无所谓余"，数十年来，词、曲两种文体在各自研究领域均成果丰硕。近年来，关注到"词曲之别"的研究成果主要有张仲谋《明词史》(2002)第五章第五节选取了《牡丹亭》中的四首词，从文本赏析的角度进行解读，意在论证汤显祖在戏曲创作过程中通过填词来展现其才情，后在其文章《〈全明词〉采录作品考源》(2005)亦援用相近材料进行佐证;张若兰《明代中后期词坛研究》(2010)下编第四章从词曲之别、词之曲化和曲之词化三个范畴探讨明代词、曲关系,同时也略涉及明传奇首出词牌的运用和对唐宋旧词的引用情况;郑海涛《明代词曲创作择用牌调比较研究——以〈全明词〉、〈全明词〉补编、〈全明散曲〉为中心》(2015)对明人词调和散曲曲调进行了数据统计,得出"北曲创作以宋元为圭臬、南曲创作为明代散曲最值得肯定的畛域"的判断;裴喆《论明清之际的词曲之辨》(2012)以云间词派为中心,认为清词复兴是明代俗文学复兴的余续,与明代词体大量融入俗文学作品有着密切关系。

二是词曲互动研究。词曲有别,亦有互渗。进入 21 世纪,研究视角逐渐转向了持"词之曲化"或"曲之词化"立场审视词曲互动关系的研究,成果主要有叶晔《论古典小说、戏曲中的词"别是一家"》(2015)从宏观视角探讨词体在衰落之际,如何在戏曲和小说中"渐入佳境";汪超《"以词为曲"论》(2018)立足曲体演变的轨迹,讨论词体与其交织和介入的方式、过程与风貌,认为明代传奇剧曲创作涵盖"填词入曲"和"词家语"两种词体介入方式,南曲创作则体现出"类词化"的倾向;胡元翎《词曲统观视角下明代词曲互动研究》(2019)从《草堂诗余》的典范性入手,将明词的时曲化分为两个阶段、《依时曲入歌——"明词曲化"表现方式之一》(2016)从词的音乐性角度呈现明人的"词曲同观"意识;徐子方《明杂剧曲体论》(2012)关注了明代南北曲演化过程中,因迎合舞台选择而发生的体制上的变化,包括词体的运用等;龚宗杰《明代戏曲中的词作研究》(2013),针对明代戏曲中的词进行了定量和定性的分析,并分别从戏曲和词的视角切入探讨,主要聚焦于词在戏曲结构中的多重功能,以及明代戏曲中词的文学性等。

三是个案研究。该领域的研究成果有汪超《明代戏曲中的词作初探——以毛晋〈六十种曲〉所收传奇为中心》(2011)以《六十种曲》为例,专论明中期传奇文本中词作之著作权、词牌的运用、语体的色彩、叙事与再现等问题,认为戏曲与词有着天然的内部联系;胡元翎《高濂词、曲、剧之融通及其研究意义》(2017)以高濂的词、曲创作为例,着重探讨《玉簪记》的风格形成及其对联章体词的接受;王杰《施绍莘词曲互动研究》(2018)围绕施绍莘所作词、曲文本,分析其在抒情功能、交际功能与娱乐功能上的互动情况,进而总结施绍莘的词曲融通观以及词曲同源的文体相近性。

已有研究成果已经为明代词、曲的发展建立起了联系,并试图探讨两种文体间的互渗关系,具有一定的前瞻性。但该领域现有研究成果并不多,尚未形成体系化建构。个案研究的局限在于对戏曲史、词学史的辐射半径比较有限,如何突出代表作家作品在历时层面的贡献,不可避免地要与共时层面的其他作家作品进行比照,因此,全面了解明代词曲的生成与发展是十分必要的。在词曲互动研究领域的问题意识主要集中在"词之曲化"或"曲之词化"的预设上,较多地关注词与乐之间的相互影响,但这不仅仅是词与乐之间的关系问题,更重要的是词曲相合产生的艺术效果,以及这种文体互渗现象在文学史中产生的影响。

随着明代词体逐渐案头化,音乐文学的功能逐渐丧失,明词创作中种种不合律的现象开始为世人诟病。然而,值得注意的是,词的音乐性在流失过程中仍努力寻找新的寄生环境,即向曲倾斜。词曲不分是明代文人呈现出的一贯文体观念,但该意识与传世的明人词曲作品存在巨大差异,明人之于词曲的文体态度成为该领域研究的关键。词之雅化甚早,白话词为别体;曲之雅化较迟,以白话为正格。明代词体发展的过程中,词乐逐渐流失,词慢慢丧失了最初"乐府之本来面目";戏曲发展的过程中受到"雅词"影响而呈现雅化与文人化的趋势,但终究不能突破通俗性、音乐性和娱乐性的本质诉求。曲对词的继承,即师词之辞和师词之意。前者聚焦于曲中的雅言叙事、典故运用、意境铺排等;后者聚焦于题材的选择,闺怨、爱情、世情等题材的作品都倾向于撷取词中常用的意象来表达细腻丰富的情感,同时又展现出不同于传统文人词境的俗美特质,往往将俗语直接入曲,大胆描写情爱与日常生活细节,营造浅白直露的意境,呈现出个性化的色彩。

所谓"同源性",系基于词体和曲体共同的音乐文学性质,在此基础上发展演变形成了文学史上各具特色的两种文学样式;而"互渗现象"是指词、曲两种文体在牌调、语体和风格等方面相互渗透、相互融合、相互适应以赋予文本新的结构性力量,对词与曲之间的互渗关系研究成为词史和曲史研究的新视角。对词曲互渗研究的价值主要体现在两个层面:词学方面,突破"明词中衰"的研究局限,文体融合的发展模式为凋敝的词坛提供了新的发展路径,明词为其他文体的发展勃兴注入活力,同时对明词价值的阐释也将拓至其他文体样式,合而观之,并不是与宋词或清词相对比便简单得出的"中衰"之论,明词的价值更在于以文体互渗的方式极大地丰富了明代文学;曲学方面,以往对明代戏曲兴盛的论述多聚焦于戏曲文本或演出,对曲体自身的演变关注甚少,深入探讨曲体兴变过程中对词的借鉴、吸收、袭改情况,辨析散曲与剧曲生成、演化的来龙去脉,使戏曲研究能够兼顾乐感与词情。

第二章 明词在戏曲中的生成与变体

　　词体大量羼入戏曲当中正处于元杂剧式微、明传奇继起的过程中,因戏曲体式发生的变化,即戏曲文本篇幅的增加和角色添置,自报家门、角色转换间的宾白都需要填充,加之文人曲家的介入,词体成为明代戏曲创作者的广泛选择,戏曲给了词体融入的文本空间。从明代戏曲中词作的数量规模看,现存的 219 种杂剧中有 69 部运用了词作,加上曲谱中辑佚所得,明杂剧中约有 1/3 的作品选用了词作,现存的 276 种传奇及 178 种佚曲中有 235 部作品运用了词作,也就是说,有六成以上的传奇文本中有词作出现,词作数目达到 1805 首,涉及曲家 110 位(不含无名氏),所用词牌 167 种。这些词作不是按部就班地依照词谱进行创作,有些词调在戏曲中填作时发生了在单首明词中鲜见的变化,这些变化在明词变体研究领域未见深入探讨。笔者通过明代戏曲中填作最多的《鹧鸪天》《西江月》两词牌,以及其他一些少量填作的词牌进行讨论,从用韵、平仄、词调、摊破句法及衬字改换切入,由明代戏曲中词作变体情况的考察对词曲互动研究进行重新思考。

一 明词在戏曲中的生成之量化考察

明代戏曲文献较多,笔者分别考察了杂剧与传奇两种文体,文献整理结果皆以图表形式展现出来。现存明杂剧 219 种、明杂剧佚曲 19 种,共辑得明杂剧中的词作 146 首,其中宾白用词 111 首,开场词 35 首,涉及词牌 73 种、曲家 38 位。具体分布情况如下。

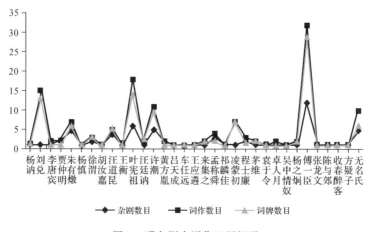

图 1 明杂剧中词作运用概况

从图 1 中可知,在杂剧作品中填词的曲家多为文人,其中不乏朱有燉、吕天成、汪道昆、叶宪祖这些在明代具有代表性的曲家,有些作家词、曲兼擅。在杂剧中运用词作最多的是傅一臣,在 12 部杂剧作品中创作了 32 首词,运用到 29 个词牌,是在明杂剧中原创词作最多的曲家;刘兑的《新编金童玉女娇红记》据元代宋梅洞的《娇红传》改编,保留了一些原作中的词,也有据原作改编的词,因此在同一部作品中出现了 30 首词之多,其中 15 首是据话本中的词改编而成,是明杂剧中改编词作最多的曲家。

明传奇的情况比杂剧复杂一些,笔者共检索了现存明传奇 276 部及佚曲 178 种,所得明代传奇中运用的词作 1805 首,涉及词牌 167 种、曲家 100 余位,将其分为明嘉靖以前、嘉靖至万历年间、万历以后三个阶段进行统计,具体使用情况如下。

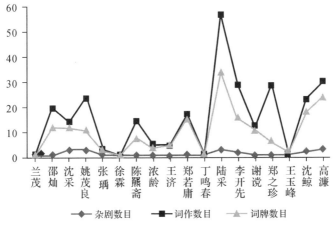

图 2　明初至嘉靖间传奇中词作运用概况

明初至嘉靖之前(1328—1520)这一阶段共涉及曲家 18 位,传奇作品 28 部,词作 288 首。值得注意的是,《乐府遗音》产生之前的约 120 年间,明传奇中对词作的使用数量不多,涉及曲家仅有兰茂、邵灿、沈采、姚茂良、张瑀 5 位,其中邵灿和姚茂良在传奇中填词较多,分别为 20 首和 24 首,选用的词牌超过 10 种;而《乐府遗音》产生之后,明传奇创作高峰来临之前的 30 余年里,在传奇作品中填词的曲家增至 14 位,词作数量达 226 首,是词体大量羼入传奇作品的过渡时期。其中最具代表性的曲家是陆采(1497—1537),其传奇作品中运用词作共计 57 首,首度尝试于《陆天池西厢记》中。

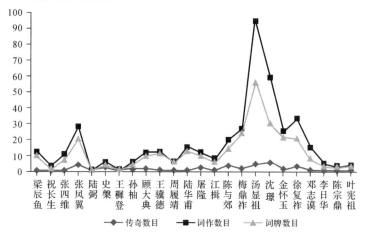

图 3　明嘉靖至万历间传奇中词作运用情况（上）

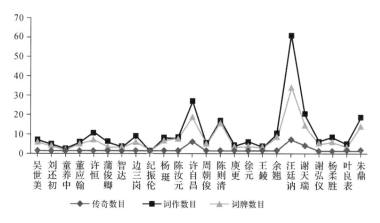

图 4　明嘉靖至万历间传奇中词作运用情况（下）

　　明嘉靖至万历间（1521—1620）是传奇创作的高峰，以词入曲的作家不下 50 位，填词数目多达 673 首，其中最具代表性的曲家是汤显祖、沈璟和汪廷讷。汤显祖（1550—1616）的 5 部传

奇作品中填词共计 95 首,使用词牌 56 种;沈璟(1553—1610)的
6 部传奇作品中填词共 59 首,使用词牌 31 种;汪廷讷(1573—
1619)的 7 部传奇作品中填词共计 61 首,使用词牌 34 种。嘉靖
以后,词在戏曲中的运用一度呈现出"主情"的回归,《小重山》、
《诉衷情》、《春光好》等抒情小令的运用逐渐增多。这一时期词
作中对前人的化用情况出现得也最多,其化用或引用的多为唐
五代词或"花间"风格,被引频率最高的是毛熙震、和凝及温庭筠
的词。

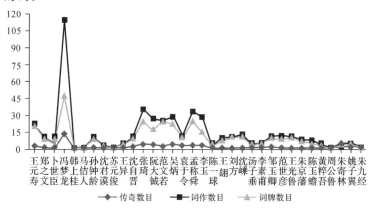

图 5　明万历后至崇祯间传奇中词作运用概况

明万历后至崇祯间(1620—1644)以词入曲的作家共计 34
位,涉及的传奇作品 74 部,填词共计 490 首,其中作词数目最多
的是冯梦龙(1574—1646)。其在冯梦龙创作及改编的 14 部传
奇中共填词 115 首,运用词牌 48 种,另有张琦、孟称舜、吴炳等
人作词数目在 30 首左右,为填词较多者,但都远不及冯梦龙。
冯梦龙是明代戏曲改本填词艺术成就最高的曲家,其改编已有
剧本过程中并未一味地援引原剧底本中的词作,而是努力创新,
有意避免雷同,甚至不惜选用生僻词牌进行填词,以避免重复,

如《东风齐着力》在宋词中仅有胡浩然填过一首,金元词中亦未见,明代戏曲中冯梦龙首度创作《东风齐着力》见于《双雄记》,后在改本张凤翼《灌园记》及毕魏《三报恩》时反复运用,其后傅一臣在杂剧《买局笑金》中效仿冯梦龙填作《东风齐着力》,至此,《东风齐着力》在明代传奇和杂剧作品中普遍可见。

此外,明代传奇作品还有一部分真正作者尚不可考的作品,包括笔名创作和未著撰者的作品,其词作不能列入上述统计图表之中,在此另作说明。以笔名创作的曲家、传奇剧目及词作数量分别为:青山高士《盐梅记》(3 首)、其沧《三社记》(7 首)、西泠长《芙蓉影》(3 首)、采芝客《鸳鸯梦》(3 首)、欣欣客《袁文正还魂记》(2 首)、清啸生《喜逢春》(4 首)、研雪子《翻西厢》(4 首)、秋郊子《飞丸记》(4 首)、硕园《还魂记》(6 首)、东山痴野《才貌缘》(12首)、昭亭有情痴《花萼楼》(6 首)。还有未著撰者的传奇作品 36部,填词共计 171 首,其中填词较多的有《西湖记》(17 首)、《连甓记》(12 首)、《霞笺记》(9 首)。明代戏曲文献较多,笔者分别考察了杂剧与传奇两种文体,文献整理结果皆以图表形式展现出来。现存明杂剧 219 种、明杂剧佚曲 19 种,共辑得明杂剧中的词作 146 首,其中宾白用词 111 首,开场词 35 首,涉及词牌 73种、曲家 38 位。

二 异部通押与平仄改换:以《鹧鸪天》为中心

《鹧鸪天》是文人最常填作的词调之一,《全宋词》共收录《鹧鸪天》703首,出现频率仅次于《浣溪沙》和《水调歌头》;①据笔者统计,《全明词》及《全明词补编》共收录《鹧鸪天》269首,明代戏曲文本中收录《鹧鸪天》213首,与《全明词》所收数量大致相当,同时也是戏曲填词中运用频率最高的词牌。

《鹧鸪天》的词体样式比较稳定:双调,五十五字,押平声韵。词谱中所列《鹧鸪天》的体式一般只定格一体,如万树《词律》只选秦观"枕上流莺和泪闻"一体:

> 枕^{可平}上流莺和^{可仄}泪闻^韵。新^{可仄}啼痕^{可仄}间旧啼痕^叶。一^{可平}春鱼^{可仄}鸟无消息^句,千^{可仄}里关山劳^{可仄}梦魂^叶。无一语^句,对芳樽^叶。安^{可仄}排肠^{可仄}断到黄昏^叶。甫^{可平}能炙^{可平}得灯儿了^句,雨^{可平}打梨花深^{可仄}闭门^叶。

《钦定词谱》则只选晏几道"彩袖殷勤捧玉钟"一体:

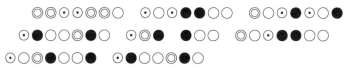

《鹧鸪天》在字数、句式上多以上述常体定格,而用韵和平仄的细节处衍生出一些变化,主要体现为异部通押和结句第三字平仄的改换。

《鹧鸪天》上下阕各三平韵,上阕第三、四句与下阕三言两句多作对偶,整首词实由两首七绝合并而成,唯有下阕换头,将第一句改为三字两句。因词的韵部比诗韵要求略宽,《鹧鸪天》填词中出现了异部通押的情况。这种现象在宋代《鹧鸪天》词中偶有出现,至明代运用频率显著增加。异部通押可以有两个、三个

---

① 参见刘尊明:《宋词的定量分析》,北京大学出版社2012年版,第118页。

或四个不同的韵部相押,明代戏曲中所填《鹧鸪天》主要集中在两部通押,偶见三部通押,未见四部通押的情况。两部通押体现在四组韵部通押,即青部与东部、微部与支部、真部与文部、萧部与尤部四种情况。例如:

> 湖海元龙气未平。相逢剧孟意方倾。百年此日看交态,千古谁人不世情。腰下剑,膝边横。男儿本自重横行。宁为紫塞千夫长,不作青衿一老生。①
>
> 布施芳名远近知。特来帘下谒慈悲。金刀落尽人间发,玉体全披上界衣。王母伴,太真仪。天风吹送下瑶池。人人有个成仙路,只在人人乐自为。②

第一首词中"平"、"倾"、"情"、"行"皆为青部字,下阕"横"、"生"为东部字;第二首词中"知"、"悲"、"仪"、"池"、"为"皆为支部字,上阕"衣"为微部字,如此两部通押的情况在明代戏曲填作的《鹧鸪天》中所占比例约为 37%(79 首),其他韵部通押的例子不再一一赘述。《鹧鸪天》异部通押的情况在《全明词》及其补编中亦有所体现,青东通押代表作家如高明、马朴等 14 位词人,作品 18 例;微支通押如瞿佑、朱有炖等 8 位词人,作品 9 例;真文通押如杨慎、马朴等 8 位词人,作品 11 例;萧尤通押如王九思、黄如兰等 4 位词人,作品 6 例。

值得注意的是,异部通押不是任意两种韵部皆可通押,如寒部、元部、鱼部等在《鹧鸪天》中常被采用的韵部则比较稳定,一般不会出现通押的情况。对于异部通押的原因,除填词的韵律

---

① 沈璟:《义侠记》,《古本戏曲丛刊初集》(下简称《初集》),商务印书馆 1954 年版,第 10 函,第 8 册,第 33a 页。

② 郑之珍:《目连救母劝善记》,《初集》,第 8 函,第 8 册,第 12b 页。

要求比诗律稍宽以外，与填词者自身所持的方言发音位置也有一定关联。魏慧斌在《宋词用韵研究》中曾论及"萧尤通押"："萧豪部与尤侯部通押也是宋词韵的普遍特点，萧豪部与尤侯部主元音发音部位和高低相似，在现代汉语方言中多数音色相近。"①据笔者统计，明代曲家青东通押和微齐通押的主要为浙江词人，其中松江、昆山曲家较多；萧尤通押的主要为江西词人；真文通押的作品数目不多，涉及作家地域有安徽、江西、浙江等，未见明显倾向性。

对于《鹧鸪天》平仄的改换，《钦定词谱》中言："（下阕结句）第三字从无用仄声者，不可泛用上、去声。"②然而，万历十一年（1583）陈耀文所编《花草粹编》中收录了赵介之词"杜宇一声断肠人"和无名氏词"图得不知郎去时"③，二者用"一"、"不"这样同时具备平声和仄声的字在《鹧鸪天》下阕第五句第三字的位置替代平声字。《花草粹编》问世之前，明代戏曲中所填《鹧鸪天》尚未见到此处平仄不合词谱的情况，但问世之后，曲家受到了本书中对《鹧鸪天》平仄改换的影响。欣欣客（生卒年不详）在《袁文正还魂记》中所填《鹧鸪天》：

> 映雪囊萤习圣经，胸藏星斗暂埋名。文林霭霭千机锦，□扫昂昂万镒金。呈宝剑，抚瑶琴。子期去后少知音。试看功名如拾芥，管教一跃过龙门。

> 遇酒当樽酒满斝，一觞一曲乐天真。三杯五盏陶情性，对月临风自赏心。摆列处，□□□。歌声嘹唳遏行云。春

①　魏慧斌：《宋词用韵研究》，陕西人民教育出版社2009年版，第99页。魏氏还统计了不同方言韵例：江西词人31例，江浙词人29例，中原词人14例。

②　王奕清：《钦定词谱》，中国书店出版社2015年版，第328页。

③　陈耀文：《花草粹编》，河北大学出版社2007年版，上册，第54、132页。

风满席知因乐。一曲教君侧耳听。①

下阕第五句第三字采用了兼具平、仄声的"一"、"教"来代平声,此外其他曲家还有用"和"、"几"等平仄兼具的字在《鹧鸪天》中用来代平声字的情况,不一一列举。杂剧中《鹧鸪天》平仄的变化运用首见于黄方胤的《倚门》、《督妓》两部作品,亦在《花草粹编》产生之后。其后还有曲家索性在此处直接用仄声来填,此句格律变为⊙●●○○●○,如"千载令人说太真"②、"惟愿武王式九围"③等。在前文统计的200余首《鹧鸪天》中,《花草粹编》出现之后,戏曲中填作的《鹧鸪天》约130首,用平仄兼具代平声或直接改为仄声的词有16首,超出了1/10的比重。《花草粹编》为明代规模较大的一部词选,在清代词家眼中常被批判为"淆杂",正因其选词来源广泛,也收录到了小说、戏曲中的填词,如《清平山堂话本·姚卞吊诸葛》中的《念奴娇》(小舟横楫)、《西厢记诸宫调》中的《哨遍》等,《蕙风词话》考证:"董词(《哨遍》)仅见《花草粹编》,它书概未之载。"④笔者认为,《花草粹编》因收录戏曲、小说中的填词而不同于其他词选,在流传过程中引起了戏曲创作者的注意。张仲谋曾言:"(《花草粹编》)从其作品的选录与编排体例诸多方面,都可以看出编者对资料出处的重视,同时也可以看出他对词的技术与艺术细节的淡漠。"⑤正因如此,陈耀

---

① 欣欣客:《袁文正还魂记》,《古本戏曲丛刊二集》(下简称《二集》),国家图书馆出版社2016年版,第1册,第13a页。

② 程士廉:《幸上苑帝妃春游》,《古名家杂剧》,商务印书馆1957年版,下卷,第1b页。

③ 陆华甫:《双凤齐鸣记》,《二集》,第12册,第27a页。

④ 况周颐:《蕙风词话》,《词话丛编》,中华书局1986年版,第5册,第4460页。

⑤ 张仲谋:《文献价值与选本价值的悖离》,《文学遗产》2012年第2期,第109页。

文将平仄替代的情况也收入《花草粹编》之中是合情合理的,他没有预料到的是,这样的收录起到了无心插柳的效果,曲家在戏曲填词中有意识地运用了这种手法。清人编纂词谱时只注意到《花草粹编》的收录,没有观察到这部作品对戏曲填词产生的影响,而仍旧认为《鹧鸪天》下阕第五句第三字"不可泛用上、去声"。事实上,在清人以前、明万历以后的戏曲填词中,此处上、去声已经泛化了。这种上、去声泛化的变化在戏曲中体现得较为明显,《全明词》及其补编中仅朱曾省"卢汀雁梦初翻覆"①中直接用仄声来填词。可见,《花草粹编》的收录对戏曲中的《鹧鸪天》填词影响较大,而对明代单首词的创作影响甚微。

　　《乐府指迷》对词体用韵的要求是"押韵不必尽有出处,但绝不可杜撰。若只用出处押韵,却恐窒塞。"②明词在承袭唐宋词用韵方法的基础上,也进行了一定的拓展和变化,使填词的灵活性大大增强。如《鹧鸪天》一样,戏曲中其他填词出现异部通押和平仄改换的情况也比较多,主要特点是:一是用韵不限于平声韵,除整首押平声韵或仄声韵外,有的先押平声再转仄声,也有一首词中平仄通叶韵;二是词中转韵多采用异部通押的形式,两部、三部、四部通押皆有,转韵或与词调有关、或与方言发音有关,甚至与词之声情相关;三是同一韵摄内部通押的情况占多数,虽不在同一韵部,但韵尾相同或相近,常常从宽通押;四是异部通押与平仄改换不限于词的篇幅,小令与慢词中皆有所体现。至于每一种词调用韵与平仄发生变化的来源,则应根据词调的具体情况具体分析。

---

　　① 饶宗颐、张璋:《全明词》,第5册,第2519页。
　　② 沈义父:《乐府指迷》,《词话丛编》,第1册,第280页。

三 变双调为单调:以《西江月》为中心

明代戏曲中的词牌出现频率仅次于《鹧鸪天》的便是《西江月》,现存明杂剧和传奇中共收录了明代曲家填作《西江月》192首。值得注意的是,《西江月》在词谱中均列为双调,《全明词》及其补编中所收明代的《西江月》亦为双调,明代戏曲文本中则多处出现单调《西江月》,那么,变双调为单调还是不是《西江月》?曲家缘何会在创作中产生这样的变化呢?

从《西江月》的格律来看,《词律》以史达祖"裙折绿罗芳草"为正体,《钦定词谱》以柳永"凤额绣帘高卷"为正体,二者皆为6676/6676句式,双调五十字,两平韵,一叶韵;《词律》中另列吴文英"枝袅一痕雪在"、赵以仁"夜半沙痕依约"两变体,前者用韵发生变化,后者句式变为66755/66755,《钦定词谱》中收四种变体,两种与《词律》同,另两种一为苏轼"点点楼头细雨",用两叶韵,一为欧阳炯"月映长江秋水",用两平韵、两仄韵。可见,已有的《西江月》变体主要集中在用韵及句式上,而句式变化过程中依然保持上下阕同步的结构,也就是说,如果拆解掉其中的上阕或下阕,仍然可以体现出《西江月》填词句法结构的全貌。明代戏曲中的单调《西江月》句式结构主要有6676和66755两种,前者如谢天瑞:"昨夜灯花连爆,今朝喜鹊频喧。两般佳兆喜相传,吉梦何时得见。"①后者如沈受先"搬演严州商辂,其父府学生员。

---

① 谢天瑞:《刘智远白兔记》,《初集》,第2函,第4册,第26b页。本剧为谢天瑞增订元人《白兔记》之作,此首《西江月》为谢天瑞原创。

嫡母秦氏守居孀,立志魁三榜,衣锦早还乡。"①此外,江楺所填单调《西江月》:"误入空门披剃,一心望结弥陀。神女高唐有约,汉津织女抛梭。可怜芳态女娇娥,日守山房独坐。"②将句式更为666676,有将《浣溪沙》和《西江月》结合的意味,属于个案。

　　《西江月》的格律与诗体十分接近,在戏曲中的填词还一定程度上借鉴了联章体的创作范式。联章体主要是以并列的方式来扩张内容,以一组诗或词写同一件相关的事,宋词联章中就有普通联章、鼓子词、转踏、大曲、法曲五种主要形式,普通联章又可同调次韵、同调异韵、同题异调,同时也可突破篇幅和字数的限制。明代戏曲中的联章体《西江月》将每一个单调作为联章的基本单位,单调与单调之间几近相同,系以同调不同词重复演奏。将每一个单调作为填词意义的划分,根据剧情的需要,灵活填制,单、双调皆采,词与词之间不完全是相邻出现,中间偶有穿插其他剧情或乐曲,而一组联章间所叙事和描绘的意境保持不变。如姚茂良(约成化间在世)《双忠记》中的一组填词:

西江月

　　凤髓龙肝鱼尾,豹胎熊掌驼蹄。猩唇美味鹅胸肥。此是诸般珍珠。

……

前调

　　玉碗分来琥珀,小槽压出珍珠。松花竹叶两相宜。此时及时当醉。

---

① 沈受先:《商辂三元记》,《初集》,第 4 函,第 1 册,第 7a 页。

② 江楺:《芙蓉记》,《古本戏曲丛刊五集》,国家图书馆出版社 2016 年版,第 2 册,第 14a 页。

......

前调

金缕歌声高绕，红牙象板轻敲。银丝拨动紫檀箫。玉管银筝合调。黄鸟白鸠对舞，彩鸾凤凰音娇。霓裳一曲羽衣飘。樱桃樊素口，杨柳小蛮腰。[①]

剧中描写宴会场面时，对桌上山珍海味的描绘以一首单调《西江月》来展现，中间穿插觥筹交错的场景，再描写推杯换盏时的情形便是依照前调《西江月》又填了一首单调，最后在展现歌舞表演时填了一首双调，且与第一首《西江月》同调。后两首词均标有"前调"字样，而非"前腔"，证明仍是词体范畴内的《西江月》，而非曲中《西江月》。此类情况并非孤例，在《范睢绨袍记》、《荔镜记》、《二奇缘》等传奇作品及杂剧《三义成姻》中皆有参照上述创作手法填制单调《西江月》。

由此，笔者认为，明代戏曲填词中出现的单调《西江月》在词律上基本遵从《西江月》进行创作，之所以将双调改为单调，出于以下几方面的考虑：一是词调风格所决定。《西江月》所用宫调一为中吕宫，一为道调宫，前者属平声羽七调，风格为"高下闪赚"，即高低起伏、变化多端；后者与道乐联系紧密，原为太常曲，飘逸清幽。单调《西江月》皆为中吕宫，风格欢快，通俗易懂，表演过程中不宜太过拖沓，单调更显简单利落。二是避免重复，没有审美疲劳。戏曲中的填词不似单首词创作，词作为戏曲的一部分呈现给观众时，要充分考虑到受众的审美，同一宫调反复出现或相近的唱词反复吟唱，都会引起观众的审美疲劳，难以吸引观众，曲家变双调为单调的过程中有意识地将冗长的部分略去，

---

① 姚茂良：《张巡许远双忠记》，《初集》，第 4 函，第 6 册，第 5a 页。

使故事情节更为紧凑,能够吸引观众的注意力。三是《西江月》结构的稳定性。《西江月》上下阕为平行结构,多数双调词牌下阕需要换头,而《西江月》只需简单过片,即在意境上相连即可,无需在句式上作出变化,当其出现在戏曲故事中,尤其是起到单纯的叙事性作用时,如自报家门或宾白叙事,过片就显得不那么必要了,曲家可用单调《西江月》便能将所述内容表达完整,不必再进行赘述,这样既保持着《西江月》句法上的基本面貌,同时又避免了词作冗长。四是部分单调《西江月》以联章体形式进行创作,填制规则灵活。曲家以同调不同词的方式创作一组《西江月》,单、双调皆采,整组联章展现的是连续性的故事情节或同一剧中场景,起到铺排叙事的效果,形式也较为规整,节奏感强。

　　单调《西江月》的创作首见于姚茂良,其后相继效仿此种填法的明代曲家共计 11 位,填作单调《西江月》20 余首。从其创作动机、影响因素、词体的尊体意识来看,单调《西江月》应为《西江月》之又一体。

　　明代戏曲填词中双调变单调的创作以《西江月》最为典型,此外还有一些词牌出现双调变单调的情况,因出现频率较低,其变换调式的原因较难一一探寻,这些词牌如下。

词牌	作者	出处
临江仙(绿暗芳洲春已去)	金怀玉	《望云记》
临江仙(万古伤心系一时)	汪廷讷	《种玉记》
临江仙(夫寓招提寒暑隔)	汪廷讷	《三祝记》
临江仙(燕子飞来归画栋)	张琦	《明月环》
临江仙(卧龙人在烟霞里)	无名氏	《草庐记》
蝶恋花(秋去冬来芳草路)	郑之文	《旗亭记》

续表

词牌	作者	出处
蝶恋花(谁向椒盘簪彩胜)	张琦	《诗赋盟》
蝶恋花(春未来时先借问)	张琦	《诗赋盟》
踏莎行(镜里看花)	汪廷讷	《彩舟记》
踏莎行(闷积如山)	无名氏	《四贤记》
卜算子(胸中千种愁)	陈与郊	《樱桃梦》
卜算子(身在凄凉里)	采芝客	《鸳鸯梦》
满庭芳(歌院双莺)	袁于令	《双莺传》
醉蓬莱(海榴经雨后)	陈罴斋	《姜诗跃鲤记》
水龙吟(尝闻先哲遗言)	王穉登	《全德记》
一剪梅(宋玉墙头杏子花)	陈与郊	《鹦鹉洲》
满江红(迟日烘烟)	汤显祖	《紫箫记》
百字令(幽窗客里)	汤显祖	《紫箫记》
武陵春(人道功名良可喜)	金怀玉	《望云记》
少年游(疏梅尚自带残英)	叶宪祖	《鸾篦记》
柳梢青(遣闷寻欢)	冯梦龙	《新灌园》
清平乐(浪游何地)	沈自晋	《翠屏山》
回文木兰花(梦莺忘却春春送)	沈嵊	《绾春园》
菩萨蛮(朝阳满殿谁清论)	范世彦	《磨忠记》

需要说明的是,首先,在双调变单调的创作中,曲家选取的多是通俗易懂、结构稳定的词牌,鲜少使用生僻词牌。包含《西江月》在内,《临江仙》、《蝶恋花》、《踏莎行》、《卜算子》皆为上下阕平行结构,换阕时无需换头,上下阕通押两韵、三韵或四韵,且

多为唐代教坊所传,观众甚为熟悉。因此在剧情铺排过程中,将其改换为单调,一则不影响词章的基本格律;二则使得叙事更加简洁明快;三则如此改换,观众也不会觉得十分陌生。其次,双调变单调的词作并非局限于平行结构的词牌,其他词牌也有曲家偶尔尝试,甚至涉及长调慢词,尽管这些尝试在明代戏曲作品中尚未形成一定规模,也没有固定规律可循,但可以明确的是,这种双调换单调的填词方式已经被明代曲家广泛接受,双调变单调的创作在明杂剧与传奇中皆有体现,创作时间上贯穿了明代始终。再次,有些词作虽然以单调出现,但在曲家眼中依然是半首词,如《蝶恋花前》即只填《蝶恋花》上阕,再如《木兰花半》、《半个西江月》等,这些词作尚不能归为双调变单调之作,亦暂不能列入变体的范畴。

四　摊破句法与衬字的改换

除上述《鹧鸪天》和《西江月》两个高频词牌产生破体之变以外,其他词牌虽作品数目不及前两种,但不同词牌之间横向也产生了一些变体共识,主要体现为摊破句法和衬字的改换。摊破句法又分为单句中增删字和词中删句两种情况。前者如来集之(1604—1683)在《铁氏女》中运用《昭君怨》和《眼儿媚》两个词牌,均以添字的方式填之:

添字昭君怨

燕子瞥来何处。衔到落花飞絮。故园回首路茫茫。断柔肠。挨过无情春色。漫道迷魂招得。风吹金锁夜凉多。欲如何。

添字眼儿媚

闲花寂寞锁庭幽。零落栖迟又几秋。不卷珠帘,怕添香篆,一任春休。花约露珠添我泪,柳遮月色替人羞。父是丈夫,姊为奇女,妾岂奴流。①

《昭君怨》为双调四十字,上下阕各四句,两平、两仄韵,谱内可平可仄,以万俟咏《昭君怨》(春到南楼雪尽)为正体,蔡伸、周紫芝等人作又一体。在《昭君怨》的正体和变体填词中,上下阕第三句均为五字句,此处来集之将这两句都添为七字句。同样,《眼儿媚》为双调四十八字,上阕三平韵,下阕两平韵,以王雱的《眼儿媚》(杨柳丝丝弄轻柔)为正体,另有朱淑真等人作又一体。《眼儿媚》的正体和变体填词中,上、下阕第二句均为五字句,此处来集之亦将其添为七字句。戏曲中的词多有添字的情况,有的是曲家无意识增添,但如来集之这样,填词时已意识到不合词格,并在词牌上明确为"添字"所作,便另当别论了。

后者如徐渭(1521—1593)《女状元辞凰得凤》中的《江城子》:"依稀犹记妪和翁。珠在掌,您怜侬。一自双榆、零落五更风。撇下海棠谁是主,杜鹃红。生来错习女儿工。论才学,好攀龙。管取佳名、金榜领诸公。若问洞房花烛事,依旧在,可从容。"②这首词仿苏轼《江城子》(凤凰山下雨初晴)而作,苏词一体本为双调七十字,上下阕各七句五平韵,词谱为:

---

① 来集之:《铁氏女》,《傅惜华藏古典戏曲珍本丛刊》,学苑出版社 2010 年版,第 17 册,第 1a—1b 页。

② 徐渭:《女状元辞凰得凤》,《盛明杂剧初集》,诵芬堂 1928 年版,卷八,第 1a—1b 页。

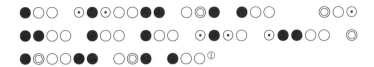

徐渭将上阕变为六句,苏词上阕最后两句为"如有意,慕娉婷",徐词删减为"杜鹃红"一句,同时上阕也少了一个平韵句,徐渭又将下阕也改为四平韵,保持前后一致,但下阕并未删句。无独有偶,徐渭《歌代啸》中所填《临江仙》也是摊破句法而作,其词曰:"谩说矫时励俗,休牵往圣前贤。屈伸何必问青天。未须磨慧剑,且去饮狂泉。世界原称缺陷,人情自古刁钻。探来俗语演新编。凭他颠倒事,直付等闲看。"[2]这一词牌以和凝的《临江仙》(海棠香老春江晚)为正体,双调五十四字,上下阕各四句三平韵。张泌将其添为五十八字,上下阕各五句三平韵,徐渭词较张词上下阕第一、二句减一字,使第一、二句均为六字句,上下阕结尾两句添一字,由四字、五字变为两个五字句。值得注意的是,清代有人并不认同添字做法为又一体,如《词律》云:"《词统》等书收《添字昭君怨》,于第三句上添两字,乃出汤义仍《牡丹亭》传奇者。查唐、宋、金、元,未有此体,不宜载入。"[3]由前文可知,《添字昭君怨》并非《牡丹亭》孤例,其他戏曲作品中在在有之,《词律》所言唐、宋、金、元未见,并不能代表明代未见,《全明词》及其补编中亦可见数例。也就是说,无论是明代单首词还是戏曲填词,都已将其视作又一体。

　　词与曲的区别之一是衬字是使用,戏曲中大量使用衬字,如

---

①　王奕清:《钦定词谱》,第 69 页。

②　徐渭:《歌代啸》,南京国学图书馆 1931 年版,第 1a 页。

③　万树:《词律》卷三,上海古籍出版社 1984 年版,第 102 页。

“不提防”、“则怕是”一类的连接词，或“呵”、“啊”一类的语气词等，词体则鲜少使用衬字。明代戏曲中的词受到曲体影响，多出于配合戏曲表演需求，常见以衬字入词。如刘兑（约 1383 前后在世）在《新编金童玉女娇红记》中所填的《木兰花》：“春宵陪宴。歌罢酒阑人正倦。危坐中堂。倏见仙娥出洞房。博山香尽。素手重添银漏永。织女斜河。月白风清良呵。”[①]戏曲《娇红记》是根据宋梅洞《娇红传》改编，里面收录了大量的《娇红传》原词，这首《木兰花》也是如此，刘兑做出的唯一变化是将下阕末句减一字，依照词格，《木兰花》末句为七字句，《娇红传》中原词末句为“月白风清良夜何”，刘兑将“夜何”二字变为一个衬字“呵”，同时保留了句子的原意。杨景贤的《柳梢青》也有相似的情况：“天淡晓风明灭。白露点、苍苔败叶。端止翠园，黄云衰草，汉家陵阙。咸阳陌上行人，依旧名亲利切。改换朱颜，消磨今古，陇头残月。”[②]依照词谱来看，“依旧是、利亲名切”是合乎词格的，杨词将两句合为一句，取消了“是”字，原因是从曲家的视角来看，“是”作为仄声字，出现在停顿处，对于谱曲来讲是很难的，演唱出来也不好听。一般的处理方法是将这个衬字去掉或改换其他衬字，杨景贤此处选择了去掉衬字，合为流畅的一句。词与南北曲之共同之处便是乐句与词句相对应，主音落在韵脚上，而不同之处就在于，词基本上是一字一音，曲因其旋律繁复婉转，音多字少，因此常常引入衬字或在衬字上作出变化。这种创作技法在明代戏曲作品中逐渐渗透入词，因而词体中也出现衬字改换的情形，此类情况在明代单首词的创作中几乎未见。

---

① 刘兑：《新编金童玉女娇红记》，《初集》，第 2 函，第 10 册，第 34b 页。

② 杨景贤：《马丹阳度脱刘行首》，涵芬楼 1918 年版，第 3b—4a 页。

综上所述，明词在戏曲中的变体主要涉及用韵与平仄、词调、摊破句法与衬字改换三大类，其涉及的范围并非全部戏曲中的词作，因戏曲中的明词一直以来给人以"韵杂宫乱"的印象，并将其归咎于一些平民曲家创作时填词上无意识地错填。值得注意的是，文人介入戏曲创作之后，填词更加规范化，其间许多词作是曲家有意识地变体创作，这些作品受到词体的音乐性、戏曲的创作需求等不同因素的影响，成为不同曲家间创作的共识，由此形成变体之规。这种创作上的尝试既是明词变体的一部分，同时对明代词与戏曲间的融通都具有较高的研究价值。

小　结

"体有万殊，物无一量"，元杂剧式微、明传奇继起的过程中，词体大量羼入戏曲创作，其变体作品多考虑到剧本的文本需求或演出过程中的表演需求和观者感受，在写作手法上仍沿用词作变体的基本范式，久而久之，许多先前鲜见或未见的变体样式成为曲家创作的共识，被广泛使用，形成戏曲填词之变体的不同类型。这些破体之变因其材料驳杂、来源不一、创作背景不同等种种因素影响，往往被认为是不合词律的杂乱之作，而通过本文对明代戏曲中词作的统计与梳理，加之对变体类型及其来源所作的分析，可知这些变体之作大部分是曲家有意识的创作。词与曲的关联众议佥同，二者关系盘根错节，对传统研究启发甚巨。然而，以往研究太强调二者的文体独立性，忽略了词体演变的动态轨迹，重新审视两种文体的关联，可以澄清文学传统上的一些问题。

一是词律的遵循与创作的出入。姜夔云："予颇喜自制曲，初率意为长短句，然后协以律，故前后阕多不同。"①虽然说的是自度曲，但意在强调创作习惯上发生的改变。也就是说，从姜夔开始，文人已经出现了填词不依律的情况，并逐渐演化为一种创作习惯。南宋以后，词社渐盛，文人交游以词唱和，这些词落于案头，文人更加注重词之文本本身，音乐性式微，填词的规范性就必然被打破。明人试图为词律构建秩序，《词学筌蹄》《诗余图谱》《啸余谱》等词谱相继出现，词谱中将词牌相同、调式相异的情形一一列出，以"第一体"、"第二体"……的次序编排，其调式相异多体现在平仄不同、字数参差等方面，词谱编纂者尽量罗列多种样式，为明人填词提供依据。清人有了明确的正、变体之分，词谱方以正体下列数种"又一体"的样式呈现，变体划分的标准依然是平仄、用韵、摊破句法、减字偷声等。由此可见，明人作词时，词体本身规范较宽，变体样式多种多样，可以不遵从传统词律。

二是词与乐的配合关系。词本为配乐而唱，词体的变化也一定程度上受到音乐的影响。变体的划分原则从宏观上看，在同一词调下，因段式、用韵、句法、字数参差而产生的变化，均可归入本调之变体。从微观上，词调自身的变化还需要具体情况具体分析：有些词调只是在段式上产生变化，单调、双调、三叠或四叠，一般对乐制影响不大，倾向于归为变体之列；有些词调则是对乐制发起了冲击，如《偷声木兰花》、《转调踏莎行》等，有些词家将其归为变体，有些词谱则列为新调，尚存在争议。争议的

---

① 姜夔：《长亭怨慢·序》，夏承焘《姜白石词编年笺校》，上海古籍出版社 1981 年版，第 36 页。

根源在于音乐自身的抽象性和表演者的主观理解带来的不稳定性，不同的演唱者很难完全遵照同样的乐谱进行演唱，而是融入自身对唱词的理解，加上技术处理，有时甚至是再创作，呈现出同一词调下万紫千红的面貌。

三是词与曲的边界模糊化。戏曲填词并没有死抱词的形式规则，而是灵活借用词之变体的技法，加以戏曲观念的渗入，逐渐模糊了词与曲的边界。异部通押与平仄改换，归根到底涉及的都是用韵的问题，戏曲演唱过程中尤其注意曲韵，不合韵会直接影响到演唱效果，作为宾白的词，对韵脚的要求却极大程度地放宽，可见词的音乐性已然弱化，更多的是为了实现叙事的需求，因此在韵律上做出了让步；双调与单调的变换，主要是受到曲的影响，作为单调的曲可以以联章形式反复多次演唱，曲家在填写上下阕平行结构的词时，不自觉地参照了曲的生成方式，可以说，曲家笔端填写的是词，心中构思的标准是曲，着意于满足曲的需求；摊破句法和衬字的使用则使曲与词的关系更加贴近，原本词曲之间的一大区别便是衬字的使用，曲擅衬字，词则几乎无衬字，明代戏曲中的填词反而增添了衬字，填出来的词亦有几分像曲。创作者之所以能融通词曲，原因有二：一是词与曲的亲缘关系，"诗变为词，词变为曲"，词可以看作是曲的前身，曲家既能够作曲，填词对他们来讲也比较容易，且许多词牌与曲牌相通，填作间曲家根据创作需求一并填写，有时也未必着意区分两种文体；二是杂剧成熟之初，便出现了以乐器伴奏演唱数首宋词，连缀成一个简单完整的故事，为传奇中引入词体提供了范本。

四是明词在戏曲中的功用。词体在戏曲创作中发生的多种变化，主要是为戏曲文本的生成而服务。词体在戏曲文本中所处的位置主要是宾白部分,对白、独白、旁白、带白都有曲家以词填之,不仅可以用于叙事,还可以用作除主角外其他人物的抒情,对表现剧情和人物性格都有很重要的作用,因此戏曲中有"曲白相生"的说法,换句话说,在明代,词是使戏曲发展为雅俗共赏的文学样式的重要推手。在这一进程中需要反思的是,明代戏曲大部分都搬演于舞台,观者心中不会刻意分辨演出中的哪部分是曲,哪部分是词,而是将两种文体作为"戏曲"这一整体进行看待,文体界限并不构成欣赏者评判戏曲的审美标准。那么,词、曲在什么情况下产生分野,受到关注呢?是在戏曲落于案头之时。只有在阅读文本过程中,可以直观分辨其中的曲与词,这已然是一种后设视角。而在文本生成之初,曲家创作过程中考虑的主要标准是演出的需求,如情节的连贯性、人物的复杂性等,词的生存空间是要不断满足曲的需求,于是便导致了创作者心目中曲与词的边界逐渐模糊化,甚至于曲家填词作曲并无明显分野。后世在研究戏曲过程中,所能参照的皆为文本,较为直观看到的便是剧本中填作的曲与词,于是萌生了关于两种文体的诸多讨论。然而,回归到演出现场与最初的创作动机,加之词体为迎合戏曲产生的种种变化,可以推想,明代曲家在创作过程中并未做出如此多的文体体认。

第三章　明词在戏曲中的叙事策略

　　明代戏曲中的词作主要分为叙事词和抒情词两类。叙事词的运用是明代曲家对元杂剧接受过程中进行新的尝试,叙事词主要出现在开场、定场和收场位置,试图取代原有的诗体样式,呈现不同的叙事功能,这也是明代戏曲创作中一个重要的变化。本章将以开场、定场、收场词为中心,从"框架叙事"与"嵌入叙事"到以词代诗的发展,回归到文体自觉与叙事转型问题上来,即文人加入戏曲创作群体的过程中,为彰显其才学,选择诗词融入戏曲文本的过程中,在叙事层面,词较诗更具有优越性。词体在自觉承担起部分叙事功能的同时,经过数次创作的尝试与时间的沉淀,词体自身为迎合戏曲文本叙事,也做出了一定程度上的转型,更符合大众审美。同时,以词叙事在明代戏曲,尤其是传奇作品中已经形成了固定的创作模式,形成了曲家的创作共识。

一　叙事层次与开场词的运用

叙事层次(narrative level)是指同一部作品中相似情节的重复出现或一个故事包含于另外一个故事之中,相对于元叙事来说形成了不同的层次,叙述分层不一定是叙事的整体结构形态,而是在叙事的某一环节或细节中出现"框架叙事"或"嵌入叙事"。[①] 明传奇首出以副末开场,开场词一般有两首,第一首词一般作为破题,属于"嵌入叙事",其所叙述的内容与全剧主旨相近,但并非切入剧情;第二首词直奔全剧主旨,概括全剧故事梗概,属于"框架叙事"。两首开场词的叙事都不是整部剧叙事的开端,而是以词体形式存在于全剧之首,形成固定的写作范式,在叙事功能上则形成了不同的叙事层次。

李渔对开场词曾做过一番解读:"开场数语,谓之'家门'。虽云为不多,然非结构已完,胸有成竹者,不能措手。即使规模已定,犹虑做到其面,势有阻挠,不得顺流而下,未免小有更张,是此折最难下笔……予谓词曲中开场一折,即古文之冒头、时文之破题,务使开门见山,不当借帽覆顶。即将本传中立言大义,包括戏文,与后所说家门一词,相为表里,前是暗说,后是明说。暗说似破题,明说似承题。如此立格,始为有根有据之文。"[②]李

---

① 叙事层次理论参见 Gittes , Katharine S. "Framing the Canterbury Tales: Chaucer and the Medieval Frame". *Narrative Tradition*, New York: Greenwood Press,1991,pp. 20-33; Nelles, William. Stories within Stories: Narrative Levels and Embedded Narrative, Columbus: The Ohio State University Press, 2003, pp. 339-353.

② 李渔:《闲情偶寄》卷三,《中国古典戏曲论著集成》,第7册,第64-65页。

渔认为,一折戏中的开场词写作难度最大,因为开场词要求曲家对即将创作的作品已经有了整体框架和构思,也就是说,开场词是属于主体故事之外的独立叙事层。米克·巴尔(McHale Brian)认为这种相对于元叙事层而存在的二度叙事存在两种结构:一是叙述视角转移而叙事本体地位不转移;二是叙述视角和叙事本体地位同时转移。① 在明代戏曲作品中,上述两种结构同时存在,以《鸣凤记》开场为例:

西江月

[末上]秋月春花易老,赏心乐事难凭。蝇头蜗角总非真。惟有纲常一定。　四友三仁作古,双忠八义齐名。龙飞嘉靖圣明君。忠义贤良可庆。

满庭芳

元宰夏言,督臣曾铣,遭谗竟至典刑。严嵩专政,误国更欺君。父子盗权济恶,招朋党,浊乱朝廷。杨继盛,剖心谏诤,夫妇丧幽冥。　忠良多贬斥,其间节义,并着芳名。邹应龙,抗疏感悟君心。林润复巡江右,同戮力、激浊扬清。诛元恶,芟夷党羽,四海贺升平。②

第一首词中的叙述视角和叙事本体地位都发生了转移,整首词并未切入到剧情之中,而是以遵循伦理纲常为旨归,列举了四友三仁、双忠八义,与《鸣凤记》的叙事本体仅存在主题思想上的联系,作为叙述视角的末角亦非剧中人物。第二首词则是叙述视角转移,而叙事本体地位未发生转移,整首词全面交代了故

---

① 参见 McHale Brian: Postmodernist Fiction, London and New York: Routledge, 1987, pp.46-55.
② 无名氏:《鸣凤记》,《六十种曲》,第2册,第1页。

事梗概,主要演绎严嵩专政时朋扇朝堂,杨继盛剖心谏诤,以及邹应龙、林润等忠臣为激浊扬清而奔走,最后肃清朝廷祸患,四海升平,全剧以大团圆结局。作为叙述视角的末角亦非剧中形象,但整首词紧密围绕《鸣凤记》的故事本体,是在整部剧元叙事的层次之外展开的二度叙事。

值得注意的是,并非明代所有戏曲作品的开场词都是上述两种二度叙事结构,传世的 243 部明传奇作品中,有 120 部仅用了一首家门词作为开场,家门词作为"叙事视角转移而叙事本体地位不转移"的创作模式,在戏曲创作中相对更为稳定。正如李渔所言,"家门之前,另有一词,今之梨园,皆略去前词,只就家门说起"[①]。家门词具有其固定的创作结构,并在叙事过程中发挥一定的功能,以姚子翼《上林春》剧的开场为例:

满庭芳

> 武后借春,花开上苑,牡丹未吐红丛。庐陵几谏,房州安置青宫。狂士安郎作赋,君臣遭困途穷。安金藏,展肠剖腹,千古见夔龙。　敬业,兴师保驾储君,全子道孝感丹衷。天颜开济,位正皇躬。手足一朝相聚,鸳鸯离别又重逢。观玩处,妻贤夫贵,子孝与臣忠。[②]

这首词将《上林春》的全部剧情进行了概括,涵盖了故事发展的起承转合,既便于观者了解剧情,又能吸引观众,引发审美期待,如"展肠剖腹"这样的情节,开场便交代出来,会引起观众极大的兴趣。下阕的结尾又对全剧主旨进行了概括,即"妻贤夫贵"与"子孝臣忠",这种长调家门词以"故事情节+主旨"为主要

---

① 李渔:《闲情偶寄》卷三,《中国古典戏曲论著集成》,第 7 册,第 66 页。
② 姚子翼:《上林春》卷上,《古本戏曲丛刊二集》,第 48 册,第 1a 页。

内容的创作模式已经成为传奇曲家的创作共识。再如：

沁园春

蔡氏兴宗，文才满腹，寄迹山门。遇明惠祥师，指点前程。因做兰盆胜会，得识吴君，自此永为刎颈。阴中赐子，赖得神明。　一举科闱得意，奉旨把王刲。谁料蛮夷猖獗，拘禁黑水岩中。吴自戕舍生寻友，得返朝中。蔡端明屈从母愿，造洛阳，天助成功。试看臣忠子孝，四美受褒封。①

望海潮

王郎奇俊，无双娇媚，相逢未遂姻盟。泾卒挥戈，尚书羁绁，多才脱走襄城。贼灭早还京。恨奸谋屈陷，几处伶俜。偶逢族叔，求官赠妾结深情。　驿中锦字叮咛。向渭桥瞥见，泪雨交倾。烈士相怜，灵丹暗买，采革扮作男形。假诏到园陵。把佳人酖死，赎出重生。分珠再合，一家完聚受恩荣。②

《沁园春》以同样的框架先概括了《四美记》的剧情梗概，下阕结句明确了"臣忠子孝"的创作主旨；《望海潮》看似整首词都在叙述《明珠记》的故事发展脉络，但仔细品味其言语，可以感受到"恨奸谋屈陷"、"完聚受恩荣"句所要弘扬的依然是"臣忠子孝"的主题，由此长调家门词的主旨表达并非在形式上固定于下阕结尾处，只是一般会出现在下阕结句的位置，但也有暗含于叙事之中的情况。

之所以选择长调作为家门词的叙述手段，主要是长调的文体容量可以容纳概括整个剧情，甚至剧情的转折与起伏都可加

---

① 无名氏：《四美记》卷上，《古本戏曲丛刊二集》，第56册，第1a页。
② 陆采：《明珠记》，《六十种曲》，第3册，第1a页。

以铺排,不会受到文本空间的限制。在艺术性上,家门词作为全剧的开端,并未只一味追求叙事,而是在叙述的同时点明全剧创作主旨,既是对整首词叙述文字的升华,也是整部剧价值判断的一种传达。家门词中抒情或议论性的文字除开场中出现以外,在剧情发展过程中不会再现,直到下场诗中或可进行呼应。对于开场词的重要性,孔尚任《小忽雷传奇》开场按语言:"传奇大意二曲,一叙命笔之由,一述家门始末,乃上下两本之发端。演者疲于供应,又分为四本,因各制小调,撮其要领,每本亦皆有开场矣。一分为二,二分为四,虽小道,必有可观者焉。"[①]孔尚任将明传奇中的开场词有通常意义上的两首词扩展到四首开场词统领全剧的四个部分,这种开场形式的创新,可见其对开场词的重视,侧面体现了明代戏曲"副末开场"形式对清代戏曲的影响。

二 代言艺术与以词代诗的变革

所谓"定场词",一般出现在一部戏的第二出,在剧中主要人物出场时使用。古典戏曲本为代言体的艺术样式,剧中人物作为戏剧情节的主题,被剧作者赋予了强烈的主体情感和人格魅力,往往被称为曲家的"代言人"。剧中人物出场所念的定场词便是为曲家代言,系以戏剧语言来明确人物类型、社会地位、身份经历、与剧中人物关系,等等。如《宝剑记》的定场词《鹧鸪天》:"脱却儒衣挂战袍。学文争似督龙韬。才冲霄汉星芒动,啸倚崆峒剑气高。　悲贼子,笑儿曹。争夸朱紫占中朝。十年塞

---

①　孔尚任:《小忽雷传奇》,中州古籍出版社 1986 年版,第 15 页。

北劳千战,汗马秋风尚未消。"①上阕描绘的是一个文武双全的将领形象,文韬武略,气冲云霄;下阕则表现出这位将领忠君爱国、嫉恶如仇的一面,同时为了保家卫国,戍守边疆十载,历经多场塞北战役。当生角登场,将这首词娓娓念出,带给观者肃然起敬的直观感受。当定场词念完,到自我介绍的部分,观者得知这位感天动地英雄人物正是林冲,定场与介绍相互印证,更加深观者对人物形象的认识。这首定场词主要运用正衬的手法,下阕"悲贼子,笑儿曹"穿插了反衬,以乱臣贼子形象反衬出林冲的忠义。"衬托法"是定场词主要采用的艺术手法,主要功能是凸显人物形象的特质,除正衬、反衬外,还有旁衬,不一一赘举。

　　值得注意的是,元、明杂剧中起初使用定场诗,明杂剧仅在王廷讷《广陵月》、傅一臣《苏门啸杂剧》中的《卖情扎屯》、《义妾存孤》、《蟾蜍佳偶》、《钿盒奇姻》、方疑子《鸳鸯坠》、无名氏《茶酒争奇》七部剧中使用了定场词而非定场诗,明传奇则以定场词为主,鲜少以诗定场。李渔对定场词有一番详细论述:"开场第二折,谓之冲场。冲场者,人未上而我先上也。必用一悠长引子,引子唱完,继以诗词及四六排语,谓之定场白,言其未说之先,人不知所演何剧,耳目摇摇;得此数语,方知下落,始未定而今方定也。此折之一引、一词,较之前折'家门'一曲,犹难措手。务以寥寥数言,道尽本人一腔心事,又且酝酿全部精神,犹'家门'之括尽无遗也。同属包括之词,而分难、易于其间者,以'家门'可以明说,而冲场引子及定场诗词,全用暗射,无一字可以明言,故也。"②李渔将定场诗、词统称为"定场白",定场诗如《红蕖记》中

---

　　①　李开先:《宝剑记》,《李开先集》,文化艺术出版社2004年版,下册,第752页。

　　②　李渔:《闲情偶寄》卷三,《中国古典戏曲论著集成》,第7册,第67页。

"谁堪枳棘尚栖鸾,羞向空庭看合欢。惊梦秋风孤客枕,误人春色一儒冠。"①以诗之笔法只能点明人物形象是风流倜傥的儒生,然后再通过人物自己陈述,观者方能对儒生想象有更多的认识。而以词定场则有更多的描摹空间,如《牡丹亭》的定场词《鹧鸪天》:"刮尽鲸鳌背上霜。寒儒偏喜往炎方。凭依造化三分福,绍接诗书一脉香。能凿壁,会悬梁。偷天妙手绣文章。必须砍得蟾宫桂,始信人间玉斧长。"②将柳梦梅的书生抱负进行了细致的描摹,凿壁、悬梁的寒窗苦读,能够写得妙手文章,这些都是围绕书生这一人物的身份设定进行的具体刻画,可以在人物登场时便带给观者更多的体认。因此,定场词在实际发挥的功能上较定场诗更有优越性,这也是传奇作品中大量选用定场词,而逐渐脱离定场诗的重要原因。

无论定场诗或定场词,都存在人物主体在叙事交流模式中缺席的问题,即李渔所谓的"暗射"。经典叙事理论一般从单一层面看待人物,将人物本身纳入到文本情节中并承担一定的功能,而在定场词中,因与定场词相连的便是人物的自我介绍,包括人物名号、籍贯、身份、家世、出场的目的,等等。定场词并非人物基本信息的简单复制,而是承担了丰富人物形象的功能。这便形成了后经典叙事学,特别是修辞叙事学所谓的将作品看作是作者与读者之间的交流,读者会在作品接受过程中不自觉地对作品中的人物产生一系列复杂的感情,如同情、敬佩、欣赏等。这种情感效果的产生使人物不仅仅简单地表现为一个角色,在元叙事过程中也会成为"作者－人物－读者"之间互动的

---

① 沈璟:《红蕖记》,《沈璟集》,上海古籍出版社 2012 年版,上册,第 6 页。
② 汤显祖:《牡丹亭》,《汤显祖戏曲集》,上海古籍出版社 2010 年版,上册,第 235 页。

存在。[1] 观者对剧中主要人物产生的情感判断首先来源于定场词,如《埋剑记》定场《鹧鸪天》:"先达谁当荐陆机。五陵衣马自轻肥。未开水府珠先见,不掘丰城剑自辉。　吹玉笛,舞罗衣。并将歌舞报恩晖。金鞭留当谁家酒,拂柳穿花信马归。小生姓郭,名仲翔,字飞卿……"[2]主人公郭仲翔的侠义形象先由定场词勾勒出来,形成观者的第一印象。这种"定场诗词+自我介绍"的模式成为明代戏曲中主要人物出场的基本范式,有了自我介绍的部分,前面的定场词便不需要太直白,或将人物情况一一道出,这样的创作模式更增添了戏曲雅化的色彩。

以词代诗在定场词中得到了成功的尝试,但在收场则不然。戏曲作品的结尾通常会选择以一首诗作结,主要用于强化全剧主旨,偶有概括剧情的情况。不同于开场诗,收场诗在明代戏曲作品中的地位是十分稳固的。仅有两部杂剧作品以词收场,代替了收场诗,分别是朱权《卓文君私奔相如》和朱有燉《兰红叶从良烟花梦》。现录两首词如下:

缺调名

忆昔相逢那一宵,一操求凰把妾挑。不是妾身多薄幸,只因司马太风骚。　效神凤,下丹霄,比翼双飞上浈寥。鼓翻天上鸣晓日,光腾八表姓名高。[3]

满庭芳

年少佳人,青春才子,算来天与成全。不材县尹,阻隔好姻缘,蓬荜门庭,守志烟花,有松柏贞坚。谁曾见,淤泥浅

---

[1] 后叙事学理论参见 Werth Paul:Text Worlds:Representing Conceptual Space in Discourse, N. Y.:Longnan, 1999, pp.45-49.

[2] 沈璟:《埋剑记》,《沈璟集》,上海古籍出版社2012年版,上册,第136页。

[3] 朱权:《卓文君私奔相如》,《古本戏曲丛刊四集》,第41册,第22b-23a页。

水，长出并头莲。　人间真罕有，重寻旧约，又入桃源。结百年欢爱，堪美堪怜。幸遇风流太守，云笺上写与佳篇。烟花梦，神灵感应，永远共团圆。①

　　第一首词虽未标调名，但从词格来看，应为《鹧鸪天》。两首词在内容上与开场的家门词相近，都是叙事主体剧情，以大团圆结尾。顾学颉在《元明杂剧》中曾有论述："元杂剧在全局将结束的时候，照例由一个地位较高的人出场作断，对剧情作最后处理；然后念一首诗，或七字句的顺口溜，也偶有念词的。诗内容是概括剧中重要情节，并含有褒贬判断的意义，很像判词，元刊本中叫作'断出'或'断了'。它的位置是在第四节最末一曲之后，题目正名之前；也偶有放在'煞'、'尾'之前的。念完了断词和题目正名，就收场，全剧结束。"②明杂剧中的这两首收场词承袭了元杂剧"断出"的概念，创新之处就在于以词体形式填作，至于剧末，题目和正名之前，取代了收场诗概括总结思想内容和深化主旨的作用。现仅存的这两首收场词代表了明代曲家在戏曲创作中融入词作的努力尝试，尽管并未得到更广泛的认同和效仿，也未能达成明代曲家的共识，这种尝试仍给明代戏曲中的词作研究提供了借鉴。

三　文体自觉与叙事转型

　　宋元时期，杂剧创作源于民间曲家，这些曲家普遍缺乏文化

---

① 朱有燉：《兰红叶从良烟花梦》，《奢摩他室曲丛》，商务印书馆1928年版，第13册，第19b-20a页。

② 顾学颉：《元明杂剧》，上海古籍出版社1979年版，第46页。

修养,又因所撰写的剧本是供演出使用的底本,在创作语言上必须考虑到演员的理解力与观者的欣赏力,俚俗粗浅、本色天然是民间曲家创作的标准。随着文人群体参与南戏的创作,戏曲的叙事风格逐渐向文采典雅的方向转变,转变的过程中曲家不断尝试与创新。

文人曲家曾一度尝试以诗文入曲,凌濛初认为:"曲始于胡元,大略贵当行不贵藻丽。其当行者曰'本色',盖自有此一番材料,其修饰词章,填塞学问,了无干涉也。故《荆》、《刘》、《拜》、《杀》为四大家,而长材如《琵琶》犹不得与,以《琵琶》间有刻意求工之境,亦开琢句修辞之端,虽曲家本色故饶,而诗余弩末不少。"①因明代文人曲家学养颇深,自《琵琶记》始,有时为了在作品中充分显示自己的才华,常不顾观众的理解力与接受程度,滥施文采,以诗文入曲,拗口难解。快雨堂《冰丝馆重刻〈还魂记〉叙》曾指出《牡丹亭还魂记》集史、禅、庄、列于一体,字字苦心经营,却只可作文字观,不得作传奇观,李渔也有相似的看法。试看《牡丹亭》中的诗句:

> 罗浮再觅到亭边,忽想前情醉恋牵。芍药花旁曾海誓,牡丹亭畔再缠绵。本图旧梦重寻见,却道新愁又蔓延。缘短意长终遗恨,香魂宁守伴梅眠。(《寻梦》)

> 柳起东风惹病填,相思不尽梦如烟。春归翠岭鹃啼血,醉醒罗浮蝶翅缠。紫袖多愁怜薄命,青衫有意恨难延。痴情一缕香魂断,愿卧梅边伴柳眠。(《离魂》)

> 似曾相识在他年,晕雨桃花玉貌嫣。秋剪瞳仁波水漾,春添妩媚月婵娟。芳心只在眉间锁,倩影应曾柳下翻。敢

---

① 凌濛初:《谭曲杂札》,《中国古典戏曲论著集成》,第4册,第253页。

问娇娥何处女？情含欲语惹魂牵。(《拾画》))[1]

《牡丹亭》的《惊梦》、《寻梦》、《写真》、《离魂》、《魂游》、《还魂》、《团圆》等出都有这样才华横溢的诗句，其间也可读到故事情节发展的轨迹，但这样的诗对底层民众来说，着实难以欣赏。叙事词则不然，同样在《牡丹亭》中，试看一组填词：

汉宫春

杜宝黄堂，生丽娘小姐，爱踏春阳。感梦书生折柳，竟为情伤。写真留记，葬梅花道院凄凉。三年上，有梦梅柳子，于此赴高唐。果尔回生定配。赴临安取试，寇起淮扬。正把杜公围困，小姐惊惶。教柳郎行探，反遭疑激恼平章。风流况，施行正苦，报中状元郎。

长相思

山也清。水也清。人在山阴道上行。春云处处生。官也清。吏也清。村民无事到公庭。农歌三两声。[2]

《汉宫春》出自《牡丹亭·标目》，作为开场词，将杜丽娘与柳梦梅的相识、相恋过程进行了概括，观者尽管不能理解剧中文雅诗文，但听到这段开场词，仍能对故事脉络加以清楚的把握。《长相思》出自《牡丹亭·劝农》，以通俗的语言将农闲之乐勾勒出来，易于观者接受。

在叙事词中，汤显祖亦不乏炫才之意，在填词技巧上加以雕琢。如《邯郸记》中的定场词《菩萨蛮倒句》："客惊秋色山东宅。宅东山色秋惊客。卢姓旧家儒。儒家旧姓卢。 隐名何借问。

---

① 汤显祖：《牡丹亭》，人民文学出版社2005年版，第1页。

② 汤显祖：《牡丹亭》，第41页。

问借何名隐。生小误痴情。情痴误小生。"①以回文词创作侧面衬托卢生这一书生形象,同时也展现了汤显祖的文采,这种文采的展现并非体现在使事用典或语言华美,而是属于创作形式上的技巧,文人间相互唱酬时常将回文词作为文字游戏,汤显祖将这种填作方法运用到戏曲创作中,既实现了语言的通俗易懂,又体现了炫才意识。

　　由此,在文体的选择上,以词叙事较诗体而言更易于观者接受。王骥德《曲律·杂论上》指出:"诗不如词,词不如曲,故是渐近人情。"②文人剧作家在创作实践中发现,词曲相对诗而言更近人情。"夫诗之限于律与绝也,即不尽于人意,欲为一语之益,不可得也。若曲,则调可累用,字可衬增。"③诗体受自身文体样式的局限,在写作技法上难以实现。诗体的淡出并非在明代戏曲中始见痕迹,"自唐人用以取士,而诗入于套;六朝用以见才,而诗入于艰;宋人用以讲学,而诗入于腐。"④纵然诗体创作已取得了较高的艺术成就,但并非适用于所有题材,在戏曲中运用则显得过于文雅也是可以理解的。因此在叙事过程中,词体显示出了更大的优越性,既可达性情,又能近人情。词体自觉承担了戏曲中部分叙事功能之后,为迎合戏曲文本创作的需求,又在创作技法上做出了诸多改变,加入衬字、以俚语入词等,如"捷子军中戏具,讨人筋骨便宜。晃毛撮起一张皮。真个轻盈有趣。　不论前膝后拐,手抬脚踢俱宜。腿儿捐起送如飞。要得汗流浃

---

① 汤显祖:《邯郸记》,《六十种曲》,第 18 册,第 1b 页。
② 王骥德:《曲律》卷四,《中国古典戏曲论著集成》,第 4 册,第 135 页。
③ 王骥德:《曲律》卷四,《中国古典戏曲论著集成》,第 4 册,第 137 页。
④ 冯梦龙:《太霞新奏》,江苏古籍出版社 1993 年版,第 1 页。

背。"①将一个杂耍艺人卖艺的场面，通过一系列动作的直接叙述，"晃毛"、"撮起"、"前膝后拐"这类词都是杂记中的通俗用语，曲家直接入词，"真个"、"腿儿"、"耍得"都加入了衬字，更接近戏曲风格。

小结　明词在戏曲叙事结构中的功能

　　人物和情节是戏曲叙事的核心，开场词、定场词、收场词作为明代戏曲中叙事词的重要组成部分，词体在戏曲结构的不同位置发挥着不同的作用。臧懋循《玉茗堂传奇引》言："事必丽情，音必谱曲，是闻者快心而观者忘倦。"②开场、定场、收场原本以诗体呈现，到明代戏曲中出现了以词体呈现的样式，其中开场词与定场词的运用得到了曲家共识，在戏曲创作中逐渐替代了原本诗体的位置。开场词样式分为双词和单词，双词即以两首词开场，一首先破题，另一首则为家门词，也有相当一部分作品以单首词开场，省略了破题之作，直接以家门词开篇。家门词的主要功能为概括剧情和点明主旨，有总领全剧的作用，是独立于整体剧情之外的存在，与全剧形成二度叙事结构，便于观者在开场时了解故事梗概。定场词的功能是在主要人物出现时以念词定场，使观者对人物形象有更深刻的认识，因与出场人物的自我介绍相连接，定场词中人物自身是缺席的，往往采取"暗射"的手

　　①　梅孝巳：《墨憨斋新定洒雪堂传奇》，《古本戏曲丛刊二集》，第21册，第12a页。
　　②　臧懋循：《玉茗堂传奇引》，《牡丹亭研究资料考释》，上海古籍出版社1987年版，第56页。

法填之。金元杂剧中原以诗开场、定场、收场,明代则逐渐改换为词,诗词兼具,词体在叙事上较诗体更具优越性,充足的文本空间和接近人情的表达方式,使词体更能被观者接受,同时也能一定程度上实现文人曲家的炫才意识。只有收场词的创作尝试在明代并未形成曲家的创作共识,仅有朱权和朱有燉两位曲家运用于杂剧创作中,其功能相当于元杂剧中的断出,再次总结全剧故事梗概,深化主旨。在明代戏曲收场时更多的还是沿用诗体,因故事结尾对全剧主要进行主题上的升华,在抒情言志方面,仍是诗体更具优越性。

第四章　明词在戏曲中的雅俗融摄

　　"雅"与"俗"是古典文学中一对重要的概念,明代戏曲的雅化不仅仅是文人进行戏曲创作或者戏曲案头化,文人在戏曲中大量填词,也是让读者或观众感受到戏曲在走向雅化的一个重要因素,而这一过程中存在的问题是:第一,尽管戏曲走向雅化,但终归于俗文学,那么,戏曲的雅俗标准是如何界定的;第二,戏曲中的很多词牌尽管展现了曲家的才华,成为雅化的一种创作手段,但又往往被归为"俗调",而"俗调"这一概念主要见于清人词论中,这是否与清人读到明代戏曲或小说中的大量词作有关;第三,"俗调"这一概念往往又不是指调俗,而是指词的内容俗,形成了词之声情与韵调概念的混淆。本章将以最具代表性的词调《西江月》为例,探析明词在戏曲中的雅俗融摄。

一　明词在戏曲中的雅、俗界定

　　雅与俗本为一对对立范畴,雅,意为"正规的"或"高尚的";俗,指"民间长期以来形成的大众化的、通行的",清人黄周星却言：“制曲之诀无他，不过以四字尽言之，曰‘雅俗共赏’而已。”①
“雅俗共赏”是古典戏曲创作经验的总结，也是戏曲能否成为经
典的重要准绳，雅与俗不仅决定了戏曲作品自身的定位，同时又
间接关系到读者和观众群体的判定及接受程度。在戏曲创作中
如何做到雅俗融摄，是历来曲家创作过程中密切关注的核心。
因此有必要首先明确戏曲美学范畴之雅俗流变的历史进程，再
进一步深入到戏曲中词作的雅俗界定。

戏曲领域的雅俗分野源于先秦时期音乐领域的雅俗之争。
雅乐常常与礼乐并称，又叫“正乐”、“古乐”或“先王之乐”，与之
相对立的是“新声”或“邪音”，通常具体为郑、卫之声。当时“新
声”是受到排斥的，《国语·晋语八》载：“平公说（按：通‘悦’）新
声。师旷曰：‘公室其将卑乎？’君之明兆于衰矣。夫乐以开山川
之风也，以耀德于广远也。风德以广之，风山川以远之，修诗以
咏之，修礼以节之。夫德广远而有时节，是以远服而迩不迁。”②
孔子有“恶郑声之乱雅乐也”的论断，主张“乐则《韶》、《武》，放郑
声，远佞人。郑声淫，佞人殆。”③《乐记》、《毛诗序》等典籍也都着
录了相似的观念。宋玉在《对楚王问》中首度以“下里巴人”和
“阳春白雪”的对比扭转了这一局面，俗乐逐渐被统治阶层认可
和接受，至汉代以后及魏晋南北朝时期，北方少数民族音乐大量
涌入中原，宫廷乐府都兼掌雅乐、俗乐和胡乐。唐宋时期俗乐的
样式更为多元，唐代的百戏及宋代瓦舍勾栏的出现为戏剧的雅
俗共赏打下了坚实的基础。“盖元剧之作者，其人均非有名位学

---

① 黄周星：《制曲枝语》，《中国古典戏曲论著集成》，第7册，第32页。
② 韦昭：《国语》，上海古籍出版社2008年版，第216页。
③ 杨伯峻译注：《论语译注》，中华书局2009年版，第57页。

问也,其作剧也,非有藏之名山、传之其人之意也。"①元杂剧的作者多来自民间,深谙底层民众的审美趣味和对戏曲的接受程度,由此形成了以俗为主的戏曲发展的初期阶段。而在从南戏到传奇的转化过程中,文人的参与对戏曲的审美基调产生了莫大的影响,戏曲出现了两种审美倾向:一种是强烈追求文雅之作,如《南词叙录》对《香囊记》的评价:"《香囊》乃宜兴老生员邵文明作,习《诗经》,专学杜诗,遂以二书语句勾曲中,宾白亦是文语,又好用故事作对子,最为害事。"②另一种是追求雅俗结合,如《南词叙录》勾勒出的《琵琶记》:"惟食糠、尝药、筑坟、写真诸作,从人心流出,严沧浪之言'水中之月,空中之影',最不可到。如'十八答',句句是常言俗语,扭做曲子,点铁成金,信是妙手。"③过于文雅容易走向曲高和寡的极端,雅俗结合,反而可以被更多的读者和观众群体所接受。可见戏曲在探索雅俗融摄的道路上几经变革,正如余英时在分析中国文化的大传统与小传统时候提到的:"大传统或精英文化属于上层知识阶级,而小传统或通俗文化则属于没有受过正式教育的一般人民。一般地说,大传统和小传统之间一方面固然相互独立,另一方面也不断地相互交流。所以大传统中的伟大思想或优美诗歌往往起于民间;而大传统既形成之后也通过种种管道再回到民间,并且在意义上发生种种始料不及的改变。"④这便是在孔子所论"先进于礼乐,野人也;后进于礼乐,君子也。"⑤基础上的进一步阐释。大传统与小传统

---

① 王国维:《宋元戏曲考》,中国戏剧出版社 1984 年版,第 85 页。
② 徐渭著,李复波、熊澄宇注释:《南词叙录注释》,中国戏剧出版社 1989 年版,第 113 页。
③ 徐渭著,李复波、熊澄宇注释:《南词叙录注释》,第 116 页。
④ 余英时:《士与中国文化》,上海人民出版社 2003 年版,第 117 页。
⑤ 杨伯峻译注:《论语译注》,第 49 页。

之间的碰撞具体落实在明代戏曲上,体现为文人介入戏曲创作,同时考虑到受众的审美需求,创作的戏曲并非"曲高和寡"之作,而是在通俗叙事的基础上加以雅化点缀,使戏曲作品风格不同于元杂剧或底层文人创作的曲本,具有一定的雅化色彩。

　　从创作动机来看,文人创作使戏曲呈现文雅风貌的手段之一便是在戏曲文本中大量填词,但从实际的创作效果来看,词在戏曲中又分为雅、俗两个层面,不能等量视之。明代诸多曲家在创作过程中汲取了唐诗、宋词以来的优秀传统,所填之词具有丰富的文化内涵,这种创作理路成就了汤显祖、沈璟等多位戏曲大家,并直接影响到明末清初李玉、李渔以及"南洪北孔"的创作。雅词在戏曲中的运用主要体现在合乎诗教的内容旨归与典雅蕴藉的语言风貌。雅词的界定源于张炎:"词欲雅而正,志之所之,一为情所役,则失其雅正之音。"[①]也就是说,词之雅体现在情让位于志,尽管词用于陶写性情,但若仅为抒情,而非言志,则不能列为雅词。同时,张炎并非否定词的抒情性,而是强调词之抒情要符合"乐而不淫,哀而不伤"的诗教规范,"簸弄风月,陶写性情,词婉于诗,盖声出莺吭燕舌间,稍近乎情可也。若邻于郑、卫,与缠令何异也。燕酣之乐,别离之愁,回文题叶之思,岘首西州之泪,一寓于词。若能屏去浮艳,乐而不淫,是亦汉魏乐府之遗意。"[②]明代曲家朱权在《太和正音谱》中再次明确了这一标准:"礼乐之盛,声教之美,薄海内外,莫不咸被仁风于帝泽也,于今三十有余载矣。近而侯甸郡邑,远而山林荒服,老幼瞆盲,讴歌鼓舞,皆乐我皇明之治。夫礼乐虽出于人心,非人心之和,无以

---

① 张炎:《词源》卷下,《词话丛编》,中华书局1986年版,第1册,第266页。

② 张炎:《词源》卷下,《词话丛编》,第1册,第263-264页。

显礼乐之和;礼乐之和,非自太平之盛,无以致人心之和也。故曰'治世之音安以乐,其政和。'是以诸贤形诸乐府,流行于世,脍炙人口,铿金戛玉,锵然播乎四裔,使鸠舌雕题之氓,垂发作衽之俗,闻者靡不忻悦。虽言有所异,其心则同。声音之感于人心大矣。"①可见在明代曲家的创作标准上,若想创作出"治世之音",定然要符合"礼乐之和",也就是合乎礼教的规范。俗词则不然,其思想内容更多地来源于民间生活,题材的选择决定了其通俗性的特质。在内容主题方面,俗词多描摹男女之情、市井街巷的生活日常等,采取平铺直叙的方式,意在使戏曲这一大众文学样式能够被观者所接受,成为民间娱乐的主要方式之一。

在填词语言的运用上,戏曲中的雅词与俗词也存在较大差异。《乐府指迷·论作词之法》指出:"下字欲其雅,不雅则近乎缠令之体,用字不可太露,露则直突而无深长之味。"②同时又提出用词需"古雅"的观点:"吾辈只当以古雅为主,如有嘌唱之强不必作,且必以清真及诸家目前好腔为先可也。"③沈义父所谓"清真",是指"凡作词,当以清真为主。盖清真最为知音者,且无一点市井气。下字运意,皆有法度,往往自唐宋诸贤诗句中来,而不用经史中生硬字面,此所以为冠绝也。"④俗词在语言运用上则无须遵从上述诸多束缚,质朴通俗,体现剧中人物的当行本色即可,正如《五伦全备记》开场所言:"今世南北歌曲,虽是街市子弟、田里农夫,人人都晓得唱念,其在今日亦如古诗之在古时,其

---

① 朱权:《太和正音谱·自序》,载《中国古典戏曲论着集成》,第 3 册,第 11 页。
② 沈义父:《乐府指迷》,载《词话丛编》,第 1 册,第 277 页。
③ 沈义父:《乐府指迷》,载《词话丛编》,第 1 册,第 283 页。
④ 沈义父:《乐府指迷》,载《词话丛编》,第 1 册,第 277-278 页。

言语既易知,其感人尤易入。"①当填词符合人物身份性格时,反而更容易打动观者。因此,俗词在戏曲中的运用并非价值不高,而是受到人物、情节的制约,尽管这样的词在单独审视单首词时显得平淡无奇,但在剧中却是不可或缺。

由此可见,明代戏曲中词作的雅俗之分主要以情与志的彰显和语言的运用为衡量标准。雅词意在体现礼乐之和,俗词倾向于情感的表达;雅词用字不可太露,以清真古雅为最佳,俗词则直接明了,符合人物和情节的需要即可。雅词与俗词在戏曲文本中各自发挥作用,不能单纯以雅或俗来判断其价值。

二　明代戏曲中《西江月》的雅与俗

《西江月》在明代戏曲中大量填作,无论何种题材的故事,都不约而同地选择这一词牌,形成兼具雅俗两面性的代表,现试以以下一组《西江月》词为例:

> 试论性天风月,生于太极空虚。蛾眉玉女自来西。露出金丹玉液。下手工夫何处,分明妙在华池。更从火里觅真机。得者超出几世。②

> 否泰循环若梦,安危转展如云。不须计较苦劳心。万事元来有命。得雨潜龙自化,拾时屈蠖难伸。且凭诗酒慰孤罇。来日阴晴未定。③

---

① 无名氏:《五伦全备记》卷一,载《古本戏曲丛刊初集》,第40册,第2a页。
② 兰茂:《通玄记》,《古本戏曲丛刊五集》,第10册,第16a页。
③ 沈鲸:《双珠记》,《六十种曲》,第7册,第2a页。

秋月照穷今古,春花开满楼台。春花落尽更还开。秋月年年长在。惟有浮生若梦,须知逝水难回。得时欢笑且衔杯。镜里朱颜易改。①

第一首词聚焦的问题是一个事关风月的通俗话题,但曲家将其追溯至"风月"的本源,并非关于男女之情,而是生于太极空虚,所谓"太极空虚",《庄子》云:"大道,在太极之上而不为高;在太极之下而不为深;先天地而不为久;长于上古而不为老。"②《易传》对庄子的论述进行了延伸:"易有太极,是生两仪。两仪生四象,四象生八卦。"后人根据《周易·系辞》相关太极的论述结合庄子的"混沌"哲学推演成为成熟的太极观念,太极观念这种思维方式本身的终极目的是顺应大道至德和自然规律,不为外物所拘,"无为而无不为",实际上包含着清醒睿智的哲思。下阕中提及的"火"并非现实中的火,而是指道家的"三昧真火"。道家有木中火、石中火、空中火,对应到人体内的三种火,便是目光之火、意念之火、气动之火,三种火合在一起,意念加重,注视不离,称为"武火";意念轻松,似有似无,称为"文火","三昧"为修炼方法。能够接通真火的只有水,便是上阕提及的玉液。可见曲家描绘的神女形象并非只关注其姿容,而是融汇了道家思想,侧面烘托,使其形象更具神韵。

与之相近,第二首词中以"否泰循环"为开端,《易经》中"天地交谓之泰。天地不交谓之否。"唐代韦庄将其运用于《湘中作》,诗云:"否极泰来终可待。"戏曲填词也化用这一思想,用于表达人物的理想寄托,也是忧患意识的一种表征,意在体现人物

---

① 李开先:《宝剑记》,《古本戏曲丛刊初集》,第3册,第8b页。
② 陈鼓应注:《庄子今注今译》,中华书局2016年版,第17页。

的价值观。下阕的"潜龙自化"、"屈蠖难伸"正体现了主人公这种忧患意识,尽管他知道否泰循环、安危转展都是人生中必然经历的过程,不须过于计较,但抑郁不得志之心仍难以排解。蠖屈螭盘在唐宋诗中往往被运用以表达诗人壮志难酬的情怀,如孟郊《寄院中诸公》有"冠豸犹屈蠖,匣龙期割犀"、杨时《送严尉》有"勿云功未酬,屈蠖终当伸"、释行海《癸酉春侨居无为寺归云阁以十五游方今五十为》有"十五游方今五十,每嫌屈蠖苦求伸"之句,等等,明诗中亦有戴良《自定水回舟漏几溺》云:"既为屈蠖蹲,复作拳鹭峙"之句。因此,戏曲填词中承袭了诗歌中对蠖屈螭盘意象的运用,更增添了雅词的色彩。

在诗学传统的继承和使事用典的创作手法上,第三首词体现得更为明显。"浮生若梦"出自李白《春夜宴从弟桃花园序》:"夫天地者,万物之逆旅也;光阴者,百代之过客也。而浮生若梦,为欢几何?""逝水难回"化用了"覆水难收"的典故,《后汉书·何进传》有"国家之事易可容易？覆水不收,宜深思之。"后以朱买臣休妻事更广为人知。尽管这两处词汇出自唐诗和史书,当属于雅文学传统,但戏曲作品中亦不乏"梦"的题材,最为经典的作品以汤显祖的"四梦"为代表,朱买臣休妻之覆水难收的故事也在戏曲作品中多次被改编,曲家正是对雅、俗两种范畴的创作情况都有充分了解,在填词语言运用上才能较为自如,既体现了雅词的一面,同时又不会脱离戏曲人物形象或故事情节。

在戏曲作品中,由于受到人物或情节的设置所限,清真古雅之词难以融入剧情之中,曲家不自觉地选择俗词进行创作。俗词的内容范畴涉及较广,题材多种多样,现以一组俗词《西江月》为例:

　　　　本是村中蛮女,胡搭上粉黛胭脂。尺三大脚盖裙儿。

一味油盐酱气。卖俏斜偷花眼,见人扭着腰肢。未得小姐做夫妻。先把丫头试试。①

肉要十分烂软,略加五味调和。杀猪牲羯幼曾学。烧鸭烹鸡善作。细煮云中过雁,休论天上飞鹅。麒麟狮象与熊驼。曾在御前切过。②

忽见风流和尚,聪明俊雅温和。手中虽把木鱼敲。口念经词错杂。百样身躯扭捏,一双俊眼偷睃。牛郎有意弄金梭。不敢分明说破。③

捷子军中戏具,讨人筋骨便宜。晃毛撮起一张皮。真个轻盈有趣。 不论前膝后拐,手抬脚踢俱宜。腿儿掮起送如飞。耍得汗流浃背。④

一自施恩打倒,一方让我为尊。一爿酒店一红裙。一世无愁无闷。一睡起来晌午,一天瑞雪缤纷。一壶家酿醉醺醺。一步不知远近。⑤

第一首词所描绘的村中蛮女与前文所举蛾眉玉女有着天壤之别,既不会装扮自己,又带着一身酱油气,脚更是夸张地有三尺之长,这样的蛮女形象描绘已极具画面感,下阕又对其神态进行勾勒,蛮女也想象自己俏丽多姿,风情万种,结果却是东施效颦的结果。第二首词描写的场景在厨房,这是文人词中几乎不会去选取的题材,词中运用的意象则是鸡、鸭、鹅、雁等食材,更

---

① 陆采:《南西厢》,《暖红室汇刻传奇》,第 8 册,第 1a 页。
② 李开先:《宝剑记》,《李开先全集》,文化艺术出版社 2004 年版,第 23 页。
③ 郑之珍:《目连救母劝善记》,《古本戏曲丛刊初集》,第 5 册,第 1b 页。
④ 冯梦龙:《洒雪堂》,《冯梦龙全集》,江苏古籍出版社 1993 年版,第 12 册,第 67 页。
⑤ 沈璟著,董捷校:《重校义侠记》,河北教育出版社 2021 年版,第 33 页。

讲火候、做法等写入词中，呈现出日常化、生活化的一面。第三首词呈现的是一位风流和尚，长相俊美，却不安心礼佛，反倒"俊眼偷睃"，一个"偷"字将其内心风流的一面暴露无遗，这种形象的描写是很难使用佛教典故或援引经文来刻画的，用通俗易懂的语言反而更符合其人物心态。第四首词展现的是杂耍艺人卖艺的场面，通过一系列动作的直接叙述，不带有任何情感抒发的创作动机，词成为剧中过渡性叙事的手段之一。最后一首词在技法上可见曲家在做文字游戏，但文字效果犹如一首打油诗，且用字用词较为通俗，"睡起来"、"醉醺醺"这类词显然都不符合沈义父所言"下字欲雅"的标准，因此亦归为俗词范畴的《西江月》。

三　《西江月》何以谓"俗调"

《西江月》作为历史悠久、流传广泛的一个词调，在清人眼中却将其视为"俗调"，《莲子居诗话》云："西江月、一剪梅二调，易至俗庸，故词人多不作。"[①]其所指的俗调究竟俗在哪里？俗的标准是什么？是调俗还是词的内容俗呢？

首先，"词人多不作（《西江月》）"与戏曲中的填词情况相悖。如前文统计显示，《西江月》在明代戏曲中填作数量上位列第二，仅次于《鹧鸪天》的填作数目，表明曲家不仅不排斥《西江月》，反倒是经常选用此词调。在创作动机上，曲家存在两种情况：一是在其词学观念层面并不认为《西江月》俗，甚至将其填作出一番清真古雅的样貌；二是一部分曲家认为《西江月》确实俗，但正是

---

① 　吴衡照：《莲子居诗话》，清退补斋刊本，卷一，第12a页。

这种俗的特质更接近通俗文学,因此《西江月》在戏曲中反复出现。

其次,《西江月》的俗主要是指内容通俗。明代戏曲中填作的《西江月》约有 2/3 的比重皆为俗词,雅词仅占少数。俗词《西江月》主要呈现出日常化、情感化、叙事化、口语化的特点,以《五伦全备记》第二出中的三首词为例:

> 自古神仙造酒,将来祭祀筵宾。用时不过两三巡。岂至常时迷困。　善性化为凶狼,富家变作艰贫。抛家失业病缠身。一世为人混沌。

> 莫恋歌楼妓馆,休贪美色娇声。分明是个陷人坑。世上呆人不省。　乐处易生哀□,笑中真有刀兵。等闲错脚入门庭。便是虾蟇落井。

> 世上三般败事,无如赌博为先。任他财宝积如山。不勾赌场数遍。　输钱易如倾水,还本难若升天。谁家受用是赢钱。历数从头便见。①

这三首词描写无伦全、无伦备、安克和三兄弟在酒楼、妓院、赌场纵情声色的场景,都是日常生活可见的,词中也铺叙的方式将酒过三巡、贪恋美色、赌场数遍,以至抛家、失业、生病等事清晰地勾勒出来,其间不乏"分明是个陷人坑"通俗口语句子,把世上三般败事刻画得惟妙惟肖,每首词的结尾都落脚于劝善教化的主旨,劝诫观者不要浑浑噩噩生活,不要为各种诱惑所蒙骗。如此内容的词作一方面给底层观众的印象最深刻,既有事实为例,又有情节起伏,且通俗易懂,直达人心。另一方面,对文人来

---

① 无名氏:《五伦全备记》卷一,《古本戏曲丛刊初集》,第 40 册,第 4b-5a 页。

说,这些俗词的特质是他们在填作单首词中几乎不会用到的手法,因此在观看戏曲的过程中,听到或读到这些词作,便会引起注意,加之俗词数量极多,辐射范围极广,日渐形成了《西江月》"俗"的主观印象。

再次,词学评论者将《西江月》称为"俗调"而非"俗词","调"为何会俗呢? 这主要与创作技法有关。李渔《闲情偶寄·词曲部》云:"开场数语,谓之家门,岁云为子不多,然非结构已完胸有成竹者,不能措手……未说家门,先有一上场小曲,如《西江月》、《蝶恋花》之类,总无成格,听人拈取。此曲向来不切本题,只是劝人对酒忘忧、逢场作戏套语。"①李渔认为《西江月》为了迎合叙事需求往往突破已有的句格,因此为俗调。确是如此,如《芙蓉记》开场"误入空门披剃,一心望结弥陀。神女高唐有约,汉津织女抛梭。可怜芳态女娇娥,日守山房独坐。"②词牌标注为"西江月",却与《西江月》的词格完全不同,并无上、下阕之分,六句可以完成的叙述,便不再增加两句以满足词格的要求。这完全是站在戏曲的视角进行考虑,满足叙事需要、不拖沓即可,若站在词家的角度则不然,填词首先要满足的便是词格,无论是填作正体还是变体,都要基本遵从词律,再字斟句酌。王骥德言:"夫诗之限于律与绝也。即不尽意,欲为一字之益,不可得也。词之限于调也,即不尽于吻,欲为一语之益,不可得也。若曲,则调可累用,字可衬增。诗与词,不得以谐语方言入,而曲则惟吾意之欲至、口之欲宣,纵横出入,无之而无不可也。故吾谓:快人情者,要毋过于曲也。"③王骥德指出,曲和词之间的差别在于曲可以使

①　李渔:《闲情偶寄》卷三,《中国古典戏曲论著集成》,第7册,第66页。
②　江楫:《芙蓉记》,《古本戏曲丛刊五集》,第2册,第3b页。
③　王骥德《曲律》卷四,《中国古典戏曲论著集成》,第4册,第160页。

用衬字、谐语及方言,原本为了符合当行本色所运用的衬字、俗语等,在曲家填词时也大量借用,"古诗余无衬字,衬字自南、北二曲始。"①在创作技法上,衬字在填词中的广泛使用,亦直接影响了词之雅、俗的审美感受,也是造成词家将《西江月》视为俗调的原因之一。

综上所述,明代戏曲中大量填作的《西江月》被视作"俗调",而非通常意义上的"俗词",判定其"俗"的主要来源依然是思想内容方面的体现,但因创作技法层面对于戏曲的迎合,增加衬字等创作手法已经不同于单首词的填作,词体样式上的改变是《西江月》被归为"俗调"的重要原因。

小 结

雅文学与俗文学是文学作品中两大重要范畴,从戏曲的流变过程来看,从先秦雅乐与郑卫之声的分野,到明代文人介入戏曲的创作,雅俗之辨一直存在,戏曲走向雅化的一个典型表现便是文人在戏曲中大量填词,使戏曲中的语言不再过于通俗,或近于俚俗。值得注意的是,词体在戏曲中发挥的作用必然受到戏曲本身的影响和制约,因此戏曲中的填词也产生了雅俗之分。词之雅俗主要划分标准在于其思想内涵与语言运用,合乎诗教者为雅词,表达市井生活情感者多为俗词;语言清真古雅者为雅词,通俗浅近、直白明快者为俗词。词之雅俗无法局限在某一词牌,但有些词牌却因大量羼入戏曲之中而被后世视作"俗调",其

---

① 王骥德《曲律》卷四,《中国古典戏曲论著集成》,第 4 册,第 125 页。

中以《西江月》最具代表性,《西江月》在思想内容、语言运用、创作技法上都印证了"俗调"二字,而非简单的"俗词",同时也是戏曲填词不同于单首词创作的一个典型个案。由此反观明代戏曲中的雅俗融摄,主要分为两个层面:一是戏曲的雅俗;二是戏曲中词作的雅俗,词体羼入作为戏曲雅化的重要手段,如何看待戏曲中词体的雅与俗,对明代戏曲中的词作研究具有重要的意义。

首先,在戏曲发展层面,明词的羼入是曲家创作上的大胆尝试,对戏曲这一通俗文学样式走向雅化之路产生重要影响。具体来说,第一,戏曲文字以词体形式展现,更增添了韵律感和文学性。戏剧开场、主要人物出场,甚至是日常生活的描绘,文人曲家都不同程度地以词表达,沟通了文人与大众的娱乐审美空间。第二,戏曲雅化的手段不仅仅为填词一种,元杂剧中更有开场诗、收场诗等以诗体形式去展现典雅意味,但诗体的文本空间比较有限,尤其涉及叙事层面,很难将整部剧的剧情进行概括言说,因此,在这个意义上,明代曲家选择了以词代诗,在文体样式上做出了更为合适的选择。第三,戏曲填词及词体在戏曲中产生的自觉与不自觉的变化,在明代中晚期都已经形成了相对稳定的写作模式,并得到曲家共识,这些创作范式与审美表达直接影响了清代戏曲的创作。

其次,在词学研究层面,戏曲、小说中的词作鲜少被列入词学研究领域,而客观上,以明代为代表,在俗文学发展的高峰,戏曲、小说中大量填词,这些词作的价值应受到关注。戏曲、小说中的填词往往因为通俗叙事或日常口语化的表达而被认为价值不高,值得注意的是,通俗化、日常化并不能代表戏曲、小说填词的全貌,这些词作亦有雅词与俗词之分,雅词与俗词又各自具有其评判标准,雅词符合正统礼乐之规,表情达意与单首词的价值可相媲美;俗词则多结合戏曲中的人物形象设置或剧情发展需要组织文字,若以单首词的视角来审视戏曲中的俗词仿佛价值不高,但若结合戏曲文本背景来看,则是"当行本色"之词,因此,在审视戏曲填词时,不能脱离戏曲文本孤立看待词作。

再次,正因评判戏曲填词的价值时不能脱离戏曲文本,戏曲中的填词创作受到戏曲本身较大制约,也成为这些词自身的局限所在。如衬字、口语、俗语的使用,以及为承接剧情所做的大量通俗叙事,这都是单首词中鲜见的,因此在词学研究领域通常针对单首词的创作进行评判的情况下,戏曲中的词往往被视为价值不高,但戏曲填词若以单首词的标准进行填作,又会与戏曲文本显得格格不入。

第五章　明清之际伶人的流散与咏剧词隐括成调

　　明清之际伶人四处漂泊,在"美人事隐括成调"的写作传统影响下被纳入词的创作之中,呈现出以伶人的流散代表家国的沦落,以家乐艺人的流散代表家道衰落的独特视角。此类家国之感的抒发极易在文人之间形成群体认同,加之唱和之作的不断强化,咏剧词的伶人书写走向符号化,超越了作为戏曲评点本身的价值。对伶人的吟咏,诗词本同源,但清初咏剧词与诗已大有不同,通过大量铺排的细腻描写和隐括策略的运用,使得咏剧词在伶人书写方面占据先机。

　　清代咏剧诗歌数量繁多,顺康两朝咏剧诗人近 120 位,值得注意的是,目前《全清词》(顺康卷)及其补编中收录的咏剧词家已多达 157 家,词作 366 首,可知以词咏剧之盛不亚于诗。已有研究或侧重谈诗,或诗词合而视之,从词的文体特性或咏剧诗词的异质对比入手研究尚未开启。事实上,就伶人评点而言,长短句与绝句式的点评在盛唐便已开始流传,二者皆追求文字之外能够传达出的弦外之音。填词则在技法上有较大的发展空间,加之"不惟可以燕寓欢情,亦足以想象昔贤之高致"①的隐括传统,在清初为文人抒发易代之感提供了便利。

一 伶人的流散与咏剧词的创作

明清易鼎,家国之悲是文人书写的普遍主题。因许多著名的曲师艺人曾侍宫廷或著名的家班,易鼎之后四处漂泊,伶人身上也自然而然地被赋予了飘零之感,并与家国之悲建立了联系。据统计,清初咏剧词半数以上关涉伶人,其中,直接描写伶人技艺、身段等词作181首,描写伶人演绎的角色之作70首,集句5首,②伶人姓名可考者30余人。具体到咏剧词的内容中,呈现出以伶人的流散代表家国的沦落,以家乐艺人的流散代表家道衰落的独特视角。

清初所咏剧目多为明代中后期和清初之作,此期间的伶人多经历过易代之变,文人借与伶人重逢的契机抒发家国之感,既为咏剧词中的伶人书写赋予了新的内涵,又使得一批伶人形象得以流传于世。阮大铖府上失火之时,家班伶人四散,此后鲜见于著录,已有研究成果中仅提及朱音仙、陈裕所、李伶三人。③ 朱

---

① 林正大:《风雅遗音》,国家图书馆出版社 2012 年版,第 17 页。

② 另有谜集之作 60 首,题戏曲图像之作 20 首,案头剧评 14 首,怀古及悼亡之作 6 首,民俗之作 10 首。

③ 论及此三位伶人的研究主要有:刘水云:《明代家乐考略》,《戏曲研究》,第 60 辑,2002 年,第 85-86 页;郑雷:《阮大铖丛考(下)》,《华侨大学学报(哲学社会科学版)》,2006 年第 4 期,第 96-98 页;胡金望:《阮大铖与晚明著名艺人和戏曲鉴赏家交往考述》,《东南大学学报(哲学社会科学版)》,2012 年,第 1 期,第 109 页;季翠霞:《阮大铖传奇研究》,华东师范大学博士论文,2010 年,第 121-122 页。

音仙原为阮大铖家班名伶，龚鼎孳《口号四绝赠朱音仙》题注"为阮怀宁歌者"，后被进献南明，覆亡后，再度流落民间，成为晚明耽于逸乐的见证。后曾流落如皋，被冒襄聘为家班教习，直至康熙三十二年(1693)冒襄去世。韩菼《挽如皋冒征君巢民》有"善才不死轻投迹，贺老犹存久擅场"之句，自注"贺老，谓朱音仙。"①此后，再度流落的朱音仙又被曹寅收留，受聘于曹寅家班。曹寅《念奴娇·赠朱音仙》有"误国可怜余唾骂，颇怪心肠雕巧""事去东园钟鼓散，司马流萤哀草"②之句，与李符《河满子·经阮司马古宅》中"惨淡君王去国，风流司马无家。歌扇舞衣行乐地，只余衰柳栖鸦"③感情相同，此时的衰落与王翃观朱音仙演剧所作《翠楼吟》中描绘的"珠衣招秀影，移来乍凌波纤月。才华超邺"④形成了鲜明的反差。至于陈裕所，阮大铖位高权重时，曾派伶人教师陈裕所前来劝说冒襄一同抗清，《冒巢民先生年谱》记载："陈遇所来曰：若辈为魏学濂仇我，今学濂降贼授官，忠孝安在？吾虽恨，若实爱其才，肯执贽，吾门仍特荐为纂修词林。"冒襄笑曰："祸福自天。"⑤明亡之后，陈维崧居于水绘园，在《满江红·陈郎以扇索书为赋一阕》中，对这位陈郎有注释："父名九，曲中老教师"，还描绘这位陈郎的技艺"铁笛钿筝，还记得，白头陈九。曾

---

①　转引自吴新雷，黄德进：《曹雪芹江南家世丛考》，黑龙江教育出版社 2000 年版，第 145 页。

②　张宏生主编：《全清词》(顺康卷补编)，南京大学出版社 2008 年版，第 2 册，第 66 页。

③　《全清词》编纂研究室主编：《全清词》(顺康卷)，中华书局 2002 年版，第 7494 页。

④　张宏生主编：《全清词》(顺康卷补编)，第 3 册，第 27 页。

⑤　冒广生编：《冒巢民先生年谱》，见《北京图书馆藏珍本年谱丛刊》，卷七十，第 359 页。

消受、妓堂丝管,球场花酒。籍福无双丞相客,善才第一琵琶手。叹今朝,寒食草青青,人何有?"①从"籍福无双丞相客"一句可知陈九并非冒襄家班班底,而是曾侍丞相府。冒襄与陈裕所早就相识,从陈维崧的词中可推知陈九便是阮氏家班中的陈裕所,甲申之后居于水绘园,执教戏曲。此后,水绘画园雅集时亦有其他文人提及陈九,如刘梁高、刘雷恒等人互相唱和的诗作《奠两招同辟疆老盟兄即席限韵时张姬又琴歌者陈九在座》②等,阮氏家班中陈裕所的流散轨迹便可以继续勾勒出来。而李伶至今仍无进一步资料可考,颇为遗憾。

知名伶人的流落曾在顺康间掀起以诗、词、文相赠的创作热潮。苏昆生、柳敬亭是明末清初最著名的两位艺人,前者人称"南曲天下第一",曾于汪汝谦、王时敏家班任教习,后又投靠冒襄家乐,再侍左良玉幕府;后者以评话闻名于世,亦曾侍左良玉幕下,既是明末政治活动的参与者,也是明清易鼎的见证者。从吴伟业《楚两生行》到黄宗羲《柳敬亭传》,再到汪懋麟《贺新郎·赠柳敬亭和曹升六韵》、史唯国《喜迁莺·听苏昆生度曲》等,流落重逢再度曲,便已是"入耳新声,惊心绝调""折戟残戈,犹忆湖湘事",将时事风云暗含于伶人的沧桑经历之中,引起强烈共鸣。陈维崧还曾填作四首慢词记录了他与著名伶人苏昆生的多次相遇,分别为《喜迁莺·华汉章招饮听苏昆生度曲》《沁园春·郝元公先生生日同杜于皇苏昆生黄稚曾家集生署中观剧词以纪事》《贺新郎·赠苏昆生》《贺新郎·自嘲用赠苏昆生韵》,词中数度

---

① 陈维崧:《迦陵词全集》,见《续修四库全书》,集部,第 1724 册,卷十一,第 250 页。

② 冒襄辑:《同人集》,见《四库全书存目丛书》,集部,第 385 册,卷五,第 233 页。

以苏昆生的命运叹息国破家亡,如"叹乌衣谁认,王家旧巷,青衫难换,陆氏荒庄"①等句,此时伶人的命运与家国之感紧紧联系在一起。落魄名伶形象的反复出现,形成了一种文化符号,呈现出"梨园白发潜悲吼。谁信道、千秋南董,系诸伶口"②的独特范式。

二　伶人书写的隐括策略与诗词的离合

盛唐以来,长短句与绝句式的诗歌同时并存,早期的小令词家甚至喜欢用类似绝句的节奏来填词。当时的酒肆伎馆屡见不鲜,吟咏伶人成为此类作品重要的题材来源之一。绝句式的诗歌创作注重的是弦外之音,正如黄勋吾所言:"据传统诗话家的说法,绝句要写得深富言外微旨,最好是用因景生情、以景触思的写法。另一种频见使用的笔法,是在收尾对句中使用疑问句、假设词、反问句与否定词等。这两种笔法看似矛盾,但目标一致,都要在句中创造出弦外之音。"③填词同样追求这种弦外之音,但在创作上较诗歌容易得多,主要得益于"换头"的生成。"换头"作为一种过渡,将双调词从上阕移至下阕,上阕收尾只要能够预示下阕内容即可,下阕的内容创作空间仍然较大,甚至可以形成新的转变。绝句收尾所寓的弦外之音则没有如此大的变数,因中联要保持对仗,第四联不能太过跳跃,否则在与第三联

---

　　①　陈维崧:《沁园春·郝元公先生生日同杜于皇苏昆生黄稚曾家集生署中观剧词以纪事》,《迦陵词全集》卷十一,见《续修四库全书》,集部,第1724册,第251页。

　　②　陈维崧:《贺新郎》,《迦陵词全集》卷十一,见《续修四库全书》,集部,第1724册,第253页。

　　③　黄勋吾:《诗词曲丛谈》,《南华学报》,1948年第1期,第5页。

之间没有过渡的情况下,易生晦涩之感。孙康宜教授认为:"词人构设前后片的方式,大致可以反映其人风格,也可以吐露涉世的深度。"①也就是说,词通过上下阕的填作,将意境拉伸出距离感,可以融入更多的个体思索,这些思考多与创作者自身的涉世经历、写作风格相关。

因词体的上、下阕结构相对松散,且长短句的句式也给了词人娓娓道来的空间,咏剧词的描绘较咏剧诗的写作更为丰满灵活、细腻生动。大量的铺排描写为家国之感的抒发层层铺垫,对伶人身段样貌的勾勒、剧情角色的评述、宴会雅集的相遇等均可成为情感抒发的契机。以将兴亡之感寄托于悲欢离合的清初传奇《秣陵春》的观演诗词为例:

金人捧露盘·观演秣陵春

记当年,曾供奉,旧霓裳。叹茂陵、遗事凄凉。酒旗戏鼓,买花簪帽一春狂。绿杨池馆,逢高会、身在他乡。 喜新词,初填就,无限恨,断人肠。为知音、仔细思量。偷声减字,画堂高烛弄丝簧。夜深风月,催檀板、顾曲周郎。②

这首词为吴伟业初创《秣陵春》时所作,上下阕分布于不同时空,上阕为回忆,下阕为当下,借助填词换头的优势,自然而然地拉开了时空的距离感。上阕的回忆并非是词人当年供奉朝堂的往事,而是眼前的这位伶人曾经供奉,易代之后流落于"绿杨池馆"演出,靠偷声减字表演《秣陵春》传奇。眼前的演出触动了词人的"无限恨",因而将眼前人视作知音。这位伶人应为柳七

① 孙康宜著,李奭学译:《词与文类研究》,北京大学出版社 2006 年版,第 24 页。

② 吴伟业:《吴梅村全集》,上海古籍出版社 1990 年版,卷二十一,第 560 页。

郎。据徐釚《词苑丛谈》记载，观演时"祭酒又自题一律云：'词客哀吟石子冈，鹧鸪清怨月如霜。西宫旧事余残梦，南内新词总断肠。漫湿青衫陪白傅，好吹玉笛问宁王。重翻天宝梨园曲，减字偷声柳七郎。'"①此诗可视作《金人捧露盘》的诗歌版，不同的是，诗中时空的距离感并不清晰，加之典故的运用，并未形成鲜明的今昔对比。一同观看《秣陵春》的其他文人唱和，可以不同程度地看到《金人捧露盘》的影子，如余怀有"曲畏周郎顾，诗输老杜多""愁深沧海月，醉杀秣陵春"，②王昊有"震泽烟波千顷暮，秣陵花雨六朝秋。江南牢落无穷恨，欲付樽前一笛收"③等，但对柳七郎的细致勾勒仅存于《金人捧露盘》，可见词体创作的独到之处。

　　清初吟咏伶人填词的章法颇为相近，或隐括词句，或隐括时事，或隐括意境。在词句的选择上，如李式玉填《早梅芳》词赠别霍姓伶人，上阕以"广陵箫，淮安鼓。能按霓裳谱"④总领，宋词中描绘霸陵伤别时便已有"箫声咽，秦娥梦断秦楼月"之句，以箫声代离别，隐括美人的离愁，诗中也有"三叠阳关渭城酒，二分明月广陵箫""明月偏思广陵箫，梅花又落江城笛"⑤等，广陵箫、淮安鼓、竹枝歌、柘枝舞、伊凉曲等与伶人相关的技艺成为了隐括离合之感的切入点，吴下秦青、司马青衫、优孟衣冠等围绕伶人展开的情感寄托也反复出现。词人将对时事的隐括嵌入剧评中，

　　①　徐釚著，王百里校笺：《词苑丛谈校笺》，人民文学出版社1988年版，第521页。

　　②　余怀：《至娄东吴骏公宫尹留饮廓然堂同周子俶剧饮》（四首），见李金堂编校《余怀全集》，上海古籍出版社2011年版，第108-109页。

　　③　王昊：《白门余澹心来娄全昭芑子俶九日圣符周臣端士异公集梅村先生梅花庵》，见《硕园诗稿》，《四库未收书辑刊》第9辑，第16册，第432页。

　　④　李式玉：《南肃堂集》，《清代诗文集汇编》，第406册，第83页。

　　⑤　宗臣：《宗子相集》，《文渊阁四库全书》，集部，第92册，第307页。

由观伶人演剧引出，看似剧评，沉浮之感暗含其中。梁清标《春风袅娜·上元王胥庭司马召饮观剧》中一语道破："谁把燕山旧事，移宫换羽，倩优孟、谱入新声"，结尾又从剧中拉回到现实，即"梦里功勋，休嗟陈迹，眼前杯酌，且尽平生。"①陈维崧在观演《党人碑》剧时亦是如此，"任刺史筵前，娇丝脆竹，党人碑上，怪雨盲风"，前一句还沉浸在剧情中，接下来伶人的出现，"我已冥鸿，人方谈虎，愁杀长安老石工"，将思绪从剧中拉到了现实的演出场景，而句中的"愁"从何来？"歌且止，思两家旧事，此曲难终"则对此作出了解释，将视角彻底从剧中拉入现实。这种隐括时事的方式有时会受到剧目的制约，诸如《党人碑》《铁冠图》《秣陵春》等剧从剧情上便易于与家国之感建立联系，甚至对《西厢记》也选取《长亭送别》一折来抒发胸头万卷、断魂悲惜之情，但对无法从剧情上直接切入的作品，词人则转道从意境的塑造上蕴含隐括意味。如李渔《花心动·王长安席上观女乐》写道："此曲只应天上有，今日创来人世。听有余音，看有余妍，演处却全无意。当年作者来场上，描写出、毫端笔底。虽爱饮、只愁忽略，不教沉醉。　我亦逢场作戏。院本虽多，歌声尽沸。曲止闻声，态不摩情，但使终场而已。焉能他日尽如斯，俾逝者，常留生气。借君酒，权代古人收泪。"②这首词没有突出伶人演绎的是哪一支曲，而是通过双重对比衬托出今非昔比之感，一是突出曲子本身的美感和伶人"态不摩情"形成巨大反差；二是词人自身也无当年之情，如今只是逢场作戏。双重隐括塑造的意境既依托于伶人，又超出于戏曲，收梢于"权代古人收泪"。

---

① 梁清标：《春风袅娜·上元王胥庭司马召饮观剧》，《全清词》（顺康卷补编），第2册，第89页。

② 李渔：《李渔全集》，浙江古籍出版社2010年版，第3册，第112页。

三　文人唱和与伶人书写的隐括空间

清词中兴的一个重要表现就是词人没有死抱传统题材和形式规则,从吟咏花草深入到整个社会人生,在内容和题材上都有了极大的丰富和拓展。加之各种变体、变调兼具,在词境的塑造上也有所提升。《松陵绝妙词选序》对此给予了充分肯定:"论诗家至以填词为戒,恐其以纤弱为胜场,以软美为人格,乐而流于淫,哀而失之伤,而不知止也……窃论江左人物,如梅村、芝麓两先生,以诗鸣者也,而所赋长短句,吴能运史入词,得稼轩之雄,而去其放;龚能镕诗入词,得美成之逸,而化其排。"①可见词体的进一步发展得益于诗的创作经验,且不同词家填词,都能将自身所擅长的写作经验融入其中,整体上使清初词风避免了纤弱软美的状态。李一氓更称赞云:"清顺康间,词风大盛,就其表达方法而论,极为自由放纵而又委屈隐晦。此一代作家同具有明清易代之感受,唯词足以发抒之。"②也就是说,清初这一批词人多数都经历过明清易鼎,很容易在情感上产生共鸣,而词作为情感抒发的载体,在经过诗歌创作经验的提炼之后,婉约与豪放都得到了中和,可以做到"乐而不淫,哀而不伤"。

伶人书写正是在这样的词体发展和历史背景下被众多文人所关注。同时,以吟咏伶人隐括家国之感还得益于文人雅集观剧和唱和活动。咏剧词中的伶人书写多为招饮、酬和、雅集之

---

① 周铭:《松陵绝妙词选序》卷首,清康熙十一年(1672)刻本。

② 李一氓著,吴泰昌辑:《一氓题跋·康熙本〈瑶华集〉跋》,三联书店1981年版,第192页。

作,依托观剧唱和这一群体行为生发出来,容易形成群体认同和情感共鸣。就雅集观剧活动而言,清初最具影响力的莫过于冒襄得全堂演剧。晚明时,冒襄曾因《燕子笺》观剧骂座一事,其气节得到众多文人的钦佩和认同。入清以后,冒襄隐居水绘园,每有客来访,常于得全堂演剧款待。表面上看似是晚明闲赏生活的延续,实则成为了传达新愁旧恨的文化选择,因此,更容易引起文人的情感共鸣。这种共鸣可以打破遗民与贰臣的界限,易代之际士人的悲愤和追怀都可以借助观剧表达出来。其中影响力最大的一次是顺治十七年(1660)为款待陈瑚召集的得全堂夜宴,唱和之作后被冒襄辑为《同人集》,凡 12 卷,流传至今。得全堂演剧唱和中,诗、词、文兼擅,文则多以追忆寄情,如陈瑚《得全堂夜宴记》和《得全堂夜宴后记》回溯到崇祯间观剧骂座的意气风发,与当下隐逸处世、洁身自守形成鲜明对比;诗多选择单刀直入,偶有伶人形象的片段元素出现,但很难形成较为立体的形象,伶人与家国之感的联系不够紧密,如王士禛《上巳辟疆招同邵潜夫陈其年修禊水绘园八首》中仅偶现"银筝初弹阮初擘""大儿小儿唱铜斗""吴歌水调欲沾衣"等句子衬托,伶人形象并不清晰。而词作中的呈现大有不同,如李中素《满庭芳·雉皋元夜听冒巢民先辈家新演梨园柬同游诸子》有云:"多情轻按拍,一声松去,地老天荒。似莺雏燕乳,软语雕梁。 不管新愁旧憾,须重换、百转柔肠。关心事,吴山楚水,遮莫便参商。"[①]上阕从伶人情感酝酿、按拍演唱入手,勾勒出伶人技艺及其声情效果,为下阕做了很好的铺垫。下阕则以情相衔接,所关心之事又以吴山楚

---

① 李中素:《满庭芳·雉皋元夜听冒巢民先辈家新演梨园柬同游诸子》,《全清词》(顺康卷补编),第 760 页。

水、参商二星来替代,跳出演剧之外,具有强烈的隐括之感。得全堂演剧的唱和之词多以冒襄家班伶人的柔情演绎入手,隐括家国情怀,直至康熙后期张符骧在追怀冒襄时所填《百字令》对此作出总结,写道:"征歌纵酒,只区区、不坏吾生名节。乐部忍教零落尽,云散风流娇怯。却喜今朝,仍如旧样,妩媚无差别。檀槽漫撚,听来妙处难说。　依稀还朴斋头,冒家花乳,兴废堂前月。一辈词人皆老去,孤负燕莺稠叠。怪雨盲风,柔丝脆竹,触着心都折。割愁何术,莫遣差之毫发。"①

　　就雅集活动的参与者而言,擅在唱和词中借伶人书写隐括家国之感的词人较为值得注意的是陈维崧和汪懋麟。陈维崧作为清初词坛的代表人物,在冒襄水绘园居住多年,与伶人过从甚密,留下许多相关词作。陈维崧词的伶人书写不仅仅局限于得全堂演剧,还渗透到其他雅集活动中,其特色在于反复使用同一词牌强化情感的表达。如其与杜濬一起观新戏《寿春图》时相互填词自嘲,陈维崧便采用了原本赠苏昆生所填的《贺新郎》韵,重新填作了两首《贺新郎》,慨叹"梨园白发潜悲吼。谁信道、千秋南董,系诸伶口",后于徐乾学家中观剧时,又以《贺新郎》自我宽慰道"不须恨、英雄无主"。在方以智宅中观剧时,陈维崧作《念奴娇》词,次夜见韩楼灯火甚盛,又叠前日韵作《念奴娇》一首,感叹"总是狎客南朝,佳人北里,占断芜城路。好景也知容易散,一别沈鳞鹤羽。"后至季振宜宅中观剧时,又作《念奴娇》词,抒发"拍到残时,人将散处,乐往伤幽独"的寂寥之感。汪懋麟作为具有代表性的广陵词人,其对伶人的书写具有两面性。一面契合

---

　　① 张符骧:《百字令·鸿雪堂听歌追怀巢民》,《全清词》(顺康卷补编),第1711页。

广陵词风的"花间"遗意，对伶人的容貌、仪态、动作、神态等描绘得十分细腻，如"丹脂微晕，翠翘高耸""柳眉星眼""雌雄难辨"等；一面借寄情声乐彰显自身的脱俗气度，如《永遇乐·七夕司农公招饮观演刘项诸剧和原韵》中借对叱咤英雄与袅娜美人命运的吟咏，勾勒出"试回头、看西风残照，楚汉一般宫阙"的想象，同时也是意境上的隐括。

据刘东海统计，"顺康朝多人步韵唱和共进行了215次，存词2451首，参加唱和的作者共580位。"①从存词数量上看，词与诗几乎并肩成为清初文人唱和之作的主流体裁，王士禄甚至认为："诗不宜次韵，次韵则虑伤逸气；词不妨次韵，次韵或逼出妙思。"②此时的唱和是否因"不宜次韵"而转向词体创作，李渔曾作这样的描述："乃今十年以来，因诗人太繁，不觉其贵，好胜之家，又不重诗而重诗之馀矣。一唱百和，未几成风。无论一切诗人皆变词客，即闺人稚子、估客村农，凡能读数卷书、识里巷歌谣之体者，尽解作长短句。"③可见填词的创作群体在逐渐扩大，蔚然成风，文人也在填词的创作中不断求变求新。值得注意的是，晚明以词为依托的唱和之作甚广，却一度被视作明词衰落的一个原因，饶宗颐先生曾论及："明词之坏于以词为酬应之作品，自宰辅翰苑以次，无不以词为贺投赠，蔚成风尚。"④事实上，同为唱和之词，其差异主要在于其中蕴含的时代精神不同。以咏剧词的

---

① 刘东海：《顺康词坛群体步韵唱和研究》，上海古籍出版社2013年版，第41-43页。

② 王士禛：《渔洋词话》，见葛渭君：《词话丛编补编》，中华书局2013年版，第728页。

③ 李渔：《李渔全集》，浙江古籍出版社1998年版，第2册，第377页。

④ 饶宗颐：《清代地域性之词总集与酬唱词集》，《饶宗颐二十世纪学术文集》，中国人民大学出版社2009年版，第5册，第2357页。

伶人书写为例,尽管吟咏对象为舞台上的伶人或剧中的角色,但其主旨却聚焦于家国之感的慨叹,换言之,这种填词模式已经内化为文人之间情感沟通的一种方式,最终形成清初咏剧词创作的价值取向。

四　清初咏剧词中伶人书写的双重效应

周诰以《折桂令》题《录鬼簿》有云:"想开元朝士无多,触目江山,日月如梭。上苑繁华,西湖富贵,总付高歌。麒麟冢,衣冠坎坷。凤凰台,人物蹉跎。生待如何,死待如何。纸上清名,万古难磨。"①描绘出易代之际,伶人生活的动荡,曲家、作品、技艺均易失传,因此,对伶人的记述就显得十分必要。对于咏伶人词的研究多与戏曲史料互佐,或勾勒出曲家和伶人的交往行迹,或对伶人史料进行有效补充,绝大多数伶人的生平经历都没有完整传记性质的记载,只能从散见戏曲史料中梳理推测。值得注意的是,明清家族文化盛行,诗文、书画、戏曲等领域皆有所创获,尤其在书画和戏曲领域,家族文化的群集与传承起到不可忽视的作用。其中较为突出的如太仓王时敏家族、吴江沈璟家族、海宁查继佐家族等,这些擅曲家族的家班伶人数度出现在文人的诗、词、文中,在晚明时达到了巅峰,不少家族成员精通音律、热衷编剧、擅长教习伶人,戏曲相关的元素都逐渐成为精英阶层笔下描摹的对象,伶人与文人之间的交往也日益密切。在没有

---

① 周诰:《录鬼簿·题词》,[元]钟嗣成撰,王钢校订:《录鬼簿校订》,中华书局2021年版。

专门的伶人撰述的情况下,清初遗民对伶人的书写成为了补充戏曲史的重要材料。

正因伶人被赋予了历史意义,使其不只因技艺而熟知,更因家国记忆而形成经典的文化符号。以伶人书写寄托家国之思的成功始于杜甫对开元初年著名乐工李龟年的描绘,自此,李龟年在历史上不仅仅是一名艺人,也代表了经历兴衰沉浮的艺人群体,成为带有象征意味的符号,清代"传奇双璧"中的《长生殿》也对李龟年的形象着意添加笔墨。宋元易代,张炎词作大量抒写亡国之痛、身世之悲,《山中白云词》所收《满江红·赠韫玉传奇惟吴中子弟为第一》或为最早记述南戏演出和男旦演员的咏剧之词,自胡忌、钱南扬据此考证得《东嘉韫玉传奇》后,这则材料一度引起戏曲研究的关注。除文献佐证价值之外,词中"离别□,生叹嗟。欢情事,起喧哗""洗尽人间笙笛耳,赏音多向五侯家"之句,亦不失为张炎对世事沧桑的慨叹。遗憾的是,这首词在文人创作中并未受到广泛关注,词中的伶人形象也未能形成李龟年那样的经典,张炎"以词存曲"的意识在词学发展至宋元时期仍显得比较超前,没能形成词人的集体意识。元明时期词体的发展走向衰落,尽管当时的戏曲名伶出现了如顺时秀、朱帘秀等人,但多以《录鬼簿》等生平、技艺的记载得以传世,咏剧词的数量也远远少于诗。清初之所以能够为伶人重塑经典并赋予新的内涵,与戏曲发展的繁盛、清词的中兴密不可分。通过家国情怀的寄托所塑造的经典伶人形象贯穿了清词,乃至清代咏剧诗文创作的始终,每当苏昆生、柳敬亭等形象出现,时过境迁,描绘的已不是即时性的观演之作,而是作为典故化用,或与后辈伶人进行对比,或产生跨时空的情感共鸣。

反观戏曲实现自足发展以后,与不同文体之间的频繁互动,其意义不应只局限于"咏剧"这一题材范畴，若立足于与之互动的载体便会发现，咏剧题材的贡献远高于戏曲本身的传承。就词体来说，清初的伶人书写和家国寄托具有独特的词史意义。

对伶人的书写成为"以词存史"的媒介之一，迎合了清初词风力图扭转俚鄙浮靡的改革方向。从套路化的写作模式中有所新创，不再拘泥于伶人、文人、舞台这个小圈子，而是将伶人的遭际融入历史的变迁，使之成为词史叙述的新载体，如此的咏剧词创作较之前的作品相比，在内容与思想情感上更加饱含深度。与伶人重逢成为词人情感宣泄的重要切入点，除以写实手法描摹之外，还以通感的手法将一维的听觉体验转化为多维的视觉想象，如吴绮《水调歌头·听丁翁弹南曲旧事》，借"重见白头遗老，细数新亭旧事"的契机，把天宝盛世、宜春丽景、南国花柳、六朝歌舞纷纷呈现在读者眼前，上阕极尽铺排盛世之景，只为引出心中之恨，即"仆本恨人耳，掩泪对清樽"。

那么，以伶人书写切入词史的建构意义何在？主要在于清词中兴背景下的融通与新创，呼应了清词经典化的策略。正如陈维崧《今词苑序》所言："穷神知化，以观其变；竭才渺虑，以会其通。"这种求变求新的写作主体意识随着时代的发展，转益多师，另辟新径，由此也建构了新的经典，将家国之感附于流散的伶人身上，从伶人技艺之外的蹊径使其广泛流传，无疑是经典意识驱动下的成功实践。"以会其通"还体现在，将伶人书写与家国情怀建立连接之后，更加符合士大夫文人情趣，使戏曲进一步得到了词人群体的社会体认。方炳《凤凰阁·题李孟芬杂剧》在感喟历史旧事的同时，指出"自诗词之后，又增曲学。其中又自有标格，几次朵颐染指，究竟高阁。"点明戏曲已经成为诗词之后又一重要的文学样式，且具有独立的理论基础和创作范式，这较王士禛《花草蒙拾》中以《花间》《草堂》作比来谈词曲的分合要确切得多。陈维崧观季沧苇家班演剧时所作的《念奴娇》中又进一步谈道："非月非烟非雾雨,非肉非丝非竹。不易描摹,最难忘记,耿耿萦心目。"即从形式上的标格深化到对情的体悟,直击戏曲表达的核心。清初词人的这种体认并非戏曲着意向词靠拢的主动选择,而是词人创作过程中形成的集体无意识,诗词曲之间的融通也得益于词史观念下题材的开拓和经典意识的塑造。

附录一:清代诗词记载中伶人流散情况举隅

艾山补

《赠艾山补》

丈夫六十无成已云老,捉襟纳屦人咸笑。仰面床头看屋梁,独有千秋在怀抱。请言昔日全盛时,堂前吹竹兼弹丝。至今梨园白髪擅长者,犹是君家十岁教歌儿。卓荦声名推世父,文士东南竞驰鹜。君才少小人称奇,半世刿心堕云雾。有诗有文拙谋食,里巷摧颓消白日。人前不合常掉头,逢我即有好颜色。君不见天愁倾日忧坠,举世谁醒复谁醉。我生值此须达生,那能为之复憔悴。何必区区炊数米,三旬九食寻常事。浊酒一卮薑一盂,金石声长莫教止。比邻者谁鹿城生,手钞稗史字如蝇。光熹甲乙事略备,许借我读知分明。秋宵相呼坐孤月,春郊徘徊恣欢悦。百年转盼成古今,他日金陵话三客。(先著《之溪老生集》卷一)

阿青

眼儿媚·严庶华宅宴集有歌者阿青次关蕉鹿年伯韵

（其一）春风垂手向闲庭。华烛照弹筝。素瓷传暖，博山浮细，斜映银屏。新声昔昔歌成雪，真个似秦青。扶扶怯怯，能令人醉，又使人醒。

（其二）轻寒宛转下前庭。夜色压秦筝。牧之薄俸，吴娘妩媚，重见罗屏。摘来梅子才堪掬，酸处却留青。樽前试问，翠云停后，谁醉谁醒。（周斯盛作，见《全清词·顺康卷》第十二册）

陈富贵

闰二月廿八日孙渊如刑部星衍招同毛海客大令大瀛吴谷人编修锡麒张亥白孝廉问安张船山检讨问陶徐朗斋孝廉嵩徐心田上舍明理小饮寓斋寓旧为歌者陈郎所居渊如因用汉瓦文樱桃传舍四字颜其室船山朗斋即席为图同人作诗题后予亦次韵是日有雨

樱桃才谢牡丹栽，富贵花从席上开。有歌伶名富贵者，今在渊如所。君借汉文摸倒薤，客携阮屐破苍苔。酒人情味杯深浅，柳絮因缘梦去来。作画题诗同剪烛，雨窗残蜡泪成堆。（汪如洋《渊雅堂全集》编年诗稿卷十二）

陈兰舟

麓泉为说平话之陈兰舟索诗走笔赠之

史陈工诵三代有，张皇古事不绝口。汉优唐伶亦解事，险语参错抵献否？平话传者柳敬亭，生逢南朝厄运丁。来往军中行险说，风月影里刀血腥。陈生生当太平世，早游扬州繁盛地。廿二朝史谁耐看,借尔口中知古事。悲欢离合何纷纷,往事如水如流云。喜尔填胸乃有笔,动荡恍恍如行文。使人悲喜时时生,突作危笔人皆惊。游戏三昧妙至此,唇鼓舌战谈锋铮。一事岌岌问凶吉,四坐无言待词毕。惊风骤雨哑然停,振衣起请俟他日。昨夜未阑忽中止,使我思之夜三起。文无死法有生机,作势弄巧皆妙旨。世人观剧徒登场,无人识曲良可伤。以汝绝技难自饱,我亦佣笔头如霜。况伊大户能一斗,垒块同浇思用酒。酒酣舞剑嗟已颓,为汝作诗同不朽。(吴嵩《吴学士诗文集》诗集卷二)

陈老髯

听陈老髯琵琶

不作杨枝旖旎莺,共调花角凤皇筝。日方闻阖琼霄丽,风有边关铁马声。多少女郎从汝死,只看潦倒奈予情。当年供奉开元李,想似吾髯白发生。(姚燮《复庄诗问》卷八)

陈三宝

琵琶仙·题琵琶妓陈三宝小像

歌舞风光,十三岁、索五千金高价。休矜燕子轻盈,腰肢更娇托。春院静、琵琶一曲,也应算、调高和寡。十里湖光,无边山色,花底游冶。恍疑是、苏小当年,又疑是、秋娘未曾嫁。眉目本然清楚,被旁人偷写。争不似、浔阳溢浦,抱檀槽、感动司马。好称珠勒金鞍,许谁迎进?(顾春《东海渔歌》卷一)

陈进朝

烛影摇红·听梨园太监陈进朝弹琴

雪意沉沉,北风冷触庭前竹。白头阿监抱琴来,未语眉先蹙。弹遍瑶池旧曲,韵泠泠、水流云瀑。人间天上,四十年来,伤心惨目。尚记当初,梨园无数名花簇。笙歌缥缈碧云间,享尽神仙福。太息而今老仆,受君恩、沾些微禄。不堪回首,暮景萧条,穷途歌哭。(顾春《东海渔歌》卷二)

葛鸦儿

鹊桥仙·赠妓葛三

冶袖惊鸾,仙裙留燕,青鸟忽传芳使。无人知道葛三来,是子美诗中黄四。心已琴挑,耳还笛洗,记曲不须娘子,十三弦上《夜乌啼》,听唤你鸦儿名字。葛鸦儿,南曲中小名。(刘嗣绾《尚纲堂集》诗集卷一)

郭生

浪淘沙·赠歌者郭生

度曲晚春天,一串珠圆,相逢莫说已华颠。隔着棘花帘子听,还似当年。楚楚复娟娟,记得筵前,如今老去得人怜。回首少时歌舞地,荒草啼鹃。(顾宗泰《着老书堂集》词卷)

海棠

沤波舫归兴二十四首有序(之二十一)

雪藕冰桃唤侑觞,舞衫歌扇擅当场。秦淮志梦诗成后,又遣斜行到海棠。时有歌儿海棠者,出扇求诗。(汪如洋《渊雅堂全集》编年诗稿卷十三)

韩修龄

贺新郎·伯成先生席上赠韩修龄

　　韩关中人，圣秋舍人小阮。流浪东吴，善说平话。

　　月上梨花午。恰重逢、江潭旧识，喁喁尔汝。绛烛两行浑不夜，添上三通画鼓。说不尽、残唐西楚。话到英雄儿女恨，绿牙屏、惊醒红鹦鹉。雕笼内，泪如雨。　一般怀抱君尤苦。家本在、扶风盩屋，五陵佳处。汉阙唐陵回首望，渭水无情东去。剩短蟪、声声诉与。绣岭宫前花似血，正秦川、公子迷归路。重酌酒，尽君语。（陈维崧《迦陵词全集》卷二十六）

　　赠韩生

　　（其一）政平如水先皇日，行乐时时觚戏传。江上逢君道遗事，断肠如遇李龟年。

　　（其二）谑语纵横许入诗，舍人侍谶柏梁时。武皇没后天无笑，说着宫车只泪垂。（王士禛辑《感旧集》卷八）

　　赠韩生修龄

　　昔年柳敬亭，说书妙无比。当其登场时，公卿咸色喜。宁南尤赏爱，钱公赠诗史。今日韩修龄，更有出蓝枝。休夸海内名，驳颊动天子。于赫章皇帝，神武天下理。辟门而开窗，罗楩楠杞梓。三德六德贤，百职各称使。旁逮琴奕流，不以一艺鄙。韩生蹑屩来，荐奏无片纸。掉臂登琼阶，犹如步闲间。章皇顾之笑，优孟岂是尔？韩生承玉音，拜舞启牙齿。或说秦汉朝，或说唐宋纪；或说金元事，南北界彼此；或说启祯时，定哀寓微旨。治乱判尧桀，忠佞区脊酏。一部十七史，历历在掌指。有时小窗中，儿女语媚妮；有时赴敌场，千军尽披靡；有时聚伯伍，争攘闹鄽市；有时遇渔樵，湖山诉行止。乘时冬回春，失意羽变痏。叱咤风雷生，愁吁松竹萎。刚柔老幼态，辚罗眉颊里。市谜五方言，部居唇腭底。呱呱儿啼呼，哀哀翁病疕。嘲哳俨禽鸣，吠突肖犬豕。罔分丝竹肉，一派宫商征。音声与情形，描画入骨髓。宁甘伶伦

俦,差以偃师拟。章皇每击节,特赐与朱紫。辞荣恣遨游,声价
自倍蓰。平时本韩生,须眉匪偭傀。一旦张齿牙,值物赋形似。
人倏忘韩生,韩生自忘已。羹墙如其人,千载接案几。惟余一欠
缺,却顾情未已。敬亭得钱诗,人死名不死。生无钱公诗,曷以
垂百祀。负鼓赵家庄,清泪迸如水。好似李龟年,流落湘江沚。
予笑语韩生,勿羡敬亭氏。武伯为赠诗,子亦可传矣。(严熊《严
白云诗集》卷九)

金铃

赠歌者金铃

爱听风前语,金铃记小名。护花春信逗,系犬旅魂惊。细向
钗梁绾,香同扇坠轻。断肠应未解,漫作雨淋声。(詹应甲《赐绮
堂集》卷四)

计郎

扬州杂诗十首(之三)

定子当筵一抹霞,断肠春色广陵花。分明剪取吴淞水,鸂鶒
湖边是尔家。歌者计郎,吴江人。(秦瀛《小岘山人集》诗集卷十
六)

柳敬亭

听柳敬亭说书

(其一)百万军中托生死,孙吴知此笑谈兵。千金散尽寻常
事,不换盱眙市上名。

(其二)英雄头肯向人低,长把山河当滑稽。一曲景阳冈上
事,门前流水夕阳西。(王猷定作,见徐釚《本事诗》卷七)

柳麻子小说行

名遇春,号敬亭,年八十,扬州人。

丙午之秋客庐江,秋雨平溪水泷泷。素车白马冠盖集,执绋来登被九堂。礼成哀止设宾筵,垂杨院静荷池烟。霓裳舞衣粉黛浓,步摇环珮响玲珑。将歌未歌丝竹飐,中有人兮高声唤。吴歈齐讴南国多,凤啸龙吟君不见。芳兰紫莉绕珠屏,郇厨佳胾五侯鲭。惠泉露洗北园茶,官拣辽葭湛雪花。暂撤宾筵列两旁,豹纹绵袽布中央。傅语满堂客涤耳,喧嚣不动肃如霜。彩裹红褛蹲座上,座定犹余身一丈。科头抵掌说英雄,段落不与稗官同。始也叙事略平常,继而摇曳加低昂。发言近俚入人情,吐音悲壮转舌轻。唇带血香目瞪棱,精华射注九光灯。狮吼深崖蛟舞潭,江北一声彻江南。忽如田间父老筹桑麻,村社鸡豚酒帘斜;忽如三峡湍回十二峰,峰岚明灭乱流中;忽如六月雨骤四滂沱,倾檐破地触漩涡;忽如他乡嫠妇哭松坟;忽如儿女号饥索饘饎;忽如秋宵天狗叫长空;忽如华会土拭太阿锋;忽如嫖姚伐鼓贺兰山;忽如王嫱琵琶弄萧关;忽如重瞳临阵叱楼烦,弓不敢张马倒翻;忽如越石吹茄向北斗,万人垂涕连营走;忽如西江老禅逗消息,一喝百丈聋三日。既有渔郎樵叟伐款乃之泠泠,亦有忠臣孝子抑郁无聊之啾唧。我闻此间小吏焦仲卿,姑媳谇语哀难德;又闻此间神僧血白如银膏,貔貅队里堕三刀。孤猿啼破清溪月,炎天箫笛凉于铁。娓娓百句不停喉,才道不停候而绝。霹雳流空万马奔,一声斩住最惊魂。更将前所说者未完意,淡描数句补无痕。世间野史漫荒唐,此翁之史有文章。章句腐儒道不出,傅奇脚色苦秕妆。独有此翁称绝伎,不可无一不能二。八十岁人若婴儿,声比金石真奇异。乃知天下之事不论谁是与谁非,难逃千载之下人刺讥。蓼伯优孟起九原,定与柳翁奏埙篪,柳兮柳兮豪

布衣！（阎尔梅《白耷山人诗文集》诗集卷四）

赠柳敬亭南归白下

（其一）三十年来说柳生，留髡此日绝冠缨。指挥旧事如图画，对汝堪移万古情。

（其二）阅尽桑田一布衣，冶城深处有柴扉。春来数醉荆卿酒，风起杨花送客归。

（其三）军中轶事语如新，磊落宁南百战身。为问信陵当日客，侯门谁是报恩人。

（其四）《齐谐》志怪讵荒唐，抵掌风云起座旁。天宝尚存遗老在，何戡白首说兴亡。（梁清标作，见徐釚《本事诗》卷八）

柳敬亭说书行

田巴既没蒯通死，陆贾郦生呼不起。后人口吃舌复僵，雄辩谁能矜爪嘴。吴陵有老年八十，白髪数茎而已矣。两眼未暗耳未聋，犹见摇唇利牙齿。小时抵掌公相前，谈奇说鬼皆虚尔。开端抵死要惊人，听者如痴杂悲喜。盛名一时走南北，敬亭其字柳其氏。英雄盗贼传最神，形模出处真奇诡。耳边恍闻金铁声，舞槊横戈疾如矢。击节据案时一呼，霹雳迸裂空山里。激昂慷慨更周致，文章仿佛龙门史。老去流落江淮闲。后来谈者皆糠粃。朱门十过九为墟，开元清泪如铅水。长安客舍忽相见，龙钟一老胡来此。剪灯为我说《齐谐》，壮如击筑歌燕市。君不见原尝春陵不可作，当日纷纷夸养士。鸡鸣狗盗称上客，玳瑁为簪珠作履。此老若生战国时，游谈任侠羞堪比。如今五侯亦豪侈，黄金如山罗锦绮。尔有此舌足致之，况复世人皆用耳。但得饱食归故乡，柳乎柳乎谭可止。（汪楫麟作，见徐釚《本事诗》卷十）

题敬亭琵琶行填词后二首

（其一）西园歌舞久荒凉，小部梨园作散场。漫谱新声谁识得？商音别调断人肠。

(其二)红牙翠管写离愁,商妇琵琶溢浦秋。读罢乐章频怅怅,青衫不独湿江州。(敦敏《懋斋诗钞》壬午年诗)

贺新郎·赠柳敬亭和曹升六韵

何物吴陵叟。尽生平、诙谐游戏,英雄屠狗。寒夜萧条闻击筑,败叶满庭飞走。令四座、欷歔良久。说到后庭商女曲,怅白门、寂寂乌啼柳。天付与,悬河口。　可怜飘泊宁南后。记强侯、接天樯橹,横江刁斗。亡国岂知逢叔宝,世事尽销醇酒。叹满目、烂羊僚友。心识怀光原未反,但恩仇、将相谁知否。少平勃,黄金寿。(汪懋麟作,见《全清词·顺康卷》第十三册)

贺新郎·次汪蛟门舍人韵为柳敬亭作

矍铄庞眉叟。问沧桑、几番阅历,白云苍狗。今古兴亡堪指掌,老向燕台浪走。寻筑客、沉埋已久。忽漫骑驴归去疾,莫攀条、长叹嗟衰柳。从此去,须钳口。　如今寥落时人后。忆当时、纵横舌战,气吞牛斗。百万连营看握尘,月夜临江命酒。羞碌碌、古人为友。太息信陵门下士,且藏身、佣保君知否。年望八,不言寿。(周在浚作,见《全清词·顺康卷》第十四册)

沁园春·再赠敬亭和升六韵

狡黠淳于,抵掌而前,似此奇哉。任毁三骂五,河山尘芥,谭玄论白,富贵蒿莱。临槛狂呼,仰天大笑、舌上青莲何处来。从他语,学伯伦作达,荷锸须埋。　当筵谩道俳谐。看此老前身是辩才。记灵岩山畔,天花曾落,远公社里,锡杖常陪。慷慨逢场,悲凉说法,较胜雍门乐与哀。余生事,但楞严系肘,曲米盈杯。(汪懋麟作,见《全清词·顺康卷》第十三册)

贺新郎·赠柳敬亭

八十庞眉叟。见从来,衣冠优孟,功名乌狗。炯炯双眸惊拍案,似听涛飞石走。叹此老,知名已久。大将黄州开广谦,倒银瓶、击节频呼柳。排战舰,下樊口。　长江浪急风清后。束轻装、归舟一叶,帆移星斗。画角牙旗频入梦,犹在辕门使酒。诸巨帅,皆为吾友。白发瘦驴燕市月,少年人、能识苍颜否。歌未阕、起为寿。(曹尔堪作,见《全清词·顺康卷》第三册)

陆玉兰

玉兰曲赠歌者陆玉兰兼感陇西公子塞外

玉兰花发春风香,玉兰花谢春云凉。兰芳玉润花解语,一树亭亭艳春雨。河东公子陇西豪,解赋燕兰谱玉箫。清歌屡得周郎顾,压倒长安花万树。绿章谁付小心风,吹散双鸳一梦空。春光不度浑河水,从此玉关人万里。肠断斑骓送陆郎,吴宫结束又登场。尊前哀唱铜弦急,应忆桃花马前雪。回首燕台隔暮云,金张门第黯生尘。不堪重唱西楼月,我识龙沙塞外人。(陈文述《颐道堂集》诗选卷十三)

林大娘

听广陵相国故妓林大娘度曲

裙屐春风醉后过,人间谁许听云和。十年零落钿蝉尽,重唱东山旧日歌。(钱维城《钱文敏公全集》茶山诗钞卷一)

娄五

度曲

听娄五唱《芙蓉亭》,凄然有咏。

谱曲当时枉有神,招魂今日却无因。翻怜十载邕州客,呼得三生地下人。独宿畏醒还畏梦,中年伤别过伤春。自言自听皆

吾妄,鬼录何书许认真。(黎简《五百四峰堂诗钞》卷十五)

紫洞村口夜泊寄娄五

他夕衡山月,青天魂梦劳。曲终闻此语,"他夕"十字,余传奇曲中句。海外属吾曹。秋水蛟龙阔,新风木叶豪。无人自多警,灯火赘江皋。(黎简《五百四峰堂诗钞》卷十五)

刘三妹

刘三妹,不知何时人。善歌,能通笛峒侏禽之音,而杂以汉语,声绝艳丽。其时有白鹤秀才亦善歌,与三妹登粤西七星岩互相歌答,声振林谷,诸苗峒男妇数千人往听,皆迷荡忘归。已而歌声寂然,见两人亭亭相对,化为石矣。诸笛皆仿其音为歌,歌者必先祀刘三妹焉。月明星稀之夜,犹仿佛闻歌声出于严际。南山别有刘三妹洞,游人遥呼三妹妹,幽窗辄应。苗歌有云:"读诗便是刘三妹",则其来久矣。

刘三妹,歌何艳,化为山头石,与郎长相见。

白鹤郎,歌何媚,化为山头石,与妹长相对。(费锡璜《掣鲸堂诗集》卷三)

李如如

听女郎李如如弹琵琶

碧云吹空华月吐,花底间关燕雏语。丝柔指涩不成弹,旖旎风前可怜女。鬌云覆额眉峰疏,十三未有十二余。碧沙飞飞小鸂鶒,渌水泛泛新芙蕖。花花叶叶浑相对,似尔风姿压流辈。拣尽春风总不如,师师女弟延年妹。浪说明珠论斛量,可怜飘泊倚门妆。天涯有客青衫破,不待闻歌已断肠。(胡敬《崇雅堂诗钞》卷三)

李修郎

燕台杂兴三十首有序(之九)

朱门一出路茫茫,箧里空藏断袖香。走上氍毹歌一曲,从新人看李修郎。李修郎声伎擅场,为贵人所宠,人难窥见。后被弃掷,仍到歌场,见者惊为绝艺。(孔尚任作,见汪蔚林编《孔尚任诗文集》)

青萍

旅店赠歌者

胡姬十五弄琵琶,名唤青萍亦可嗟。谁解公孙大娘舞,前身只恐是杨花。(方文《嵞山集》续集鲁游草)

开远堂燕集观伎即席和韵二首

(其一)妖姿偏与舞衫宜,约法停杯看柘枝。愁煞大娘双剑起,青萍锋里转腰肢。

(其二)杂剧单呈怪眼花,近前代酒背人斜。使君不许分明看,明日开筵设绛纱。(钱澄之《田间诗文集》诗集卷二十五)

同楚学使者集开远堂观伎

红烛清樽接坐香,新从江汉揽群芳。筵前仔细听吴曲,醉后倾颓任楚狂。校士技夸云梦猎,选声乐快洞庭张。可怜小伎能歌舞,也点头频许冠场。(钱澄之《田间诗文集》诗集卷二十五)

全德辉

扬州郡斋杂诗二十五首(之十四)

临川曲子金生擅,绝调何戡嗣响难。也抵贞元朝士看,班行耆旧渐阑珊。都转廨中观剧,时吴伶全德辉演《牡丹亭》,为南部

绝调,年已老矣。(彭兆荪《小谟殇馆诗文集》诗集卷八)

钱伶

樱桃街沈氏垆醉后感歌赠钱伶

纵有白莲华,未忍喻汝窈窕妆。况无九曲珠,何以肖汝宛转肠?叵罗满春酒,碧色蒲桃香。劝之不肯饮,流泪向我沾我裳。自言产吴门,髫年亡父母,侥幸弱姊存。抚侬长大及二九,姊死断近亲,孑焉余此羁孤身。遭强赚鬻燕京地,鬻向梨园充子弟。朝鞭成一舞,暮挞成一歌。但求延喘羞则那,登场随例相婩婀。雌气如阉雄气阻,南望苏台渺风雨。那博黄金脱鬼囚,悔抱朱颜受天蛊。六萌车子锦马高,同辈妒侬声名豪。谁知肝腑积寒雪,沐浴莺魂但鹃血。我闻生语心郁攸,押衙磨勒今何求?清门子孙半珠玉,多少埋头此中哭。愿携佛座慈悲瓶,洒露荒坟苏死肉。携生出户同看天,斗斜月正孤台悬。佩腰有剑不锄恶,换心无药难希仙。我亦沦落厕污贱,与生苦作风目怜。吁嗟乎!生且不必悲,茫茫人海将告谁?不如千樽百斝日向醉乡住,酒外风波任狂骛,一线阶凹有蹬路。(姚燮《复庄诗问》卷八)

柳梢青·题歌者钱郎松竹流泉小照

碾玉无瑕,凝香有影,獭髓堪夸。错认娇妆,宫黄未褪,指印些些。临流小住为佳。爱翠竹、青松荫斜。结岁寒盟,和郎三个,不欠梅花。(朱黼《画亭词草》卷一)

石氏夫妇

观石氏夫妇演技

虚堂平拓十弓地,置酒同看汉京戏。两行八烛人臂粗,左右分照红氍毹。沉沉月上夜将半,花影先撩酒光乱。有夫绣帽短

后衣,有妇梳鬟鬓鬌低。睇交口骈作清啸,若哀猿语饥儿啼。鸾
蹲凤举相搏撠,怒风西来倒墙壁。倒地非壁还疑云,扫出芙蓉万
灯碧。就中一灯如大罍,火轮旋舞香孩婴。婴孩七岁刀百觔,以
手弄之鸿毛轻。刀光为虹绕灯白,虹芒逼树千叶零。叶声四飒
秋雨声,座有醉者神皆醒。刀光忽离灯忽合,金翠浮图千仞立。
婴孩飞落浮图巅,趋向筵前向人揖。与酒一杯蒲伏受,妇也趑趄
夺杯走。掷杯杯在空中停,不溢涓滴杯能平。夫也睢盱睨杯叱,
叱杯杯在空中行。眼色朦胧月一晃,空杯仍落婴孩掌。哄堂拍
手都叹奇,值得缠头百金赏。五陵侠少邯郸倡,缘竿走索真滥
觞。朱门横行得尔辈,出奇制胜谁能当?雕搜六凿穷天巧,亦只
终身谋一饱。美人谁惜掩面啼,壮士难堪拊髀老。尔曷不为干
将雄?莫耶雌冶炉变化。青蛟螭尔曷不为?聂隐娘、磨镜叟,荆
棘关河双卫走。羊蹄牛肉虽肥芗,俯首而食还足伤。技穷之鼠
愁无粮,媚人以技安能常?酒阑人散碧天曙,城角孤星冒芳树。
真仙上药不可求,且拽雕弓射银兔。(姚燮《复庄诗问》卷九)

顺郎

送韦载玉赴益阳幕二首(之二)

留别先停送别骖,临岐款语苦喃喃。瓮春酒惜长鲸饮,潮午
珠期老蜯探。仙侣乍闻偕郭泰,谓融甫。旧人犹解念何戡。指
歌者顺郎。茱萸湾畔如环月,应照征帆过麓南。(朱景英《畬经
堂诗文集》诗集卷五)

苏子晋

桂枝香·吴门夜舫听苏子晋歌曲

丰神绮粲,看簇马衣香,画船宵谶。烂熳繁弦,递奏暗催银

箭。行云一驻流莺啭，分明绝调移衡汉。晃如瓁铁，婉如梓瑟，清如冰茧。飘白雪、累累珠贯。波翻子夜，月摇丹扇。唱彻娟楼水栅藕塘花岸。名高茂苑才孤擅，听雪调、客心缭乱。莫非伊洛，当年子晋，凤鸣重见。(陈轼作，见《全清词·顺康卷补编》第一册)

圣郎

圣郎曲

(其一)梨园子弟不知愁，北去燕山作浪游。知道花檀重按拍，学来新调半伊州。

(其二)三载新声动帝都，都城春色满平芜。琵琶乐府由来熟，也入岐王宅里无。(董以宁《正谊堂诗文集》诗集)

庭栢上人

贺新郎·茶村寺寓逢庭栢上人有赠上人善误歂为苏叟高弟兼工挝鼓

急雨铜街没。喜瞥过、一僧不俗，有愁都豁。半世不曾持梵呗，只唱晓风残月。让衮衮、群儿成佛。音节柔和兼妙好，矕陀花、簌簌翻林樾。遗恨事，无毫发。 鼛鼛画鼓春雷发。似临颍、十三娘舞，剑光奔突。赢得阇黎争匿笑，讵是灵山衣钵。长啸也、岑牟难脱。万事谁真谁筭假，拍红牙、那便闲生活。持此意，问迦叶。(陈维崧《迦陵词全集》卷二十七)

贺新郎·春夜听鼓师挝鼓

月黑灯摇雾。看鼓史、岑牟单绞，当筵箕踞。苦竹哀丝争欲闹，静听八音之主。让老革、凭陵今古。統地一声千籁响，掣红旗、突阵将军怒。荷珠进，碎如雨。 有声讵比无声苦。又垂手、画槌小歇,凝情无语。忍俊不禁停又滚,隐隐春雷慢吐。十三段、花攒锦聚。十番鼓,共有十三段。打到五更心已碎,正疑愁、似梦无寻处。方趁拍,猛然住。(陈维崧《迦陵词全集》卷二十七)

魏婉容

伯紫席上逢魏婉容

京洛曾相识,于今已十年。开元留法曲,凝碧乱繁弦。乐部惭归院,茶商未放船。可怜零落后,犹得见非烟。(万寿祺《隰西草堂诗文集》诗集卷二)

魏长才

魏伶歌有序

潞城魏郎,小字长才,旧籍莲声部中。芒鞋草笠,来自田间,盖伶而农者。丁未西游,邂逅乐阳官舍,为演吴歈,颇能协律,因歌此赠之。

魏郎家住郢河曲,日课桑麻夜种粟。脱欲牛衣换蛙裙,一声唱断溪山绿。溪山昨夜梦梅花,官阁朝停倦客重。银烛两行烧琥珀,金莲一队闹琵琶。琵琶拨尽伊凉调,马角双声月华照。那及吴昆宛转喉,海棠枝上流莺笑。流莺百啭恼人肠,飞入屏山影亦香。吴黛远横波浅碧,楚腰低拂柳娇黄。柳丝袅袅春愁结,脆肉哀弦几回裂。紫燕钗头玉作埋,红梨花底风回雪。雪卷风花絮一堆,绮寮全拓客停杯。能翻北部成南部,解说长才即善才。善才身向空中舞,七尺珊瑚碎红雨。疑是榴裙入翠盘,阿环扶醉娇霓羽。霓羽翩翩两袖低,低擎小盏冻颇黎。前身蛱蝶图中见,小字枇杷树下题。题来罗帕香痕胃,两点眉峰春已恋。应向羊车队里来,谁从犊鼻裈中见。一见匆匆又曲终,绮岁香褪木棉风。云衣月扇氍毹上,台笠芒鞋□亩中。芒鞋踏破千山碧,释未登场众声易。不作搔头倚市装,沾涂先尽燕支迹。脂泽全消万斛尘,迷离醉眼认难真。重将桃叶江边曲,惊破关山笛里人。关山明月鸳鸯冷,醉拥桃笙呼不醒。怕照青衫两袖寒,湘帘不卷交枝影。帘影蒙蒙水欲波,海沈细爇夜如何?缠头漫数文君锦,题与新祠宛宛歌。宛歌休用齐纨障,絮语生平泪花飐。十二当场菊部倾,自矜色艺差无向。色艺从教奉长官,傅呼日日侍清欢。琴心枉说珠盈斛,筝柱能揉玉作团。玉貌无端逢彼怒,一朝脱籍华林部。罗衫金钏箧中捐,归着青蓑卧烟雾。青蓑和泪裹檀槽,偶遇周郎赌曲豪。紫凰天鹅俱折裂,更何人识郑樱桃?樱桃乱落如红豆,为按《阳关三叠》奏。别梦鸠兹落日边,乡愁虎阜西风后。落日西风送客船,相如已是倦游年。侯门挟瑟知音杳,我亦归耕四亩田。余家草堂在吴中金阊之四亩田。(詹应甲《赐绮堂集》卷二)

王郎

王郎诗并序

温皆山吏部爱歌者王郎,嫌贤弟宰上元,关防拘阂。其同年庄念农傤河房近郎,戏曰:"从我而朝少君。"温喜甚,邀余与吴兰臣、汪秋畬等称媒前行且饮,申旦后止。温书诗册如蚕眠,纳王郎袖,诸公酬之。

(其一)一树凉灯万瓦霜,四年重到旧歌场。板桥添个旗亭事,齐唱《王郎曲》四章。

(其二)自是王孙解爱才,故教双姓使君猜。郎姓王,又姓孙。衍波笺纸真珠字,便是温家玉镜台。

（其三）青溪咫尺路难通，阿弟琴堂最恼公。苦劝庄生居北郭，王昌消息近墙东。

（其四）我有闲情海内知，连宵偏和《国风》诗。紫云艳极红牙脆，那可旁无杜牧之！（袁枚《小仓山房诗集》卷十一）

戏赠歌者王郎四绝

同御老吉人象明作。

（其一）才名英妙若为俦，老大烟波宴画楼。试向旗亭同贳酒，定知此子唱凉州。

（其二）玉节珊珊步牒迟，翩如惊燕欲飞时。诗人风味应难减，老去犹吟红豆词。谓御君先生。

（其三）歌残霜气入帘寒，酒罢钟声接夜阑。不识海棠花外影，何如银烛树前看。

（其四）何戡头白走风尘，一曲阳关泪满巾。无限当时旧宾客，江湖零落更何人。（潘高《南村诗稿》诗卷十五）

王女

立秋日同蒋心余前辈暨诸子听王范二女弹词二女皆盲于目

西风一入千林杪，万里寥天肃清晓。客怀萧瑟不能禁，谁遣哀丝拨纤爪？王女兰心黯淡妆，微词齿颊播芬芳。消瘦腰肢初病校，白罗衫子玉肌凉。范女韶年正丰艳，靥晕红酥如酒酽。鸦雏双髻弹金钗，风动裙花蝶衣闪。成君浮磬子登璈，金醴曾经侍玉霄。谪降道缘犹未减，不将青眼看尘嚣。纵质由来兼黠慧，传神岂待秋波媚。轻云冉冉月宜遮，香雾蒙蒙花爱睡。慢拢轻捻最有情，流泉瑟缩藕丝萦。嚼羽咀宫含复抑，故教幽意不分明。蒋侯奇气高嵩泰，掣鲸祇觉西江隘。扁舟称病谢兰台，闲吐风雷逞雄快。余亦孤蓬天地间，布衣肮脏一渔竿。相逢偏是清商发，玉貌红灯绮窗月。杜甫江南怨落花,乐天溢浦感琵琶。十载冰霜同宦海,中年丝竹又天涯。来朝黄叶空阶积,惆怅江头白日斜。次日心余即返山阴。(王文治《梦楼诗集》卷十二)

次顾星桥韵再赠弹词王女

十年垂钓占苏堤,相见西湖西复西。杜牧鬓丝浑改尽,绿鬓依旧映玻璩。(王文治《梦楼诗集》卷十四)

吴仙

金缕曲·吴门逢歌者吴仙以扇乞词

苑茂浓如画,闹神箫、锦香丛里,有人飞下。崔九堂前旧时客,春去朱颜未谢。还认得、隔年司马。檀板金尊重邀我,听一声、湿尽香罗帕。青衫泪,忽盈把。 滇湖波浪连天打,上高楼、瘴云如墨,蛊风吹野。我作浪游真失计,顾汝亦何为者。到兹际、相逢悲话。千古美人恨迟暮,《郁轮袍》、纵好无人写。我白发,又生也。(张九钺《紫岘山人全集》诗余卷上)

吴仚郎

过吴门遇歌者仚郎以扇乞诗

仚郎吴姓。

十部霓裳欲手听,清歌一发暮云停。有人掩泪吴门过,声识牛家旧小青。(张九钺《紫岘山人全集》诗集卷八)

谢玉

题谢娘秋影照

谢名玉,所居秋影楼,即以为字。干降庚子甲辰,江左两攀翠华,目不睹荒歉,耳不闻金革,风气日竞华艳,而金陵为尤。曲中有名者,指不可屈。秋影独浣妆谢谢客,以自高声价,为随园先生所赏。一时名士翕然誉之。先生死,秋娘亦老矣！同年际陆甫元中翰沅藏其旧影属题,展北里之胭脂,挝西州之马策,为书三绝句。忆谢耶？吊袁耶？有心人自能辨之。

(其一)心多力弱篆烟微,隔着天河见影稀。柳絮无情偏有福,因风还向谢家飞。

(其二)一重香雾百重门,月过闲阶不记痕。落尽桐华深院锁,为谁风露立黄错。

湘烟

满江红·季友来自南浦招集即席有赠歌妓湘烟次韵示之

画舸南来,锦帆挂、桃花水涨。倾筐箧、言成珠玉,苦吟无恙。壮志只萦青琐闼,柔情蓦逗红颜上。奈金钗、二十戏盘龙,谁曾饷。　春衫怯,秋波漾。黄河远,凭低唱。问沈腰潘鬓,愁酣于酿。人世那饶尘外趣,洗头盆拄何仙杖。尽百年、三万六千场,无多状。(周纶作,见《全清词·顺康卷补编》第二册)

朱乐隆

闻歌引为朱翁乐隆作

亭皋木落霜天清,朱翁唱歌能唱情。丝稠管协曼馨发,四坐掩抑难为听。初移宫,复换羽,珠贯累累音缕缕。乍时幽咽弦不通,一似幽泉细窦滴沥含微风。俄顷悠扬调方熟,又似春莺百舌间关语深谷。忽然转换喉吻调,铿金嘎玉声嘈嘈。腔移字向暗中度,拍正腔从绝处挑。曲终声慢云袅袅,鹤唳秋空寒月皎。知音若向隔墙闻,吴姬十五犹娇小。自从乐府变南音,四声才具律更深。万历年中昆调起,歌坛指授传于今。前有魏良辅,后有秦季公,我生已晚闻其风。新安程老诗律高天下,当筵顾曲称绝工。昔曾为我言:牌名腔拍宜相从。青楼旧识端与风,歌场唤出曾惊众。端歌人悦窥青眼,长空万里推徐风。一归泉下一当垆,北里歌声今已无。朱翁虽老音犹少,独擅词林曲调殊。帘外风清日当午,云停不飞尘欲舞。为君题作《闻歌引》,我亦留名挂词谱。(钱龙惕作,见《常昭合志》)

听朱乐隆歌六首

(其一)少小江湖载酒船,月明吹笛不知眠。只今憔悴秋风里,白发花前又十年。

(其二)一春丝管唱吴趋,得似何戡此曲无。自是风流推老辈,不须教染白髭须。

(其三)开元法部按霓裳,曾和巫山窈窕娘。见说念奴今老大,白头供奉话岐王。

(其四)谁画张家静婉腰,轻绡一幅美人蕉。会看记曲红红笑,唤下丹青弄碧箫。

(其五)长白山头芦管声,秋风吹满雒阳城。茂陵底事无消息,迤逦檀槽拨不成。

(其六)楚雨荆云雁影还,竹枝弹彻泪痕斑。坐中谁是沾裳者?词客哀时庾子山。(吴伟业《梅村家藏稿》卷八)

附录二:清代诗词中所载伶人本事辑补

1. 王紫稼:原名王稼(1622—1654),字紫稼,亦作子嘉。长洲人。工旦角,善演《会真记》红娘。

按:顺治八年(1651),王紫稼随龚鼎孳北游京师,钱谦益作

《辛卯春尽歌者王郎北游告别戏题十四绝句以当折柳送别之外杂有寄托谐谈无端谰谜间出览者可以一笑也》(《牧斋有学集》卷四)诗前九首写王紫稼,后五首忆侯家故伎冬哥。顺治十一年(1654)龚鼎孳作《赠歌者王郎南归和牧斋先生韵十四首》(《定山堂诗集》卷三十七)。吴伟业于京师徐勿斋二株园遇王紫稼,作《王郎曲》(《梅村家藏藁》卷十一),诗后附龚鼎孳口号诗曰:"蓟苑霜高舞柘枝,当年杨柳尚如丝。酒阑却唱梅村曲,断肠王郎十五时。"尤侗《艮斋杂说》亦记:"予幼所见王紫稼,妖艳绝世,举国趋之若狂。年已三十,游于长安,诸贵人犹惑之。吴梅村作《王郎曲》,而龚鼎孳复题赠云云,其倾靡可知矣。"是年,王紫稼南归,被御史李森先以纵淫不法罪,重杖,立枷死。娄东无名氏《研堂见闻杂记》载其"所污妇女,所受馈遗,不可胜记。坐间谈及子无不咋舌,李公廉得之,杖数十,肉溃烂,及押赴阊门立枷,顷刻死。"康熙九年(1670),顾景星作《阅梅村王郎曲杂书十六绝句志感》(《白茅堂集》卷十五)除第五、七、八首外,其余均写王紫稼。

2. 冬哥:侯方域家伎。

按:顺治八年(1651),钱谦益作《辛卯春尽歌者王郎北游告别戏题十四绝句以当折柳送别之外杂有寄托谐谈无端谰谜间出览者可以一笑也》(《牧斋有学集》卷四)诗后五首自注:"寄侯家故妓冬哥",侯方域家两代昆班,明清鼎革后遣散,遣散后冬哥不知所踪,钱谦益诗云:"凭将红泪裹相思,多恐冬哥没见期。相见只烦传一语,江南五度落花时。"

3. 香奁社诸姬:沙才,郎玄,梁昭,卞赛,董晓,蒋庆。

按:俞南史《香奁社集分咏诸姬》(徐釚《本事诗》卷九)题首:"吴姬旧有甲乙谱,无锡钱星客复修之,珠帘画舫,粉香载道,一时诸名士各赋题赠,名《香奁社集诗》。"又朱陶:"玉轻钗艳乍参

差,密坐围寒卜夜期。锦阵班头推火凤,梨园色长有蛮儿。螺卮
传令沾衣酒,觅带求书即席词。欲作群芳生面谱,应看莲本出青
泥。"(《咫闻斋稿》)

4．孟纫兰

按:钱霍《樱桃歌范驭远席上赠歌者孟纫兰》(徐釚《本事诗》
卷九),时范驭远将之北平,孟纫兰唱曲,钱霍演奏,钱诗仿白居
易《琵琶行》作"乱挥血泪唯钱霍,纷纷尽作樱桃落。"

5．柳敬亭:本姓曹,名遇春,号敬亭。扬州人。善说书。

按:顾开雍《柳生歌》(徐釚《本事诗》卷八)题首:"扬之泰州
柳生,名遇春,号敬亭,本曹姓。年十五,犯法之命盱眙。苦饥,
乃挟稗官一册,为人说书,遂倾于盱眙市。已而渡后,攀柳枝曰:
'我自此姓柳矣。'世因号柳生。"顾见山《与传奇柳老》二首(徐釚
《本事诗》卷八),王猷定《听柳敬亭说书》二首(徐釚《本事诗》卷
七),阎尔梅《柳麻子小说行》(《白耷山人诗集》卷四),吴伟业《楚
两生行》(《梅村家藏藁》卷十),龚鼎孳《寄祝胡章甫》(之三)(《定
山堂诗集》卷四十二),顾景星《阅梅村王郎曲杂书十六绝句志
感》(之五、七)(《白茅堂集》卷十五),梁清标《赠柳敬亭南归白
下》四首(徐釚《本事诗》卷八),陈维崧《左宁南与柳敬亭军中说
剑图歌》(《湖海楼诗集》卷三),汪懋麟《柳敬亭说书行》(徐釚《本
事诗》卷十),郭敏《题敬亭琵琶行填词后二首》(《懋斋诗钞》壬午
年诗)。

6．红儿:家班女伶,善歌。

按:阎尔梅《刘君固携琴见访醉后赠之》(《《白耷山人诗集》
卷八)。

7．魏婉容

按:万寿祺《伯紫席上逢魏婉容》(《隰西草堂诗集》卷二)。

8. 朱乐隆：善歌。

按：钱龙惕《闻歌引为朱翁乐隆作》(《常昭合志》)，吴伟业《听朱乐隆歌六首》(《梅村家藏稿》卷八)。

9. 白在湄，白彧如：父子，通州人。善琵琶，好为新声。

按：吴伟业《琵琶行》(《梅村家藏稿》卷三)。

10. 临顿：幼时家贫，其父因欠官钱而卒，临顿被卖为伶。善吹笛。

按：吴伟业《临顿儿》(《梅村家藏稿》卷九)。

11. 苏昆生：固始人。

按：吴伟业《楚两生行》，《口占赠苏昆生四首》(《梅村家藏稿》卷十，卷二十)，尤侗《锡山遇苏昆生口号赠之二首》(《西堂诗集·看云草堂集》卷七)，曹鉴征《赠苏昆生》(王士禛辑《感旧集》卷十二)。

12. 冬儿：刘氏家班伶人，擅唱《梁州曲》，曾授徒桃叶、莫愁，翻新水调，鹍弦等。

按：吴伟业《临淮老妓行》((《梅村家藏稿》卷十一)。

13. 王友兰

按：李渔《席上赠歌妓王友兰兼嘲座客》(《笠翁诗集》卷三)。

14. 王子玠：苏州伶人。

按：杜濬《赠苏伶王子玠》(《变雅堂遗集》卷四)。

15. 宛鹭：北曲歌者，善凄音。

按：方文《赠歌者宛鹭》(《嵞山集》卷十二)。

16. 青萍

按：方文《旅店赠歌者》(《嵞山集》续集《鲁游草》)。

17. 烟波，回雪：李宗伯家伎，善舞。

按：方文《闻李宗伯家伎并遣伤之》(《嵞山集》再续集卷一)

注："虔州曾有人以千金聘烟波而不得,后家班遣散,二人不知所踪。"

18. 韵郎:善演《牡丹亭》杜丽娘一角。

按:方文《赠歌者韵郎》(《嵞山集》再续集卷五)赞其"莺歌一曲断人肠"。

19. 张秀

按:钱澄之《客园酬龙门先生》(之三)(《田间诗集》卷十七)。

20. 尹姬:善歌。

按:曹溶《赠歌者尹姬》(《静惕堂诗集》卷四十一)。

21. 赵秀

按:陆圻《赠伎赵秀》(《威凤堂文集》)载其原为闺阁妇,后转为伶人。

22. 陈郎

按:陆圻《与歌者陈郎》(沈德潜辑评《国朝诗别裁集》卷八),梁清标《刘庄即事次念东韵》,《再次念东韵》,《刘园观陈伶演秋江剧次雪堂韵》六首(徐釚《本事诗》卷八)。

23. 梁玉班:善歌。

按:宋琬《夏日过广慧菴作呈米吉士》(《安雅堂未刻稿》卷二)。

24. 殷郎

按:龚鼎孳《陈阶六招同赵洞门石仲生姜真源宋其武观剧和其武韵》(《定山堂诗集》卷四)。

25. 朱音仙:阮大铖家班伶人。善舞,善演《燕子笺》。曾事军中。

按:龚鼎孳《口号四绝赠朱音仙》(《定山堂诗集》卷三十六)。

26. 周伶

按:龚鼎孳《戏赠周伶一绝句》(《定山堂诗集》卷四十二)。

27.鸣皋:善琵琶。

按:尤侗《口占赠女伎鸣皋》(《西堂诗集·看云草堂集》卷一)。

28.静容:善歌,善演《西厢记》红娘。

按:尤侗《静容招同苍孚云客珍示菽斾曲谳听歌叠韵再赠》,《同诸子示谳珍示堂中观静容演西子红娘杂剧再叠前韵》(《西堂诗集·看云草堂集》卷三)。

29.柬慎人

按:尤侗《戏柬慎人》(《西堂诗集·看云草堂集》卷四)。

30.十郎

按:尤侗《再集笠翁寓斋顾曲叠韵》(之十)(《西堂诗集·看云草堂集》卷六)。

31.茵姬

按:吴绮《冷松邀集记扪轩时有歌者茵姬在座》(《林蕙堂全集》卷二十)。

32.小凤,长蛾:俞水文家班伶人。

按:吴绮《过俞锦泉流香阁观剧》(《林蕙堂全集》卷二十)。

33.云轻:与潘江交往频密。

按:潘江《次韵追和云姬元夕见怀诗》,《元日赠歌妓云轻》(《木崖集》卷二十,卷二十六)。

34.素嫣,蕊仙:姊妹二人,绝色,素善清歌,蕊善箜篌。

按:潘江《赠素嫣歌妓》四首,《赠蕊仙歌妓》四首,《早发济宁诸子饯别酒楼观剧》(《木崖集》卷二十六)。潘江赞二人美貌云:"素黛远山谁得似,蕊珠仙苑更须探。"

35.吴娘

按:何絜《吴娘歌》(《晴江阁集》卷八)。

36. 花卿

按:何絜《口号赠女伶花卿》四首(《晴江阁集》卷八),附唱和诗:王天都邑侯诗、卞宜重诗、千一诗、相如叔诗、孙玉从诗,每人唱和二首。

37. 连城

按:顾大申《戏作绝句寄别歌者》(徐釚《本事诗》卷九)。

38. 蓝大娘:南京人。十五岁学新声,在宜春内人部。善秋千、蹴鞠。明亡后为尼。

按:顾景星《楚宫老妓行》(《白茅堂集》卷九)。

39. 兰姬

按:顾景星《徐黄冈藟招观兰姬杂剧即席》(《白茅堂集》卷十一)。

40. 李小大:字宛君,善歌。少事豪华,晚悲流落,曼翁以张好好比之。

按:康熙九年(1670)顾景星作《阅梅村王郎曲杂书十六绝句志感》(之七)(《白茅堂集》卷十五)。陈文述《秦淮杂咏题余曼翁板桥杂记后》(之十二)(《颐道堂集》外集卷九)。

41. 白媚:明亡后北上,后得放归。

按:康熙九年(1670)顾景星作《阅梅村王郎曲杂书十六绝句志感》(之七)(《白茅堂集》卷十五)。

42. 董娇

按:康熙二十五年(1686)顾景星作《观妓》(《白茅堂集》卷二十六)。

43. 邢郎

按:梁清标《春宵观邢郎演剧》(徐釚《本事诗》卷八),徐乾学

《奉和大司农棠邨先生韵赠歌者邢郎四首》(《憺园文集》卷七)。

44. 查伊璜家班女伶：柔些，迟些，楚些，蝶粉。柔些工旦角，迟些工小旦。

按：陈文述《绉云石歌》载："(查)孝廉自庄史案被释后，肆意笙歌家伎，悉以些名之，楚些、柔些尤美。"陈诗中"沉忧尚抱灵均意，娓娓亲排十些名"可知查氏家班以"些"命名者十人。陈诗自注蝶粉生平："孝廉家伎，貌尤美。东平侯强索去，妹阿又从行。侯妻妒，蝶粉因母之，问道使阿又归报。东平侯旋伏法，家亦籍没，蝶粉不知所终。孝廉因是遣散声伎。"另有毛奇龄《扬州看查孝廉所携女伎七首》(《西河集》卷一百三十九)，吴骞《观友人演家乐即事八首》(《拜经楼诗集》续编卷二)。

45. 韩希：善歌。

按：毛奇龄《奉陪姜京兆赴李观察席酒间命歌者韩希捧觞乞诗口占用观察春雨韵兼邀同席姜九别驾为书诗于扇历阳徐泰画背以宠之》(《西河集》卷一百四十二)。

46. 罗三：全名"罗百骈"，杭州教歌头，有称名。

按：毛奇龄《罗三行》(《西河集》卷一百六十)题首："顺治十一年(1654)集绍兴东昌坊，率娈童十六人按歌。顺治十二年(1655)集绍兴九曲里祁兵宪第。……罗三仍可谱唐白居易与元稹所作《霓裳谱歌》。"

47. 陆生：龚鼎孳家班伶人。

按：陈维崧《芝麓夫子席上赠歌者陆生》(《湖海楼诗集》卷三)。

48. 徐紫云：广陵人。冒巢民家青童，儇巧善歌，与其年狎。

按：陈维崧《徐郎曲》(徐釚《本事诗》卷十二)，王昶《如皋官舍陈如虹先生焜连宵置酒丝竹骈阗感事触怀因成八绝》(其二、其四)(《春融堂集》卷五)。

49. 陈九：徐紫云教师，曾为其合卺赋《贺新郎》词。

按：陈维崧《徐郎曲》(徐釚《本事诗》卷十二)，《赠歌者陈郎》(沈德潜辑评《国朝诗别裁集》卷十一)。

50. 陆君扬：琵琶教师，明孝宗时称名"江东琵琶第一手"。

按：陈维崧《赠琵琶教师陆君扬》(徐釚《本事诗》卷十二)。

51. 袁郎：善弦索。

按：陈维崧《赠歌者袁郎》(徐釚《本事诗》卷十二)。

52. 白璧双：名珏，通州人。曲中教师，善琵琶，王士禄称其"善才琵琶第一手"。

按：陈维崧《听白生弹琵琶》八首(徐釚《本事诗》卷十二)，王士禄《听白璧双弹琵琶》(徐釚《本事诗》卷九)。

53. 韩修龄：善说书，严熊将其堪比昔年柳敬亭。

按：王士禄《赠韩生》(王士禛辑《感旧集》卷八)，严熊《赠韩生修龄》(《严白云诗集》卷九)。

54. 戍郎

按：董以宁《过庄氏歌人戍郎》(《正谊堂诗文集》诗集七言绝句)。

55. 梅赛，梅文：善舞。

按：胡荣《舞媚娘》(《容安诗草》古乐府歌行卷二)。

56. 王燧亭

按：杜首昌《赠歌者王燧亭》(《缩秀园诗选》)。

57. 黄荆石

按：高一麟《赠歌者黄荆石》(《矩庵诗质》卷十一)。

58. 樊花坡：名棱。善琵琶，孔尚任评其为"琵琶当代第一手"。

按：康熙三十六年（1697）孔尚任《燕台杂兴三十首》（之二）（汪蔚林编《孔尚任诗文集》）。

59.李修郎：善歌。

按：康熙三十六年（1697）孔尚任《燕台杂兴三十首》（之九）（汪蔚林编《孔尚任诗文集》）自注："（李修郎）声伎擅场，为贵人所宠，人难窥见。后被弃置，仍到歌场，见者惊为绝艺。"

60.六郎

按：查慎行《乔侍读席上赠歌者六郎》（《敬业堂诗集》卷十一）。

61.庐慧工：年十五开始学艺，善琵琶。学艺时与其兄同住，兄擅制乐器，庐亦擅制琵琶。先着赞其"庐郎琵琶今好手，五十年来未曾有。"

按：先着《听庐慧工弹琵琶歌》（《之溪老生集》卷一）。

62.风些：本名郑阿桃，查氏家伶。

按：查嗣瑮《查氏勾栏二首》（金埴《不下带编》卷六）。

63.法官

按：纪迈宜《与歌者法官》（《俭重堂诗》卷四）。

64.又芹：保培基家伶。

按：保培基《芙蓉鹡鸰题给家伶又芹》（《西垣集》卷八）。

65.芸郎：原姓吴，吴人，保培基家伶。粗知书，善院本《笑面虎》、《绵里针》、《一世人》、《笑骂者》等。

按：雍正五年（1727），保培基《芍药芸郎索题》（《西垣集》卷八）。

66.藜伶：保培基家伶，善歌。

按：雍正五年（1727），保培基《丁未秋前三日四乡亭纳凉观演新剧感成六绝偶书藜伶便面》（《西垣集》卷八）。

67. 玉环:歌僮,工旦角,唱天津卫腔。

按:张开东《玉环歌呈汾阳陈明府》(《白苁诗集》卷十三)。

68. 许云亭

按:袁枚《赠歌者许云亭》二首,《秦淮小集有歌郎上元许令目慑之郎亟引去余迁怜郎而调以诗》二首(《小仓山房诗集》卷二,卷五)。

69. 王郎:姓王,又姓孙,袁枚有"自是王孙解爱才,故教双姓使君猜"句,并附注"温皆山吏部爱歌者王郎"。

按:袁枚《王郎诗》四首(《小仓山房诗集》卷十一)。

70. 李郎:名桂官,小名天香,受聘南州季家。善舞。

按:袁枚《李郎歌》(《小仓山房诗集》卷二十一)。

71. 杨华官:沈文愨公家伶,沈为其取字曰"澧兰"。

按:袁枚《席上赠杨华官》(《小仓山房诗集》卷二十三)。

72. 惠郎,云鬟,吴娘:扬州秋声馆伎。云鬟善筝。

按:袁枚《扬州秋声馆即事寄江崔亭方伯兼简汪献西》(之三、之四)(《小仓山房诗集》卷二十三)。

73. 曹郎

按:袁枚《景阳阁席上赠扇歌者曹郎》六首(《小仓山房诗集》卷二十六)。

74. 天然官

按:袁枚《歌者天然官索诗》二首(《小仓山房诗集》卷三十六)。

75. 双郎

按:袁枚《丹阳道上留别双郎》六首(《小仓山房诗集补遗》卷一)。

76. 杨郎:金闾人。

按：金兆燕《金阊曲赠杨郎》(《棕亭诗钞》卷十六)。

77. 佥郎：本姓吴。

按：张九钺《过吴门遇歌者佥郎以扇乞诗》(《紫岘山人全集》诗集卷八)。

78. 桂郎

按：王昶《北固山舟次与子才话别》(之四)(《春融堂集》卷十六)。

79. 杨暹

按：赵文哲《赠歌者杨暹》五首(《娵嵎集》卷五)。

80. 紫髯须：姓黄，名周士，貌丑，尔头寡发面赤瘢。以说书游公卿间。

按：赵翼《赠说书紫髯须》(《瓯北集》卷九)。

81. 三项生：善歌。

按：赵翼《西湖杂诗》(之十)(《《瓯北集》卷二十五)。

82. 王炳文，沈同标：雍正间京师梨园最擅名者。

按：赵翼《康山席上遇歌者王炳文沈同标二十年前京师梨园中最擅名者也今皆老矣感赋》(《瓯北集》卷三十)，此诗约作于1745前后，"二十年前"为1725前后。

83. 王三姑：盲女，善琵琶。

按：赵翼《重遇盲女王三姑赋赠》(《瓯北集》卷三十二)。

84. 计五官：吴江人，善歌。赵翼赞其"绝调能翻《金缕曲》"。

按：赵翼《计五官歌》(《瓯北集》卷三十八)，秦瀛《扬州杂诗十首》(之三)(《小岘人集》诗集卷十六)。

85. 妥娘：本姓郑，以演《燕子笺》得名。

按：朱麟《板桥杂记十五首》(之三)(《画亭诗草》卷一)，邵晋涵《读桃花扇乐府次张无夜先辈韵》(之六)(《江南诗文钞》诗钞卷四）。

86.玩月：秦人，以艺胜，善舞。

按：秦瀛《题叶白湖玩月曲后》三首（《小岘人集》诗集卷十九）自注"玩月为伶人"。

87.汪芸

按：赵怀玉《戏赠歌者汪郎》，《十月九日老友庄刺史炘陆茂才耀通过近林精舍话别分得日字》（《亦有生斋集》诗卷三十）。

88.朱锦山：乌程人，能陈二十四中乐器于前，以口及左、右手足动之，皆中节，又能奏各种曲，间以拇战等声。自言旧尝给事故相邸中，将败，先一年辞去，顷还吴兴，仍藉素业餬口。

按：赵怀玉《湖州郡斋席上听朱锦山音伎歌》（《亦有生斋集》诗卷三十一）。

89.福郎

按：乾隆五十一年（1786），百龄《醉中作福郎诗既而悔之再赋四韵以志吾过并简鉴溪》二首（《寄意龛诗集》卷七）。

90.顾郎：擅《梨花枪》，其母本女伶，《梨花枪》一折为其母所授，诸伶无能习之者。

按：顾宗泰《顾郎曲》（《着老书堂集》卷三）。

91.魏郎：小字长才，洛城人。旧籍莲声部中。

按：乾隆五十二年（1787），魏长才于乐阳官舍遇詹应甲，詹应甲作《魏伶歌》（《赐绮堂集》卷二）。

92.玉澄：自言为邯郸名倡。

按：詹应甲《德州道中有歌者玉澄自言为邯郸名倡迁徙至此》（《赐绮堂集》卷四）。

93.金铃

按：詹应甲《赠歌者金铃》（《赐绮堂集》卷四）。

94.双翠:年十三即为绝艳佳人,时京城梨园有雅部、色部之分,双翠能各尽其妙。

按:冯云鹏《纵菊畦刺史招饮观剧赠小伶双翠四首》(《扫红亭吟稿》卷六)(之一)赞其身段"双翠无双何所似,柳条金嫩不胜春";(之二)赞其伎艺"天状标格总超群,雅色兼长部不分"。

95.章娘:裴氏家伶,靓丽善鼓琴,工谐巧笑,倾倒一时。

按:嘉庆二年(1797),查揆于西冷馆舍遇章娘,作《章娘曲》六首(《篔谷诗文钞》诗钞卷五)。

96.李澹僊:闽伎,色艺双绝,负重名而性孤介。

按:盛大士《澹僊曲》(《蕴愫阁诗集》卷五)题首载:"客有掷千金往聘者,落落不当一意。琴溪萧某游樵川,一见辄相怜惜。既而萧将辞闽,愿委身焉。萧故贫,缠头之费不满什之二三,怅然中止。澹僊仍请泣曰:'妾薄命流落,君又不能振拔之,妾愿以小像属君携归,倩吴中诸名流题咏,使知青楼朱箔中有李澹僊其人者,妾亦可以无憾矣!'"

97.陆玉兰

按:陈文述《玉兰曲赠歌者陆玉兰兼感陇西公子塞外》(《颐道堂集》诗选卷十三)。

98.史文香

按:陈文述《月夜听史文香度曲》四首(《颐道堂集》外集卷八)。

99.王长桂:春台部歌者。

按:张际亮《王郎曲》(《思伯子堂诗集》卷二十七)。

100.眉仙:本姓钱,名双寿。苏州人。四喜部歌者。

按:张际亮《眉仙行》(《思伯子堂诗集》卷二十七)。

101.王双双:武林王氏女,善琵琶,称"浙西第二手"。

按:姚燮《秋夜席上听女伶王双双琵琶赠以长句》(《复庄诗问》卷七),《诔女郎王双双殡词》(《复庄诗问》卷十八)题首:"乙未五月,以病亡,年仅十四。附乱,自谓瑶天仙乐使者宝瓶仙子后身,里人于其殡所卜休咎,多奇验,因以香火神事之。"

102.莲仙:四喜部歌者,与眉仙同师。

按:姚燮《莲郎曲》(《复庄诗问》卷九),另张际亮《眉仙行》有"且言眉仙昔同师,小字莲仙情最痴"句。

103.韩生:李世忠家伶,善秦腔。

按:董沛《赠韩生》(《六一山房诗集》续集卷七)。

104 筠姑

按:凌祉媛《赠弹词女郎筠姑》(《翠螺阁诗稿》)。

105.桐仙

按:樊增祥《子珍将出都小伶桐仙弹琵琶为别怅然赋此》(《樊山集》卷三)。

106.王微波,金陵名妓,桐城孙武公昵之。己卯七夕,大集群妓秦淮水阁,梨园子弟三班骈演院本,名辈品藻花案,以微波为状元。余淡心赠诗云:"月中仙子花中王,第一姮娥第一香。"微波绣之帨巾,不去手。后蔡香君以三千金买归。香君为庐州太守。张献忠破庐,虏至营中,甚宠之。俄以事忤献忠,蒸其首以享群贼。

按:费锡璜《王微波》(《掣鲸堂诗集》卷六)

107.歌者箎

按:鲁之裕《席上书歌者箎》(《式馨堂诗文集》诗集前集一卷),诗云:"一上氍毹百媚生,座人人为不胜情。白云最是无心者,行到歌筵也不行。"

108.喜官,小字真宜

按:汪绎《席上戏赠歌郎阿喜》(《耕余居士诗集》卷四)。诗云:"被酒双桃愈渥丹,可人性子耐温寒。百分懊恼千分尽,小字真宜叫喜官。"

109. 华郎

按:汪绎《赋得零落桃花为蔡上舍赠歌儿华郎二首》(《耕余居士诗集》卷十八)。诗云:"一片西飞一片东,看他白白与红红。东君不是无情绪,只恐花源路未通。(其一)曾记天天最妙年,蜂狂蝶浪满春前。如今飘堕遭狼藉,落地残红更可怜。(其二)"

110. 何戡

按:沈德潜《赠旧歌者》(《归愚诗钞》卷十九)。诗云:"谁遣何戡唱渭城,匆匆恰有远人行。一声乍起肠应断,争忍听他第四声。(其一)清尊红烛眼模糊,如梦如尘话旧都。鼓吹灯船休再问,寒潮空到莫愁湖。(其二)"沈钟《听歌》(《霞光集》卷二)。诗云:"偶填小令寄江南,字字春情只自谙。怪底清歌明月下,凭谁偷付与何戡?"

111. 沈子葵,康熙间太仓家曲师,王箢六庶常携过度曲。

按:方世举《小感旧十首》(之十)(《春集堂集》三集)。诗云:"明月太湖多,湖中对月歌。长安传法曲,独自带烟波。"

第六章 戏与诗:"以诗论曲"的发生及其研究价值

    中国古代戏曲的发展经历了元、明两代的丰富与繁荣,随着文人阶层的逐步参与和构建,清代戏曲日臻完善,更加理论化、系统化,与戏曲理论和戏曲评点相伴而生的还有大量的观剧诗创作。作为观剧诗创作主体的文人,也就是观剧诗的作者,他们既是戏剧文本和戏剧表演的接受者,通过戏曲这一媒介,他们又成为了观剧诗的缔造者,这一主客体关系问题并未受到学界的关注。如果作为戏剧的客体,这些观剧诗就是戏剧的衍生作品,为什么没有随着剧本的流传而变成戏曲评点? 如果作为主体,诗歌是自足的,算不上戏曲作品的衍生品,这些诗歌又是如何与戏剧发生关系的?

一 作为戏曲评点的"以诗论曲"

    20 世纪以来,学者多对元、明时期的戏曲给予高度关注,清代戏曲由于文献分散、文艺观念多承袭前人思想等原因一直坐着冷板凳。吴梅认为"清人戏曲,逊于明代"[1],王国维也对清代戏曲冷眼相看:"明以后无足取,元曲为活文学,明清之曲,死文学也。"[2]直到近年来,随着戏曲剧作的著录和文献整理出版,综合戏曲理论综述和专题研究的深入,清代戏曲及相关的文体学研究成为新的研究热点。

　　清代戏曲活动主要分为三个阶段:一是清王朝建立至康熙年间(约1644年—约1722年),文人多具遗民情结,还没有从明亡的失落中走出来,这一时期统治者提倡戏剧表演,意在以此通俗的文学样式安抚遗民情绪,注重戏曲的传播功能,直到康熙后期进入"南洪北孔"的创作高潮,清代戏曲开始逐渐转型;二是雍、乾、嘉戏曲艺术的空前繁荣(约1723年—约1820年),目前可知雍乾时期的文人剧作至少二百余种,古典戏剧创作人才辈出,"风化观的功能论与主情论交织",更加注重题材和文辞声律,体现了调整期的艺术风貌涌现出了杨潮观、蒋士铨、唐英、厉鹗、沈起凤等一大批作家;三是嘉庆以后直到清末(约1821年—约1911年),这一时期的戏剧创作在经历了大发展、大繁荣之后呈现雅俗融突的状态,加之清末性灵观的流行与人文思潮的涌动,文人多不能适应这种时代的变革,因此戏曲走向下坡路,直到西方文艺理论思潮的涌入,戏剧发展才开始新的纪元。

　　由此审美需求的不断转变和社会思潮的发展,清代戏曲整体上呈现雅俗兼取、明快与庄重兼具的审美格调。从主题与题材的选取上,历史题材在清代戏剧中占有较大比例,成为这一时期文人剧作的重要主题之一,突出其在传播过程中的道德风化、

---

①　吴梅撰,江巨荣导读:《顾曲麈谈》,上海古籍出版社2000年版,第176页。

②　青木正儿著,王古鲁译:《中国近世戏曲史》,中华书局1959年版,第1页。

宗教幻化等社会功用；从人物形象的塑造上，随着创作者的主体意识的增强与"以文经世"的创作动机，创作主体转向关注写心抒怀，戏剧的主人公或多或少地具有自喻性色彩；从文辞和声律的提炼上，清代戏剧创作由以往的曲人创作逐渐融入文人创作，很多诗人或馆阁文人都对戏剧创作产生浓厚的兴趣，戏剧雅化色彩比较明显；从相关文体评论的生发上，由于创作主体的转变，文人群体加入戏曲创作的同时也关注戏曲评论、评点、序跋以及观剧诗的创作，而观剧诗的创作与其他的文体及其功用上有着本质的区别。

首先，戏剧的评点主要是指作品中各种批注或者评点性的文字，多为剧本的审美接受者用来传述自己的阅读感受和文学观点，这些评点多简短精炼，以零散的、细碎的信息汇聚在一起，传递一种相对完整的理论维度。其次，戏剧的序跋以短文的形式集中地体现创作主体的批评理念，多以具体的某部作品生发出来，以达管中窥豹之效。评点和序跋都是依附于具体的戏剧文本而进行的，它们之间如"皮"与"毛"的关系，脱离了具体的文本，单独的评点或序跋都是没有说服力的，这种用可见的文字材料直接表露文学观点的形式属于有形的批评，我们称之为"显性批评"。而如《闲情偶寄》等诸多专门的戏曲理论著作是在适应清代文学思想主潮的同时迎合广大读者的审美心态，将戏曲文学推上理论的高度，从而对戏曲的创作者也具有借鉴意义，使戏曲创作更加理论化、系统化，这种评论形式和观剧诗的共同之处在于二者皆通过创作主体主观的选择行为来实践自己的文学批评，属于无形的批评，我们称之为"隐性批评"。

观剧诗的存在又是一种辩证的存在，不同于以上三种戏曲评论方式，它同时具备审美创作者和审美接受者的双重身份：观剧诗之于戏曲表演的关系是一种文学接受,诗人是戏剧接受的客体;观剧诗之于戏曲文本的关系是一种文学批评,诗人同时又是戏剧批评的主体,因此观剧诗兼具戏曲观念的载体和外化的双重性特点,与戏曲发展密不可分的同时又具备独立自足的特性,真正地做到了"通作者之意,开览者之心"。

二 "以诗论曲"的研究情况

咏剧文学伴随戏剧活动的产生而产生,发展而发展,体现为诗、词、曲、赋等诸多文体形式,与戏剧活动相生相长,这些作品不仅为后人留下了珍贵的戏曲史料,同时也极具文学价值和理论价值,因此,对这一选题的研究要兼及清代戏剧、诗歌双重维度的史料综合。

随着学界对戏曲研究关注度的不断提升,学者们一方面以"考镜源流"为治学之门径,另一方面以目录学视角对戏曲及相关作品进行了搜集和整理。尽管现在还没有专门的清代观剧诗集成或目录,但在很多综合性戏曲的辑录或著作中显示出观剧诗的创作情况。

首先,作为国家古籍整理出版"十一五"重点规划项目成果的《历代曲话汇编》(共收录约120种戏曲论著)是继《新编中国古典戏曲论著集成》(共收录48种戏曲论著)之后戏曲评论的集大成之作。全套书收录了从戏曲形成时期的唐宋至戏曲转型时期的明清,再到戏曲衰落和新变的近代,共集成250多位戏曲理论家和创作者的戏曲评点(包括评点、序跋、诗词、曲论等多种形式),清代编中收录了如金德瑛、厉鹗等文人的观剧诗创作及后人的唱和、题跋等，并附有《人名索引》、《剧名索引》、《重要术语索引》和《曲牌名索引》可供参考，是现有的较为完善和全面地收录戏曲评论的著作。

同样对于观剧诗给予充分关注的，最早应属赵山林先生，他编辑整理并进行评点的《历代咏剧诗歌选注》（书目文献出版社，1988年）对宋、金、元、明、清的咏剧文学加以整理，并外延至近代戏剧的发展，他所提到的"诗歌"也是一个广义的概念，在包含了大部分的观剧诗之外还有词、曲、短文等文体的收录，通过对六百余首咏剧作品的编辑和整理，从整体上梳理出了观剧诗的发展脉络，同时陆续地发表了关于观剧诗研究的一系列文章将这一课题进一步丰富和完善，笔者将在理论研究的框架内进行进一步的阐释。

此外，学者们对戏曲存目、剧本、选本的整合虽未直接探讨观剧诗，但其中一方面涵盖了许多戏曲评点的状况，另一方面为研究观剧诗，并追溯其对戏剧的审美接受情况提供了文本依据，在观剧诗的研究中具有重要的参考价值。针对这一层面，具有代表性的有傅惜华所著《清代杂剧全目》（人民文学出版社，1981年），其中收录了清代杂剧一千三百种，比较姚燮、王国维的著录要增出数倍之多，每种作品均列举出它的名目、版本、存佚、作家生平经历等，并附以作家名号索引、杂剧名目索引，为研究观剧、咏剧作家群提供了参考。庄一拂编著的《古典戏曲存目汇考》（上海古籍出版社，1982年）中收录了2700余种书籍，4700余条曲目。李修生主编的《古本戏曲剧目提要》（文化艺术出版社，1997年）之《清传奇》、《清杂剧》、《附录二》对清代戏剧剧目进行了系统的搜集和概括。齐森华等主编的《中国曲学大词典》（浙江教育出版社，1997年）之《曲家》、《清代、近代杂剧》、《清代、近代传奇》中收录了大量的曲目、作家情况。

还有散见于戏曲作品整理中的少数曲家的评点,如郭英德编著的《明清传奇综录》(河北教育出版社,1997年)、北京大学图书馆编辑的《不登大雅文库珍本戏曲丛刊》、首都图书馆编辑的《明清抄本古本戏曲丛刊》、萧善因的《清代戏曲选注》(上海古籍出版社,2010年)、赵景深、胡忌选注《明清传奇选》(中国青年出版社,2010年)、王永宽等《清代杂剧选》(中州古籍出版社,1994年)等。另有部分学者对专题剧作的搜集、校注使得对部分戏曲家及其戏曲观念的把握更为精准,如华玮编辑、点校的《明清妇女戏曲集》(台北中央研究院中国文哲研究所,2003年)、胡士莹校注《吟风阁杂剧》(上海古籍出版社,1982年)、周德育点校《古柏堂戏曲集》(上海古籍出版社,1987年)、周妙中点校《蒋士铨戏曲集》(中华书局,1993年),等等。文学史、戏曲史以及相关论述在清人传奇、杂剧和诗歌的综合研究中往往会涉及到对观剧诗的评述,学者们多偏重从形式体制上、文艺思潮上对观剧诗的文学性进行探讨。

自《历代咏剧诗歌选注》问世后,引起了关一农先生的关注并发表了《古典戏曲研究领域的新拓展——读赵山林〈历代咏剧诗歌选注〉》(《艺术百家》,1991年8月),赵山林先生于是又发表了一系列文章进行了呼应:《咏剧诗歌的价值》(《中国典籍与文化》,1998年2月)、《明代咏剧诗歌简论》(《中华戏曲》,2003年6月)、《清前期咏剧诗歌简论》(《中华戏曲》,2004年4月)、《清代中期咏剧诗歌简论》(《广西师范大学学报(哲学社会科学版)》,2005年3月)、《近代咏剧诗歌简论》(《文艺理论研究》,2006年1月)。这一系列文章列例了明、清乃至近代的咏剧诗歌的实例,并及咏剧作家对戏曲名家名作的歌咏,对观剧诗中所反映出的戏曲史和戏曲理论中颇具意义的问题进行了深入探讨,揭示出每位作家的独到之处,完成了对明清咏剧文学从戏剧活动的记录到戏剧批评的诗化形式、再到戏剧理论的诗意表述的整体勾勒。当前另有许多学者倾向文人个案研究,或从曲家剧目考订补遗角度出发,或以某一情感母题为依托,进而涉及戏曲的评点命意、艺术成就、文化符码及文学生态。

三 "以诗论曲"的研究价值

从清诗的创作视角来看,观剧诗尽管作家、作品的数目庞大,但多流于形式化,其内容多充斥了道德劝诫的内容,并出现案头化的创作倾向,继而出现衰退的迹象。还有部分学者对清诗的肯定不足,他们的看法近似对戏曲的评价,认为诗歌发展到清代已为强弩之末,是对前代的继承,而非发扬,多有仿效痕迹,缺乏特色。

然而笔者认为清代戏曲和诗歌发展的成熟具备其无可替代的时代特色。一方面,从时间的跨度考察,清代戏曲作者百余位,参与者更不计其数,清代戏曲的创作是一代曲家的智慧抒写;从作品数量上,清代达到了宋元以来的最高峰,其质量远远高于晚清民国时期,能够集中体现出戏曲观念在史的维度上的变化;从地域结构上看,清代地方文学流派众多,地域文化参与建构曲人创作,侧面反映了清代戏曲的普及情况和发展之繁荣;从创作主体来看,尽管民间文人仍占据着戏曲创作的主要阵营,同时馆阁文人的不断加入,使得戏曲的创作风格和剧本语言不可避免地向更加雅化的方向发展。另一方面,从社会背景考察,清代诗歌受到统治者崇尚儒家文化和学习汉文化政策的影响,其创作数量十分庞大,创作主体不少于十万家,多数诗作都达千余首;从理论维度上,清诗受到理学思想和复古思想的影响,多数诗人对宋诗的继承比较多,因此清诗多呈现理论化倾向;从文化视角与人文生态审视,清诗融入了"科举文化、隐逸文化、地域文化、家族文化诸基因"①,是清代文化生活的缩影。

　　观剧诗自身的特点也体现了其研究价值,诗歌的主要功能是"缘情",观剧诗作为文学作品的同时,兼具文学评论的特征,并作为载体连接了戏剧和诗歌两种文学题材,以文学批评为主要视角,略带观剧诗的鉴赏,可以增加观剧诗研究的深度。从文学史背景出发,目前学界尚无对观剧作家群体进行研究,这些文人既是戏剧的接受者,同时又是观剧诗的创作者,对于这一作家群的研究有助于整体上把握清代诗歌的发展脉络及文学观念的变化,增强观剧诗研究的维度。观剧诗在清代特定的历史时空下发展、繁荣,诗中不仅承载着戏曲表演和演员的情况,更寄寓了一代文人的独特审美诉求,是文人士大夫借以独特的题材,为清代诗坛提供的又一类优秀文本,同时也是清代理学文化思潮影响下的文学表征。

　　清代戏曲活动是民间和宫廷喜闻乐见的娱乐方式,统治者对社会的提倡,文人的大量创作都得到了很好的保存和流传,为观剧研究提供了允分的史料和研究的可行性。这一时期与戏曲发生文学互动的文体样式很多,诗、词、赋、散文均有所涉及,从诗歌这一文体切入,对观剧诗的创作群体、观剧诗作、观剧诗在传播过程中的审美功能等方面进行探讨,主要可以从如下方面

---

① 严迪昌:《清诗史》,人民文学出版社 2011 年版,上册,第 1 页。

深入探索:

首先,对清代观剧诗创作主体研究,即清代观剧诗作家群研究。观剧诗的创作主体主要分为两大类:一类是既创作戏曲剧本,又创作观剧诗;另一类是戏曲表演的接受者,本身并无戏曲作品创作,但有观剧诗创作并流传的诗人。文人之间的交往和唱和往往也有观剧诗创作生成,从交游的视角将观剧诗创作群体联系起来,从而进一步深入研究盛世之下文人的文化心态,即将观剧诗归结为诗人和剧作家的"吟唱心曲"。结合复杂的社会因素,不同的曲作家、不同遭遇的诗人、不同领域和地域的文人,通过科举、隐逸、地域、家族等文化层面,亦可以丰富观剧诗人的作家群像,从而更加设身处地地体悟观剧诗作品所传达出来的心声。

其次,观剧诗对戏曲的审美接受及审美内涵。通过对清代文人剧作的特点考察,从中把握清代戏剧的规律,有助于了解清代观剧诗整体的发展轨迹,进而探索其审美风尚。观剧诗对戏曲的接受主要从三个层面进行考虑:一是对舞台表演艺术的接受,清代社会政治稳定,百姓安居乐业,戏剧得到充分发展,在表演艺术和舞台的布置上日臻完善,表演形式丰富多样,融入了杂耍、口技等民间技艺,使剧情的展示更加生动,观剧诗的创作中有对戏曲活动的记述和赞美;二是对表演者的歌颂和赞赏,如何将戏曲文本变为生动感人的演出,全依赖演员们的表演技艺,唱、念、做、打,甚至一个眼波流转,都可以成为打动观众的关键所在,因此演员的演技在很大程度上决定了一出戏剧的流行程度,很多文人也作观剧诗对伶人技艺大加赞赏;三是对观剧所思所感的表达,这类观剧诗最能表达诗人自身的情感,其间不乏"借他人酒杯,浇自己块垒"之作,有的表达对历史人物的评价,有的是对世事变迁的感慨,有的是针对剧情出发,表述自己的看法,继承了《诗经》以来诗歌的"缘情"传统。

观剧诗的审美内涵包括外在因素和内在升华两个层面:从外化的视角看,观剧诗带有明显的社会文化向心倾向,从清初的遗民情绪到雍乾的盛世自信,再到高宗老年倦勤,盛世走向尾声的同时文人也开始逐渐反思和探寻自我的生存价值,对写心剧和悼亡剧的观剧诗越来越多,至光绪以后,戏剧趋向案头化,对观剧诗的创作很难创新,于是叶德辉、皮日休、易顺鼎等人开始转向对盛世观剧诗创作的唱和,一时唱和观剧诗成为清末对戏曲审美内涵演绎的另一潮流。从内在的视角看,观剧诗的创作主体有明代遗民,也有与盛世共成长的文人,因此不同的创作主体所作的观剧诗在思想观念上存在一定的差异,如黄图珌、吴震生等人继承了反思的传统和反叛性思维,金德瑛、蒋士铨等人则传承了理学思想,意在诗歌的教化功用,等等。

再次,观剧诗在戏曲传播过程中的作用。"一代有一代之所胜"[1],清代的小说和戏曲的辉煌并没有取代诗歌的存在,相反地,诗歌的自足性使得观剧诗在戏曲的传播过程中展现出独有的优势:一是观剧诗的创作具有随机性和便捷性,戏曲作品因为体制所限,必要性地具备相当的长度和规模,这样对创作时间的要求相对较长,时效性相对较差,不能及时地反映当下生活,而观剧诗在观看戏曲表演或阅读戏剧剧本的同时即可随机创作,创作时间较短,因此跟生活的关系更加紧密。二是戏曲作品创作的过程中多考虑受众的审美兴趣和欣赏习惯,因此要兼顾大多数人的审美品味,创作主体本身的情感倾向和主观意愿往往

---

[1] 王绍曾:《清史稿艺文志拾遗》,中华书局 2000 年版,第 369 页。

会受到一定的限制,而观剧诗的创作完全属于个人行为,其受众也更加私人化,创作主体可以根据自己的意愿和戏剧观进行创作,更贴近诗人本人的心态,同时其审美接受群体也相对集中在文人士大夫的知识阶层,更易产生共鸣。三是观剧诗最本质的特征源自民族的审美品格,即诗歌的主情艺术,是用以表现内心活动的艺术,而戏剧作品是叙事艺术,是对内心活动的外化和再现,自《诗经》始,诗歌一直和民族精神脉络紧密相连,成为文人表情达意不可或缺的体裁,因此戏剧的发展不但不可能取代诗歌,反而二者相辅相成,诗歌也可以成为对戏剧观念和思想传播的重要载体。

最后,观剧诗在清诗史上的定位也存在于两个层面:一方面是文学批评史的价值的彰显,观剧诗一身兼二职,既是对戏剧的审美接受,同时又是对戏剧的再传播,且其以诗歌这一体裁进行的传播具有较高的文学性和雅化色彩;另一方面观剧诗并不是戏剧作品的衍生品,创作主体通过诗歌表达戏剧观念,知识阶层对其接受、鉴赏的同时也有唱和作品产生,形成了自足性的文学互动。同时我们也应该认识到,在清诗难度越前人的大环境下,观剧诗发挥的作用也相对有限,很多观剧诗作品考据色彩过于浓重,失去了诗歌原有的"缘情"功能。

明清戏曲艺术发展繁荣,理论家们试图总结集语言、情境、动作、容貌、心理等于一体的多维度的人物塑造策略,探求出人物的共性美和个性美,并把人物、情节、创作动机、审美趣味等因素综合在一起,形成一定的审美境界,于是逐渐产生了专门的戏曲理论。其中有的理论家自身就参与戏剧创作,具有代表性的有李渔、孟称舜、梁廷楠等,也有的专注于戏曲理论的生发,但并不参与剧本的创作。在建构戏曲理论时,理论家们充分考虑戏曲艺术的构成和艺术价值的多元性,把戏曲的叙事特征、舞台艺术、曲体形式等融入情节的审美中,形成一系列系统的创作技法,全方位地呈现戏曲的审美性、整体性和艺术性。

观剧诗是以戏曲艺术生活为主要的表现对象,创作主体或感叹艺人的高超技艺、或感叹其不幸的遭际、或赞扬其获得的声誉、或更深入地挖掘创作者的内心世界,从戏曲文本或艺术形象出发,揭示戏剧本身的艺术内涵,它和田园诗、山水诗、边塞诗等题材一样,是诗歌园地中具有独立意义的一隅。同类型的文学表现形式还有戏曲评点、序跋、戏曲理论等,是从不同的文体范畴对戏曲艺术的反映。评点是中国古代文学批评一种特有的形式,包括圈点、眉批、夹批、回评、总评等。戏曲评点是我国传统戏曲批评方式之一,通常是在剧本正文的有关地方予以圈点、短评,并与读法、总评和序跋合为有机整体,从而对文本进行阐释归纳和导引升华,充分体现出评点家本人的基本思路、审美情趣和哲学观念。序跋是说明书籍著述或出版宗旨、编辑体例和作者情况的文章,也包括对作家作品的评论及有关问题的研究阐发。这类文章,按不同的内容和表达方式分别属于说明文或议论文,描写编写目的、简介编写体例和内容的属于说明文,对作者作品进行评论或对问题进行阐发的属于议论文。序跋并不是戏曲专有的评点形式,在小说、诗集中也多有出现,且相对更为普遍,有时作为文人间相互赞颂、称道的文体形式,也有戏剧创作者请当时的知名文人题写序跋的情况,序跋中集中体现了作者的戏剧观。

以上几种文体形式中,观剧诗较戏曲评点而言更具有独立性和整体性,较序跋一类的单篇而言更能集中体现创作主体的戏剧观,但由于受到格律和篇幅等因素的限制,并不及戏曲理论那样详细、具体,系统性不及专门的戏曲理论论著。基于以上考虑,笔者将结合戏曲发展史,将清以来戏曲审美接受和传播过程中出现的文学样式进行横向比较,从而将观剧诗的文学史价值进行客观定位。

附录:清代观剧诗系年初编

凡例:

1. 此列表以时间为序,在年份后分别列出观剧诗的作者和诗题,诗题暂未句读,出处随文注出,特殊情况以脚注加以说明;

2. 此表收录清人观剧诗 324 题,共计 533 首,并非清人观剧诗编年的全部,尚有材料待日后继续增补;

3. 此表中的观剧诗来源于清人诗集,晚清报刊中的观剧诗暂不在此列,因多数诗集出自大型丛刊,随文以简称代之:《景印文渊阁四库全书》,简称"《四库》";《续修四库全书》,简称"《续四库》";《四库全书存目丛书》,简称"《存目》";《四库未收书辑刊》,简称"《四库未收》";《清代诗文集汇编》,简称"《汇编》"。非出自大型丛书的清人诗集以出版信息或刊刻信息随文注释。

4. 尚未能够精确创作年份,但作期可知的观剧诗,均置于此段时期最后,如"康熙间"。

顺治(1644—1661)清世祖爱新觉罗福临

顺治二年(1645)乙酉 龚鼎孳《午日李舒章中翰招同朱遂初孙惠可两给谏集小轩演吴越传奇得端字》,《袁鼎公水部招饮演所着西楼传奇同秋岳赋》(《定山堂诗集》卷十七,《续四库》,第1402册)。

顺治三年(1646)丙戌　王崇简《观剧怀内》(《青箱堂诗集》卷五,《存目》,第203册);孙枝蔚《初至扬州客有谈南京事者感赋》(《溉堂集》前集卷七,上海古籍出版社1979年版)。

顺治四年(1647)丁亥　薛所蕴《读丁埜鹤化人游传奇二首》(《桴菴诗集》卷三,《存目》,第197册)。

顺治五年(1648)戊子　顾景星《赠姬》,《无锡舟中听张燕筑歌》(《白茅堂集》卷六,《存目》,第205册)。

顺治六年(1649)己丑　王崇简《听曲感怀》(《青箱堂诗集》卷五,《存目》,第203册);丁耀亢《问王尚书觉斯病起约看化人游剧二首》(《陆舫诗草》卷一,《存目》,第235册)。

顺治七年(1650)庚寅　丁耀亢《王尚书招听昆山部乐》(《陆舫诗草》卷二,《存目》,第235册)。

顺治八年(1651)辛卯　孔贞瑄《紫薇堂观滇人赛杂剧》(《聊园诗略》卷十二,《存目》,第232册);钱谦益《辛卯春尽歌者王郎北游告别戏题十四绝句以当折柳赠别之外杂有托寄谈谐无端隐谜间出览者可以一笑也》(《牧斋有学集》,《续四库》,第1391册)。

顺治十年(1653)癸巳　丁耀亢《张橘存郭卧侯叶天木刘六吉以考选入都相逢燕市陈子修席上约观赤松词曲》,《春日同李康侯大理集李五弦司寇宅听家乐》,《癸巳初度赤松词曲新成邀诸公观赏作赤松歌自寿》,《曹子顾太史寄草堂资三百缗时为子顾作西湖传奇新成》,《元宵前张举之招同宋玉叔张二瞻徐昜谷夜集观剧时闻欲复汉服》(《陆舫诗草》卷五,《存目》,第235册)。

顺治十一年(1654)甲午　丁耀亢《题西湖传奇曲末》(《椒丘

诗》卷一,《存目》,第 235 册);吴伟业《王郎曲》(《梅村家藏稿》,《续四库》,第 1396 册)。

顺治十三年(1656)丙申　胡世安《丙申正二日公集演文心见新剧》(《秀巖集》卷十五,《存目》,第 196 册);丁耀亢《李琳枝侍御招同邑诸子观赤松剧》,《宴李五弦司寇宅观姬乐》(《椒丘诗》卷二,《存目》,第 235 册);陶季《子夜歌》(十首),《听教坊李氏歌二首》(《舟车集》卷一,《存目》,卷 258);顾景星《楚宫老妓行》(《白茅堂集》卷九,《存目》,第 205 册)。

顺治十四年(1657)丁酉　李元鼎《丁酉初春家宗伯太虚偕夫人携小女伎过我演燕子笺牡丹亭诸剧因各赠一绝得八首》,《迎春日谦集宗伯年嫂家因命女伎演杂剧四首》(《石园全集》卷十七,《存目》,第 196 册);丁耀亢《杨忠愍蚺蛇胆剧成傅掌雷总宪易名表忠志谢》(《椒丘诗》卷二,《存目》,第 235 册);顾景星《合肥公邀同钱牧翁看丁继之演水浒赤发鬼丁年已八十即席次牧翁寿丁六十诗韵》(《白茅堂集》卷九,《存目》,第 205 册)。

顺治十五年(1658)戊戌　李元鼎《春暮偕熊雪堂少宰黎博菴学宪谦集太虚宗伯沧浪亭观女伎演牡丹亭剧欢聚深宵以门禁为严未得入城趋卧小舟晓起步雪老前韵得诗四首》(《石园全集》卷十八,《存目》,第 196 册);宗元鼎《春夜看歌者演牡丹亭曲》(《芙蓉集》卷七,《存目》,第 238 册)。

顺治十六年(1659)己亥　李元鼎《冬夜同集沧浪亭观女伎演秣陵春次熊少宰韵十首》(《石园全集》卷十九,《存目》,第 196 册);陶季《梁园九子诗》,《侯司徒园中赠江伶》,《禹州元夕听歌吹》(《舟车集》卷二,《存目》,第 258 册);田雯《己亥除夕前四日偕诸子陪渔洋先生宴集陆揆哉郎中寓斋即事漫题四绝句先是殷子彦来以石花鱼见饷故篇首及之》(其三)(《古欢堂集》卷十四,

《四库》,第 1324 册)。

顺治十七年(1660)庚子　查继佐《查伊璜召集韩园看所携女剧》(《楚颂亭诗》卷上)①;顾景星《徐黄冈招观兰姬杂剧即席》(《白茅堂集》卷十一,《存目》,第 205 册);梅清《大梁鼓楼歌》,《鄢陵梁园同黄石楼明府看牡丹作歌》(《瞿山诗略》卷七,《存目》,第 222 册);吴伟业《滇池铙吹四首》,《观蜀鹃啼剧有感四首》(《梅村家藏藁》卷十七,《续四库》,第 1396 册)。

康熙(1662—1722)清圣祖爱新觉罗玄烨

康熙元年(1662)壬寅　顾景星《虎媒篇题赠张子》,《观钱家伎》(《白茅堂集》卷十二,《存目》,第 205 册)。

康熙二年(1663)癸卯　冒襄《与其年诸君观剧各成四绝句》②(《巢民诗集》卷六,《续四库》,第 1399 册)。

康熙三年(1664)甲辰　王崇简《观剧感怀》(《青箱堂诗集》卷十九,《存目》,第 203 册);梅清《甲辰立秋后一日梅渊公招同竟陵程文琰新城耿承喆毗陵陈郘公黄云孙屠渭纶宛上王安又集天延阁酒半召吴门女史蕊珍至歌以记之》(《天延阁赠言集》卷一,《存目》,第 222 册);陶季《闻歌》,《武昌元夜击鼓行》③(《舟车集》卷四,《存目》,第 258 册);陆世仪《看剧痛亡儿时项传作迎天榜传奇中有陈静诚亡子复归事》(《桴亭先生诗集》卷八,《续四库》,第 1398 册)。

康熙四年(1665)乙巳　梅清《陈幼木柱江照江诸公留观阁

---

①　此诗转引自张慧剑:《明清江苏文人年表》,上海古籍出版社 1986 年版,第697 页。原诗集笔者未见。

②　此诗现仅存二首。

③　此诗约作于康熙三年(1664)至康熙五年(1666)间。

观女剧》(《瞿山诗略》卷十,《存目》,第 222 册);杜濬《看苦戏》,
《侯园观家乐童子乞诗》,《龚宗伯座中赠优人扮虞姬绝句》(《变
雅堂集》卷三、卷九,《续四库》,第 1394 册)。

康熙五年(1666)丙午　王崇简《观剧感怀》(《青箱堂诗集》
卷二十一,《存目》,第 203 册);阎尔梅《庐州见传奇有史阁部勤
王一阙感而志之》,《庐州赠歌儿》(《白耷山人诗集》卷八,《续四
库》,第 1394 册);严熊《丙午秋谒大司寇龚公于合肥里第公赋诗
五章辱赠即席倚和奉酬》(之三)(《严白云诗集》卷二,乾隆十九
年严有禧刻本)。

康熙六年(1667)丁未　王崇简《九日闲步高原晚归观剧》
(《青箱堂诗集》卷二十二,《存目》,第 203 册);顾景星《吊振海张
公》(《白茅堂集》卷十三,《存目》,第 205 册)。

康熙七年(1668)戊申　顾景星《巴城湖大雪舟中醉歌》(《白
茅堂集》卷十四,《存目》,第 205 册)。

康熙九年(1670)庚戌　应是《再读牡丹亭题词偶书》(《纵钓
居文集》卷七,《存目》,第 242 册);顾景星《阅梅村王郎曲杂书十
六绝句志感》(《白茅堂集》卷十五,《存目》,第 205 册)。

康熙十一年(1672)壬子　法若真《感书四首》(《黄山诗留》
卷五,《存目》,第 212 册);陶季《闻笙》①(《舟车集》卷七,《存目》,
第 258 册);顾景星《月湖答李渔》(《白茅堂集》卷十六,《存目》,
第 205 册)。

康熙十二年(1673)癸丑　顾景星《书康对山集》(《白茅堂
集》卷十六,《存目》,第 205 册);魏象枢《癸丑正月二十日扈从南
苑观八旗品官大搜赐宴恭纪》(《寒松堂全集》卷七,《存目》,第

---

①　此诗约作于康熙十一年(1672)至康熙十五年(1676)间。

213 册);吴之振《听霓裳唱牡丹亭》,《遣歌童》,《赠歌曲女童》,
《和令公赠歌童霓裳次熊元献原韵》(《黄叶邨庄诗集》卷三、卷
四,《存目》,第 237 册)①;潘耒《次韵赠苏昆生》(《遂初堂集》卷
二,清康熙刻本)。

　　康熙十四年(1675)乙卯　梅清《邹园》(《天延阁后集》卷二,
《存目》,第 222 册);嘉纪《秦淮月夜集施愚山少参寓亭听苏昆生
度曲》(《陋轩诗》卷三)②。

　　康熙十六年(1677)丁巳　王崇简《观剧偶拈》,《观剧口占》
(《青箱堂诗集》卷三十二,《存目》,第 203 册);刘廷玑《铜雀伎》
(《葛庄分体诗钞》乐府,《存目》,卷 260)。

　　康熙十七年(1678)戊午　刘廷玑《白纻舞歌》,《思凤曲》
(《葛庄分体诗钞》乐府、七言古,《存目》,卷 260)。

　　康熙十八年(1679)己未　汪懋麟《饮某氏旧园看牡丹晚观
女剧》(《百尺梧桐阁遗稿》卷一,《存目》,第 241 册);刘廷玑《读
曲歌二首》(《葛庄分体诗钞》乐府,《存目》,卷 260);陶季《听孙给
谏侍史弹琴》③(《舟车集》卷十,《存目》,第 258 册);毛师柱《舟中
上巳有怀燕台故人》(《端峰诗选》卷二,康熙三十三年王吉武刻
本)。

　　康熙十九年(1680)庚申　汪懋麟《观小伶邢郎歌舞和司农
公韵》(《百尺梧桐阁遗稿》卷二,《存目》,第 241 册);顾景星《李
益三梧桐树下家僮度曲图》(《白茅堂集》卷二十一,《存目》,第
205 册)。

　　康熙二十一年(1682)壬戌　李来章《过黄粱梦有感》(《礼山

---

① 　此四首诗约作于康熙十二年(1673)至康熙十八年(1679)间。
② 　此诗转引自张慧剑《明清江苏文人年表》,第 784 页。原诗集笔者未见。
③ 　此诗约作于康熙十八年(1679)至康熙二十一年(1682)间。

园诗集》卷三,《存目》,第 246 册)。

康熙二十二年(1683)癸亥 梅清《贻歌者》(《天延阁后集》卷八,《存目》,第 222 册);李嵩瑞《戏赠歌者王郎》(《后圃编年稿》卷三,《存目》,第 234 册);吴绮《花朝集殿闻秋水轩观演邯郸梦剧用长儿韵》(《林蕙堂全集》卷十八,《四库》,第 1314 册)。

康熙二十四年(1685)乙丑 汪懋麟《河楼观俞锦泉伎乐即席怀陈芳二首》(《百尺梧桐阁遗稿》卷七,《存目》,第 241 册);叶燮《元夕仍庵署中席上戏作》(《己畦诗集》卷四,《存目》,第 244 册);金张《卓子式堂中看小女伶》(《岕老编年诗钞》,《存目》,第 254 册);陶季《题牡丹册子》《观剧》(《舟车集》卷十二,《存目》,第 258 册)。

康熙二十五年(1686)丙寅 李振裕《观剧饮戏作》(《白石山房集》卷五,《存目》,第 243 册);孔尚任《有事维扬诸开府大僚招谯观剧》(《湖海集》卷一,《存目》,第 257 册);朱经《白纻舞歌》(《燕堂诗钞》卷一,《存目》,第 258 册);顾景星《观妓》《鲁肃湾》《成仲谦龚千谷二节使载酒过东山招同钱饮光方与三观陈多演剧次饮光韵》(《白茅堂集》卷十四、卷二十六,《存目》,第 205 册)。

康熙二十六年(1687)丁卯 胡世安《万县晚泊同玄鉴瞻屺熙海廉水步月观戏主人肃入翠袖殷勤复命登场续演宾主尽欢归洲漫纪(丁卯公车)》(《秀岩集》卷四,《存目》,第 196 册);金张《轶群堂中连夜戏宴偶成》(《岕老编年诗钞》,《存目》,第 254 册);顾景星《约游东田阻风雪是夜观伎》(《白茅堂集》卷二十六,《存目》,第 205 册)。

康熙二十七年(1688)戊辰 梅清《戊辰九月花果会集茶峡草堂观蕊珍美人演剧十绝句》《戊辰九月花果会集茶峡草堂观

蕊珍较书演剧五绝句》(《天延阁后集》卷十三、《瞿山诗略》卷二十八,《存目》,第 222 册);徐倬《观剧限韵》(《汗漫集》卷下,《存目》,第 246 册);李来章《黄粱梦赠道者》(《礼山园诗集》卷九,《存目》,第 246 册);金张《附百字令二首》(之一)(《岕老编年诗钞》,《存目》,第 254 册);叶燮《乔石林先生和十三覃韵十首见贻韵无重押予报以十章仍限前韵愧不能一一步押也》(之九),《十伶曲十首》(《己畦诗集》卷六,《存目》,第 244 册)①;孔尚任《寓邸漫兴南柯梦处》,《雨夜同黄仪逌饮朱天锦寓邸听弦索分赋》,《曹郎弦索行》(《湖海集》卷四、卷五,《存目》,第 257 册)。

康熙二十八年(1689)己巳　李孚瑞《送陈子厚归海宁》,《太平园》(《后圃编年稿》卷七,《存目》,第 234 册);孔尚任《听女新部徐浴咸朱天锦俞陈芳送春新词》,《同黄仙裳遇李庐西幕府看蔷薇夜听家乐》,《白云菴访张瑶星道士》(《湖海集》卷六、卷七,《存目》,第 257 册);陶季《听琵琶笙二首》,《观傀儡效西施舞》(《舟车集》卷十六,《存目》,第 258 册)。

康熙二十九年(1690)庚午　叶燮《陈留署中作》(之二、之八)(《己畦诗集》卷八,《存目》,第 244 册);刘廷玑《题高东嘉撰琵琶处》(《葛庄编年诗》庚午,《存目》,卷 260)。

康熙三十年(1691)辛未　李孚瑞《观演长生殿剧因寄洪昉思陈子厚查夏重顾子胄诸子》(《后圃编年稿》卷八,《存目》,第 234 册);叶燮《宴集张崦亭懋德堂观家优演剧仍叠前韵》(《己畦诗集》卷八,《存目》,第 244 册)。

康熙三十一年(1692)壬申　戴晟《立秋日玉照堂雅集限雷字》(《寤砚斋集》,乾隆七年戴有光等刻本);赵俞《壬申阳月望前

---

① 此二首诗约作于康熙二十七年(1688)至康熙二十八年(1689)间。

二日座主宛平相公设宴怡闱席宠堂同长洲施长六梁山高霖公清苑张来菴邓州彭直上会稽杜斐君高邮房湘崖霸州郝子权德清戴衣闻陇西宋子蕃宜兴潘书源金山戴丙章天长陈伊木江都史蕉饮邸阳范谈一如皋石五中代州冯敬南登眺亭台观家乐恭纪一百韵》(《绀寒亭诗集》卷一,《存目》,第 255 册)。

康熙三十三年(1694)甲戌　孔尚任《燕台杂兴四十首》(其二、三、六、八、九、十七、二十)(《长留集》卷六,《存目》,第 257 册);朱经《听黄山人弹琴歌》①(《燕堂诗钞》卷三,《存目》,第 258 册)。

康熙三十四年(1695)乙亥　李蟠瑞《除夕前三日集陆刑部宅公谦集渔洋山姜雨先生观演琼花梦剧明日两先生有诗纪事同人皆和子亦如数赋十绝句》、《郡城观女剧即席二首》(《后圃编年稿》卷十三,《存目》,第 234 册)。

康熙三十五年(1696)丙子　王士祯《门人陆次公通判抚州半载挂冠重建玉茗堂于故址落成大宴郡僚出吴儿演牡丹亭剧二日解縌去自赋四诗纪事和寄》(《蚕尾续集》卷一,《存目》,第 227 册);刘廷玑《戏成寄东塘》、《元夜迟别驾招饮薛氏园演杂剧即席戏赠》(《葛庄分体诗钞》七言律上,《存目》,卷 260)。

康熙三十八年(1699)己卯　刘廷玑《僚友席上听琴》、《闻笛》(《葛庄分体诗钞》五言古、七言绝,《存目》,卷 260)。

康熙三十九年(1700)庚辰　刘廷玑《题傀儡》(《葛庄编年诗》庚辰,《存目》,卷 260)。

康熙四十年(1701)辛巳　徐倬《十三夜同方麓中允未菴吏部至赵明府署中观剧》(《水香词》卷上,《存目》,第 246 册);朱彝

---

①　此诗约作于康熙三十三年(1694)至康熙三十四年(1695)间。

尊《酬洪升》(《曝书亭集》卷二十,《四库》,第 1317 册)。

康熙四十一年(1702)壬午 朱彝尊《观剧四首》,《题洪上舍传奇》(《曝书亭集》卷二十,《四库》,第 1317 册)。

康熙四十二年(1703)癸未 陈鹏年《冬夜看演长生殿传奇因赋琐事十六绝句和韩寄菴原韵》(《秣陵集》卷一,《存目》,第 259 册)。

康熙四十四年(1705)乙酉 潘锺麟《闻吴歌二绝》(《深秀亭诗集》卷十一,《存目》,第 249 册)。

康熙四十六年(1707)丁亥 潘锺麟《小剧》(《深秀亭诗集》卷十三,《存目》,第 249 册)。

康熙四十七年(1708)戊子 徐倬《观剧》(《耄余残渖》卷上,《存目》,第 246 册);潘锺麟《吴歌二绝》(《深秀亭诗集》卷十四,《存目》,第 249 册);刘廷玑《席上赠歌者》(《葛庄编年诗》戊子,《存目》,卷 260)。

康熙四十八年(1709)己丑 潘锺麟《和陈咸京文学咏傀儡四首韵》(《深秀亭诗集》卷十五,《存目》,第 249 册)。

康熙四十九年(1710)庚寅 王戬《中秋》(《突星阁诗钞》卷十四,《存目》,第 249 册);查慎行《燕九日郭于宫范密居招诸子社集演洪稗畦长生殿传奇余不及赴口占二绝句答之》(《敬业堂诗集》卷三十八,《四库》,第 1326 册)。

康熙五十年(1711)辛卯 徐倬《观剧用濡群韵是日为四孙志棠就塾》(《耄余残渖》卷上,《存目》,第 246 册);陈元龙《上元后一日同年樊昆来司成置酒征歌邀诸同人谦集昆来赋诗见示次韵奉酬》,《是日演邯郸梦乐府昆来复赋一诗每句用春梦二字戏效奉酬》(《爱日堂诗集》卷十五,《存目》,第 254 册);曹寅《辛卯孟冬四日金氏甥携许镇帅家伶见过闻乐也阒坐塞默胡庐而已至双文烧香曲闻有啰哩哰句记董解元西厢曾有之问之良然为之哄堂老子不独解禽言兼通蛇语矣漫识一绝句》(《楝亭诗钞》卷七,《存目》,第 257 册);刘廷玑《席上戏成》(之二)(《葛庄编年诗》辛卯,《存目》,卷 260);蒋锡震《春夜听歌》(《青溪诗偶存》卷七,《存目》,第 264 册)。

康熙五十一年(1712)壬辰　蒋锡震《立秋后一日夜雨河署池亭观剧》①(《青溪诗偶存》卷八,《存目》,第 264 册)。

康熙五十四年(1715)乙未　沈翼机《观剧感赋》(《澹初诗稿》卷一,《存目》,第 263 册)。

康熙六十一年(1722)壬寅　沈廷芳《夏夜紫幢轩听琴》(《隐拙斋集》卷三,《汇编》,第 298 册)。

雍正(1723—1735)清世宗爱新觉罗胤禛

雍正元年(1723)癸卯　梁濬《听美人弹琴》(《剑虹斋集》卷二,《汇编》,第 300 册)。

雍正二年(1724)甲辰　梁濬《秦淮杂诗五首》(其三、其四)(《剑虹斋集》卷二,《汇编》,第 300 册)。

雍正四年(1726)丙午　梁濬《读西楼传奇》(《剑虹斋集》卷四,《汇编》,第 300 册)。

雍正五年(1727)丁未　保培基《丁未秋前三日四乡亭纳凉观演新剧感成六绝偶书藜伶便面》(《西垣集》卷八,乾隆井谷园刻本)。

雍正八年(1730)庚戌　汪沅《雨中过半舫听遹声弹琴》(《槐塘诗稿》卷二,《汇编》,第 301 册)。

---

①　此诗约作于康熙五十一年(1712)至康熙五十二年(1713)间。

雍正九年(1731)辛亥　沈廷芳《邗江寓楼书桃花扇后六首》(《隐拙斋集》卷五,《汇编》,第 298 册)。

乾隆(1736—1795)清高宗爱新觉罗弘历

乾隆六年(1741)辛酉　姚范《别诗》(六首),《洞庭曲二首送郭昆甫归善化》(《援鹑堂诗集》卷一,《汇编》,第 298 册);沈廷芳《冬夜闻歌二首》(《隐拙斋集》卷十一,《汇编》,第 298 册)。

乾隆七年(1742)壬戌　汪沆《东堂观剧有感三首》(《槐塘诗稿》卷五,《汇编》,第 301 册);王又曾《题湘客赠别新乐府六曲后二首》(《丁辛老屋集》卷三,《汇编》,第 305 册)。

乾隆八年(1743)癸亥　姚范《寄巢四丈属题进南巡诗册》,《圣驾西巡迎銮曲三十首》(《援鹑堂诗集》卷五、卷七,《汇编》,第 298 册);王又曾《秦淮杂诗二十首》(其十九)(《丁辛老屋集》卷四,《汇编》,第 305 册)。

乾隆九年(1744)甲子　唐英《甲子重阳后一日招友人看菊优饮翌日有赋诗投谢者各赋七律一首覆答》(《陶人心语》卷三,《四库未收》,第 10 辑,第 21 册)。

乾隆十一年(1746)丙寅　唐英《丙寅小阳月昌江泛舟》(《陶人心语》卷五,《四库未收》,第 10 辑,第 21 册);王又曾《七月十六夜秦淮歌席酧月达曙送董君入蜀五首》(《丁辛老屋集》卷八,《汇编》,第 305 册)。

乾隆十二年(1747)丁卯　汪由敦《丁卯恭和御制新正二日试笔元韵》(《松泉集》卷十三,《四库》,第 1328 册)。

乾隆十七年(1752)壬申　汪沆《上元夜南徐招饮藉豁古堂分赋同用灯字》(《槐塘诗稿》卷九,《汇编》,第 301 册)。

乾隆二十一年(1756)丙子　王又曾《心余招饮即席四叠前

韵二首》(《丁辛老屋集》卷十三,《汇编》,第 305 册)

乾隆二十二年(1757)丁丑　汪沅《李饮斋制府灯夜谶集二首》(其二)(《槐塘诗稿》卷十一,《汇编》,第 301 册)。

乾隆二十七年(1762)壬午　敦敏《题敬亭琵琶行填词后二首》(《懋斋诗钞》壬午年诗,上海:上海古籍出版社,1984 年)。

乾隆三十四年(1769)己丑　韦谦恒《金丝堂听乐》(《传经堂诗钞》卷五,《续四库》,第 1444 册)。

乾隆三十八年(1773)癸巳　杨芳灿《潺湲引》(《芙蓉山馆全集》诗钞卷二,《续四库》,第 1477 册)。

乾隆四十年(1775)乙未　黎简《读曲歌二首》(《五百四峯堂诗钞》卷五,《汇编》,第 417 册)。

乾隆四十一年(1776)丙申　黎简《听吴客作吴歌二首》(《五百四峯堂诗钞》卷六,《汇编》,第 417 册)。

乾隆四十五年(1780)庚子　孙原湘《今昔辞》(《天真阁集》卷三十,《续四库》,第 1488 册);赵希璜《燕子楼》(二首),《珠娘曲》,《赤松游》(《四百三十二峯草堂诗钞》卷五,《汇编》,第 413 册)。

乾隆四十七年(1782)壬寅　百龄《上元前一日西苑散直邀同树堂芝轩两侍讲城南观剧》,《同日得梅轩香谷两弟书赋寄》(《守意龛诗集》卷三,《续四库》,第 1474 册)。

乾隆四十八年(1783)癸卯　百龄《四月三日同人再集颐园叠前韵答芷塘前辈》(其一)(《守意龛诗集》卷四,《续四库》,第 1474 册)。

乾隆四十九年(1784)甲辰　百龄《上元前一日立春同年为歌酒三会晚归遣兴即用查初白先生上元夜饮姜西溟同年寓元韵》(《守意龛诗集》卷五,《续四库》,第 1474 册)。

乾隆五十年(1785)乙巳 德保《乙巳上元正大光明殿赐宴恭纪》(《乐贤堂诗钞》卷下,乾隆五十六年英和刻本);洪亮吉《二月二日看社火》(三首)(《更生斋诗续集》卷十,《汇编》,第414册);黎简《度曲》(《五百四峯堂诗钞》卷十五,《汇编》,第417册)。

乾隆五十一年(1786)丙午 百龄《歌者福郎予使晋时曾于陈时斋司马席上见之色艺擅一时之最后五年复遇京华旅邸憔悴依人回殊昔状予为叹息者久之会章峻峰明府至自保阳因劝令携之而去并为赋小诗四章悼胜会之不常睹芳华之易谢峻峰深于情者倘亦动天涯沦落之感耶》《醉中作福郎诗既而悔之再赋四韵以志吾过并简鉴溪》(《守意龕诗集》卷七,《续四库》,第1474册)。

乾隆五十二年(1787)丁未 詹应甲《魏伶歌》(《赐绮堂集》卷二,《续四库》,第1484册)。

乾隆五十三年(1788)戊申 舒位《春秋咏史乐府》《书四弦秋乐府后》(《瓶水斋诗集》卷一、卷二,《汇编》,第479册);彭淑《赠歌者》(五首)、《和韵再赠歌者》(二首)(《秋潭诗集》卷二,《汇编》,第418册)。

乾隆五十四年(1789)己酉 胡季堂《己酉九月出京途中口号五叠前韵》(《培荫轩诗文集》诗集卷三,《续四库》,第1447册);茹纶常《己酉长至雪中让庭明府招饮听歌即事感怀漫成六首其末章则专赠汪少君两令嗣也》(《容斋诗集》卷二十一,《续四库》,第1457册)。

乾隆五十七年(1792)壬子 陈本直《碧玉管歌》《秦淮杂诗二十首》(其十六、其十七)(《覆瓿诗草》卷二,《汇编》,第526册)。

乾隆五十八年(1793)癸丑　舒位《观演长生殿乐府》,《舟夜闻吴歌左彝有诗余和之》(《瓶水斋诗集》卷四,《汇编》,第 479 册)。

乾隆五十九年(1794)甲寅　赵希璜《饮宴》(《四百三十二峯草堂诗钞》卷十四,《汇编》,第 413 册);吴慈鹤《歌舞冈》(《吴侍读全集》卷一,《汇编》,第 524 册)。

乾隆六十年(1795)乙卯　吴慈鹤《春夜弹琴张白华先生思孝枉赠古诗依韵奉答》(《吴侍读全集》卷一,《汇编》,第 524 册)。

乾隆间　喻文鏊《赠旧歌者》(二首),《晴川阁听琴》(五首)(《红蕉山馆诗钞》卷一、卷二,《汇编》,第 414 册);吴东发《观演水龙歌》,《赠琴师李玉峯》(《尊道堂诗钞》卷上、卷下,《汇编》,第 418 册)。

嘉庆(1796—1820)清仁宗爱新觉罗颙琰

嘉庆元年(1796)丙辰　舒位《书桃花扇乐府后》(《瓶水斋诗集》卷五,《汇编》,第 479 册);戴殿泗《丙辰小除日洪稺存前辈招饮赋呈》(《风希堂集》卷五,《汇编》,第 415 册)。

嘉庆二年(1797)丁巳　查揆《章娘曲》(《筼谷诗文钞》诗钞卷五,《续四库》,第 1494 册);舒位《碧桃曲》(《瓶水斋诗集》卷六,《汇编》,第 479 册);彭淑《听歌》(二首)(《秋潭诗集》卷六,《汇编》,第 418 册)。

嘉庆四年(1799)己未　朱栋《听张省斋琴》(《二垞诗稿》卷一,《汇编》,第 416 册)。

嘉庆五年(1800)庚申　汤贻汾《王梦楼文治太守招饮快雨堂观家乐赋呈》(《琴隐园诗集》卷二,《汇编》,第 526 册)。

嘉庆六年(1801)辛酉　吴慈鹤《对月歌赠莲裳》(《吴侍读全

集》卷五,《汇编》,第524册)。

嘉庆七年(1802)壬戌 舒位《铁箫歌赠朱亦林》,《题仲瞿住毂城之明日谨以斗酒牛膏合琵琶三十二弦侑祭于西楚霸王之墓诗后》(《瓶水斋诗集》卷十,《汇编》,第479册);吴锡麒《康山草堂听姚生弹琵琶歌同赠宾客陈理堂燮黄相嗣蒋师退詹石琴胡香海森张又镜彭年何岂匏俊吴阆斋当家兰雪嵩梁作》(《有正味斋诗集》卷十三,《汇编》,第415册);杨铸《听戈生吹箫》,《江楼宴集》(《白春堂诗》卷一,《汇编》,第525册)。

嘉庆八年(1803)癸亥 舒位《夜听春浦琵琶弹玉树后庭花曲作歌赠之》(《瓶水斋诗集》卷十一,《汇编》,第479册)。

嘉庆九年(1804)甲子 冯元锡《秦淮》,《和袁春塘观剧四首》,《观演琼花梦传奇》(《冯侍御遗藁》卷二,《汇编》,第524册)。

嘉庆十年(1805)乙丑 赵翼《松坪前辈枉和前诗再叠奉答》(《瓯北集》卷二十,《续四库》,第1446册);杨铸《宛转曲》(《白春堂诗》卷一,《汇编》,第525册)。

嘉庆十一年(1806)丙寅 舒位《秦淮偶题》(《瓶水斋诗集》卷十二,《汇编》,第479册)。

嘉庆十三年(1808)戊辰 黄定文《听玉堂》(《东井诗钞》卷一,《汇编》,第416册);汤贻汾《秦淮》(《琴隐园诗集》卷五,《汇编》,第526册)。

嘉庆十四年(1809)乙巳 舒位《琵琶亭》,《寄怀伊甫秦淮》(《瓶水斋诗集》卷十三,《汇编》,第479册)。

嘉庆十六年(1811)辛未 舒位《论曲绝句十四首并示子筠孝廉》(《瓶水斋诗集》卷十四,《汇编》,第479册)。

嘉庆十七年(1812)壬申 潘正亨《壬申中秋前一夕》(《万松

山房诗钞》卷四,《汇编》,第528册)。

嘉庆十八年(1813)癸酉　宗韶《戏咏影戏》(《四松草堂诗署》卷二,《汇编》,第753册)。

嘉庆十九年(1814)甲戌　杨铸《赠琵琶吴六郎》,《题西堂乐府》(《白春堂诗》卷三,《汇编》,第525册)。

嘉庆二十年(1815)乙亥　舒位《题春秋咏史乐府后》(《瓶水斋诗集》卷十七,《汇编》,第479册)。

嘉庆二十三年(1818)戊寅　杨铸《饮桂蕊楼》(《白春堂诗》卷六,《汇编》,第525册)。

嘉庆二十四年(1819)己卯　杨铸《听莺曲》(《白春堂诗》卷七,《汇编》,第525册)。

嘉庆二十五年(1820)庚辰　汤贻汾《宛转歌》,《琴隐园听婢度曲》(《琴隐园诗集》卷十二,《汇编》,第526册)。

嘉庆间　鲍瑞骏《汤东笙刺史鉉盂兰会小乐府题词》(二首),《秦淮感旧》(二首),《听歌》,《秋夜听歌》,《拟白太傅缚戏人乐府》,《湖上夜闻琵琶》,《弹琴女史歌》(《桐华舸诗钞》卷一、卷二、卷三、卷四、卷五,《汇编》,第630册);恩华《霭亭兄招饮涉园见壁闲王义亭先生诗因步元韵》,《读临川汤若士邯郸梦束左孟茇先生二首》(《求真是斋诗草》卷上,《汇编》,第632册);谭溥《赠歌者》,《歌舞冈春游》(《四照堂诗集》卷三、卷四,《汇编》,第633册)。

道光(1821—1850)清宣宗爱新觉罗旻宁

道光五年(1825)乙酉　顾澍《雨后闻度曲声有感》(《金粟影菴存稿》卷三,《汇编》,第800册)。

道光十一年(1831)辛卯　王锡纶《堂伯寿筵剧夜》(《怡青堂

诗集》卷一,《汇编》,第 633 册)。

道光十七年(1837)丁酉　王锡纶《雨夜闻弦索》,《赠歌者》(《怡青堂诗集》卷一,《汇编》,第 633 册)。

道光十九年(1839)己亥　龚自珍《己亥杂诗三百十五首》(其一○三)(《龚定庵全集类编》,北京:中国书店,1991 年);姚燮《浮香阁雨夜听歌示万六》(《复庄诗问》卷十六,《续四库》,第 1532 册)。

道光三十年(1850)庚戌　汤贻汾《题金桧门德瑛总宪观剧诗卅首遗墨》(四首)(《琴隐园诗集》卷三十五,《汇编》,第 526 册)。

咸丰(1851—1861)清文宗爱新觉罗奕詝

咸丰三年(1853)癸丑　严辰《马嵬驿杨太真墓》(其四)(《墨花吟馆诗钞》卷二,《汇编》,第 689 册)。

咸丰四年(1854)甲寅　蔡希邠《腊月二十六日酒后歌示稷堂》(《寓真轩诗钞》卷一,《汇编》,第 726 册)。

咸丰六年(1856)丙辰　施山《醉歌赠袁跛仙》(《通雅堂诗钞》卷一,《汇编》,第 730 册)。

咸丰七年(1857)丁巳　俞樾《马没村社曲》,《唐栖水嬉曲》,《越中纪游》(其八),《临平杂诗》(其七)(《春在堂诗编》丁巳编,《续四库》,第 1550 册)。

咸丰九年(1859)己未　陈锦《夜泊兰江访叶春帆不遇》(其一、其二)(《补勤诗存》卷三,《汇编》,第 687 册)。

咸丰十年(1860)庚申　陈锦《爱莲词》(四首)(《补勤诗存》卷四,《汇编》,第 687 册)。

咸丰十一年(1861)辛酉　陈锦《青面妓》(《补勤诗存》卷五,

《汇编》,第 687 册)。

同治(1862—1874)清穆宗爱新觉罗载淳

同治元年(1862)壬戌　王锡纶《蒋普斋镇军幕府剧宴》,《连日观剧有作》(三首)(《怡青堂诗集》卷四,《汇编》,第 633 册)。

同治二年(1863)癸亥　谭宗浚《刘文成公琴歌》(《荔村草堂诗钞》卷三,《汇编》,第 763 册)。

同治三年(1864)甲子　宗源瀚《艳歌》(《颐情馆诗钞》卷一,《汇编》,第 727 册)。

同治四年(1865)乙丑　杨深秀《闻邑竹枝词》(其十二)(《雪虚声堂诗钞》卷一,《续四库》,第 1567 册);张预《沪游杂诗》(其四)(《崇兰堂诗初存》乙集上,《汇编》,第 744 册);陈锦《江南铙歌鼓吹曲十二篇》(《补勤诗存》卷八,《汇编》,第 687 册)。

同治六年(1867)丁卯　王锡纶《蒋普斋提戎幕府观剧》,《黄琴川明府署夜剧宴二首》(《怡青堂诗集》卷五,《汇编》,第 633 册)。

同治八年(1869)乙巳　蔡希邠《夔府夜泊闻歌》(《寓真轩诗钞》卷六,《汇编》,第 726 册);周家禄《观剧有感》(二首)(《寿恺堂集》卷三,《汇编》,第 762 册)。

同治九年(1870)庚午　张预《慰农师招同钱子密吏部应溥张啸山明经文虎杨古蕴贰尹葆光夜泛秦淮二首》(其四)(《崇兰堂诗初存》丙集上,《汇编》,第 744 册)

同治十年(1871)辛未　王廷鼎《采莲泾櫂歌》(其三、其四、其五)(《紫薇花馆诗稿》卷三,《汇编》,第 742 册)。

同治十一年(1872)壬申　徐贤杰《天仙误》(《三山吟草》卷二,《汇编》,第 726 册);孙德祖《东娘曲》(《寄龛诗质》卷四,《汇编》,第744册);陈庆甲《过夷场吹猢狲戏三叠前韵》(《补愚诗存》,《汇编》,第741册);胡凤丹《傀儡戏》(四首)(《退补斋诗存》卷十六,《汇编》,第693册)。

同治十二年(1873)癸酉　蔡希邠《出巡西南乡口占》(其二)(《寓真轩诗钞》卷七,《汇编》,第726册);周家禄《观剧》(《寿恺堂集》卷五,《汇编》,第762册);吴德纯《锦城新年竹枝词十四首》(其八)(《听蝉书屋诗录》卷七,《汇编》,第739册)。

同治十三年(1874)甲戌　周家禄《吴门新乐府四首》(《寿恺堂集》卷六,《汇编》,第762册);吴德纯《筹边楼》(《听蝉书屋诗录》卷八,《汇编》,第739册)。

同治间　陈允颐《中秋步月闻歌感赋》(《兰墅诗存》卷上,《汇编》,第771册)。

光绪(1875—1908)清德宗爱新觉罗载湉

光绪元年(1875)乙亥　蔡希邠《寿春雪中醉歌》(《寓真轩诗钞》卷七,《汇编》,第726册)。

光绪二年(1876)丙子　黎汝谦《卢生祠》(其二)(《夷牢溪庐诗钞》卷一,《汇编》,第776册);范祝崧《同张梦龙听王克三弹琴》(《澄清堂诗存》卷三,《汇编》,第743册);王廷鼎《丙子新春雪夜奉怀曲园师》(其一)(《紫薇花馆诗稿》卷四,《汇编》,第742册)。

光绪四年(1878)戊寅　徐贤杰《题旭初邯郸梦影图》(《三山吟草》卷六,《汇编》,第726册);蔡希邠《十三日宴寿春镇署观剧》(《寓真轩诗钞》卷八,《汇编》,第726册);方希孟《蔿郎歌同易太守仲泉小饮》(《息园诗存》卷二,《汇编》,第739册)。

光绪八年(1882)壬午　王定安《夜泊河西务闻村歌》(《塞垣

集》卷一,《汇编》,第 727 册);黎汝谦《调小金》(《夷牢溪庐诗钞》
卷三,《汇编》,第 776 册)。

光绪九年(1883)癸未　王定安《观演春官》(《塞垣集》卷一,
《汇编》,第 727 册);徐士霖《申江观剧归舟率成仍叠吴山韵寄杭
州友人》(二首)(《养源山房诗钞》卷一,《汇编》,第 757 册);宫尔
铎《重九夕清江浦赠歌者》(《思无邪斋诗存》卷六,《汇编》,第 741
册)。

光绪十一年(1885)乙酉　范祝崧《秋日徐古春圆成招同张
遂生兆熊万剑盟蒲卓英饮抱清楼即席成诗》(《澄清堂诗存》卷
四,《汇编》,第 743 册)。

光绪十三年(1887)丁亥　蔡希邠《龙州正月狮戏歌》(《寓真
轩诗钞》卷十一,《汇编》,第 726 册);孙德祖《题魏丞岩熙元儒酸
福传奇次卷尾四诗韵》(《寄龛诗质》卷十,《汇编》,第 744 册)。

光绪十五年(1889)己丑　范祝崧《听竹樵笔政杉梁弹琴》
(《澄清堂诗存》卷四,《汇编》,第 743 册)

光绪十七年(1891)辛卯　沈景脩《和莲舫作》(其二)(《蒙舫
诗存》卷四,《汇编》,第 730 册)。

光绪二十年(1894)甲午　魏元旷《四梦吟》(四首)(《中宪诗
钞》,《汇编》,第 784 册)。

光绪二十一年(1895)乙未　黎汝谦《饮酒诗二十三首》(其
十二)(《夷牢溪庐诗钞》卷六,《汇编》,第 776 册)。

光绪二十四年(1898)戊戌　樊增祥《戊戌元旦同寿平观剧
十七叠安扬韵》(《樊山续集》卷四,《续四库》,第 1574 册)。

光绪三十一年(1905)乙巳　施山《题帝女花传奇二首》,《楚
歌二首》,《彩戏》(《通雅堂诗钞》卷六,《汇编》,第 730 册)。

光绪间　陈允颐《置酒饯吉云侑之以歌》,《红叶馆即席赋赠

吉云》(《兰墅诗存》卷下,《汇编》,第 771 册);方铸《黄粱梦》,《旅次闻歌用蓉浦兄韵》(《华胥赤子遗集》卷四、卷七,《汇编》,第 774 册)。

第七章　金德瑛《观剧绝句》及其唱和考论

金德瑛成长在书香世家,身经康、雍、乾三朝,于乾隆年间夺魁,为官数十年,交游甚众,作品丰富,题材多样,其经历与雍乾时期的文化背景有机结合,形成了自己的文学观、戏剧观以及独特的文学风貌。金德瑛的满腹才华和官宦生涯都为他的文学创作打下了坚实的基础,他的诗歌极其充分地展现了雍乾时期的文学背景,并呈现出清新自然、直达所见的艺术特征以及强烈的叙事性色彩。更为突出的是他的观剧诗创作,为这一时期的戏曲雅化的进程起到了推动作用,使得诗歌的文学性和文学理论性大大增强。

一　金德瑛的生平及著述

金德瑛生于康熙四十年(1701),卒于乾隆二十七年(1762),休宁瓯山人,商籍仁和,字汝白,号慕斋,又号桧门。雍正四年(1726)顺天乡试第七名举人,雍正十三年(1735)荐举博学鸿词科,乾隆元年丙辰科会试,第241名贡士,殿试时被置于第六名,乾隆帝亲自将其更擢为第一甲第一名,赐进士及第。

金德瑛长达六十余年的人生中,经历了"康乾盛世"特定的时代环境,同时又长期担任学政和其他要职,随侍乾隆帝身侧,因此他的思想和文学活动也被深深地烙上了清代特有的痕迹,并在一定程度上代表了官方话语下的清代文学观念,应运而生的作品有《桧门诗存》四卷,《观剧绝句》一卷,《双桂堂文集》两卷。其人生轨迹可以大致分为三个阶段:

第一个阶段(1701—1736)为读书科举时期。

金氏本姓程,祖上曾官至司马,至元至正年间娶金氏女,遂改姓金,"元世祖至元间娶瓯山金氏女,依妇家而居,复以次子后,舅氏遂相承,改氏金自处"①。至金德瑛时已是第十五世,生于富足之家的他是家中次子,父亲金硕论很重视对儿子的培养,教育其用功读书,参加科考,报效国家。

金德瑛不负父亲的期望,二十六岁中举,三十五岁授内阁中书,举荐博学鸿词,年轻的他已经在科举场上崭露头角。高宗登基的第二年,即乾隆元年(1736)会试在北京再次拉开帷幕,皇帝亲阅读卷官推荐的前十名的卷子,钦定第一甲前三名的人选,最后钦定了第六份卷子为状元之选,状元即是金德瑛。

金德瑛中举曾为一代佳话,《子不语》中曾言金德瑛夺魁有梦兆:

乾隆元年正月元日,大学士张文和公梦其父桐城公讳英者独坐室中,手持一卷。文和公问:"爷看何书?"曰:"《新科状元录》。""状元何名?"公举左手示文和公曰:"汝来此,吾告汝。"文和公至此,曰:"汝已知之矣,何必多言?"公惊醒,卒不解。后丙

---

① 《金氏如心堂家谱·瓯山第一》,西支祠兴孝堂藏本,第3a页。

辰状元,乃金德瑛。移"玉"字至"英"字之左,此其验也。

王士俊为少司寇,读殿试卷,梦文昌抱一短须道士与之。后胪唱时,金状元德瑛如道士貌,出其门。①

此科的进士共计 344 名,在历史的长河中有多位著名人物出自此次科举考试:第一甲第三名秦蕙田,官至尚书;第二甲第二名曹秀先,官至尚书、上书房总师傅;第二甲第八十八名郑燮,诗、画、书法皆有极高造诣,号称"天下三绝";第三甲第二十四名全祖望是杰出的史学家②。状元金德瑛并未参加当年九月再次举行的博学鸿词科,而是入翰林院修撰,掌修国史,自此开始了他的政治生涯。

第二个阶段(1736—1750)侍从乾隆时期。

乾隆帝对于自己钦点的第一位状元很是器重,命金德瑛中状元后以修撰的身份进入南书房,侍从乾隆帝赋诗、作文、绘画。随侍帝王身侧之时,金德瑛创作的御制诗近八十首,在其《桧门诗存》中占有较大的比重,多收集在卷二和卷三中,其中有唱和乾隆帝的诗歌,如《恭和御制新月元韵》、《恭和御制柳条边元韵》等;有奉皇帝之命赠予臣子的诗歌,如《奉旨送礼部侍郎沈德潜予告归里即次其谢恩元韵四首》为送别沈德潜告老还乡而作,《御制赐傅恒经略金川元韵》为激励傅恒出征而作;更有文雅唱和,题画吟景而作的御制诗,如《恭和御制题苏轼偃松图元韵》、《御制塞外山田元韵》等等。

提及乾隆年间,戏曲的发展是不容忽视的,作于乾隆年间的吴长元的《燕兰小谱》、李斗的《扬州画舫录》以及问津渔等人的

---

① 袁枚:《袁枚全集·子不语》,江苏古籍出版社 1993 年版,卷二十一,第 72页。

② 车吉心:《中国状元全传》,山东教育出版社 2007 年版,第 812 页。

《消寒新咏》均详细记载了当时戏曲发展之兴盛。《扬州画舫录》卷五中记载了清代前期北京的京腔盛行,到了乾隆时,有"六大名班,九门轮转",另外两部书还对知名艺人、声腔、表演形式等进行了详细的著述。生活在乾隆身边的金德瑛更是一位大戏迷,他的《观剧绝句》独立成卷,收录了金德瑛的观剧诗三十首,其中写人的有 19 首,如《明妃》、《苏子卿》等;写事的有 11 首,如《寻亲记》、《玉簪记》等,均体现了他本人在序中所说的"触景生情,波澜点缀"。《观剧绝句》一出,后人争相唱和,其中不乏皮日休、叶德辉等知名文人,后世收录唱和观剧诗现存一百余首,形成了有效的文学互动。

同时,金德瑛也不忘读书人的本分,十几年间曾任江西学政,主持福建、江西等地的科举考试多次,桃李满天下,后来的大戏曲家杨潮观、蒋士铨都是金德瑛的门生。蒋士铨曾回忆自己的老师说"听夕承馨效者,既深且久,故于公雅言绪论,与闻最祥,公寝馈经史,至老弗倦,斗室一灯,丹黄丹籍,汲久如不及于世人。"[1]金德瑛也曾多次写诗题记门生蒋士铨,如《题心馀归舟醒酒图》、《锦屏山归途戏语心馀》等,都为融洽的师生关系留下了浓墨重彩的一笔。

第三个时期(1751—1762)心系民瘼时期。

乾隆十五年(1750)六月,高宗下诏,擢金德瑛为太常寺卿,奉命祭祀女娲寺等陵墓。回京后,奉命提督山东学政,时适山东发生饥荒,朝廷赈济不够,官员中饱私囊,金德瑛出于对百姓的体恤,即使不是学政职责范围,也毅然上书奏告,高宗褒奖他关心民瘼,并增加赈济。同样的事并非偶然,乾隆十九年(1754),

---

① 　金德瑛:《桧门诗存·后记》,清如心堂刻本,卷四,第 42b 页。

金德瑛作为内阁学士,在去江西任乡试考官的路上遇到黄河决口,微山湖水暴涨。金德瑛见此情况立即奏报,并参与抗洪、治洪工作。

乾隆二十六年(1761),顺天学政任满之后,高宗擢升金德瑛为左都御使。在左都御使任上,金德瑛曾上书对审判程序、官员任命等方面多次提出意见,与大臣们共同商讨,大家极为赞同,也多次被高宗采纳。

十几年奔走于大江南北,激发了金德瑛的创作诗情,在这一时期,赞美山川美景、旅途感发之作较多,山水诗在《桧门诗存》中占有最大的比例。如行至山东,便有《蓬莱阁观海》、《趵突泉同限激字》、《秋日游千佛山》等佳篇;治黄过程中有《登云龙山放鹤亭见黄河北徙》,并形象地描绘出黄河波涛汹涌之势"黄河猛迅山亦避,独缺西面容滔滔。嵩室汴洛二千里,欝欝气象连平皋。"①同时也不乏像《秋怀十首》、《徐州怀古》这样的怀古之作。相对于御制诗而言,写景抒情诗更能体现诗人的自然心性,金德瑛一颗忧国忧民之心和诗人情怀显而易见。

盛世有盛世之文学,在乾隆时代,清诗达到中兴,尤其是江南文人喜好吟诗、为文、写戏,有时自行结为诗社或自命诗派,形成唱和式的文学互动。钱载与金德瑛等人曾结为"秀水诗派",诗歌效法黄庭坚。金德瑛在创作中除了继承黄庭坚的宋诗风格以外,还形成了自己清新自然的独特风格,达到了以物观物的"无我之境"②。

另外,金德瑛生性质朴,为官清廉,极好金石鉴定,是清代屈

---

① 金德瑛:《桧门诗存》,清如心堂刻本,卷四,第22a页。
② 王国维著,周锡山编校:《人间词话》,北岳文艺出版社2004年版,第136页。

指可数的金石专家之一,曾编校《西清古鉴》、《石渠宝笈》二书。同时,金德瑛的书法在当时与他的诗歌、金石相比肩,也正是因为对金石的喜爱使得他与郑燮成为至交好友,其书法作品在当时就有受到高宗的赞赏,有些书法作品至今仍存于世,是中国文化艺术的瑰宝。

金德瑛在前往检查通州粮仓的途中病倒,回京医治不久病逝。在他的一生中不断鞭策自己的子嗣们努力读书,并写下"傲不可长、欲不可从、志不可满、乐不可极;动莫若敬、居莫若俭、德莫若让、事莫若咨"[1]的长联,用《礼记》、《曲礼》、《国语》中的句子来教育和鞭策自己的后代,将儒学思想继续传承,以报效祖国。他的后代中也出过很多位进士,如第四子金忠济是乾隆十九年(1754)第二甲第四十四名;第三子金洁是乾隆三十一年(1766)第二甲第五十八名进士[2],高宗见到他后十分高兴,并勉励他以父亲为榜样,为官为民,为国家效力。金德瑛后代中举情况具体统计如下表:

姓名	辈分	功名
金洁,号鲁斋	16世,金德瑛第三子	乾隆31年(1766年)殿试二甲第58名,进士出身
金忠济,号石屋	16世,金德瑛第四子	乾隆19年(1754年)殿试二甲第44名,进士出身
金衍照,号晓峰	18世,金孝槐第三子	道光12年(1832年)殿试二甲第46名,进士出身

---

① 赵尔巽:《清史稿》,中华书局1998年版,列传二十九,第1133页。
② 《金氏如心堂家谱·瓯山第一》,清西支祠兴孝堂藏本,第6b页。

续表

姓名	辈分	功名
金蓉镜,又名义田, 甸丞	21世,金振声长子	光绪14年(1888年)殿试二甲第101名,进士出身
金孝柟,号墨庄	17世,金忠泽子	乾隆54年(1789年)乡试第74名举人
金孝槐,号屏碧	17世,金洁次子	乾隆59年(1794年)乡试第48名举人
金孝枚,号义莘	17世,金涫第四子	嘉庆9年(1804年)乡试第62名举人
金乔年,原名孝仪	17世,金涫第六子	嘉庆5年(1800年)乡试第30名举人
金升吉,原名衍升	18世,金孝继长子	嘉庆15年(1810年)乡试第50名举人
金衍宗,号岱峰	18世,金孝介长子	嘉庆5年(1800年)乡试第34名举人
金辰吉,原名衍祥	18世,金孝懋长子	嘉庆15年(1810年)乡试第27名举人
金福澄,原名猷告	20世,金鼎燮长子	道光29年(1849年)乡试第63名举人
金兆蕃,原名义襄、 篯孙	21世,金福曾长子	光绪15年(1889年)乡试第3名举人

金德瑛侍从高宗身边,交游范围比较广泛:有的是他的同僚,如沈德潜、王蔗村等;有的是当时的大文豪,比如郑板桥;有的人与他科举同年,如汪文端、吴冠山等;在他的门生中也不乏出类拔萃者,如著名的戏曲家蒋士铨和杨潮观。这些交往经历为金德瑛的诗歌创作奠定了情感基调,从中我们也可以清晰看

到这位文人的生平轨迹及生活状况,同时对他的诗歌创作也具有一定的影响力。

进入"十全"盛世之后,戏曲艺术得到长足发展,更吸引了诸多文人的关注,加之"以学为诗、以诗饰世"①之风的提倡,这一时期的观剧诗创作从数量到质量都有了很大的提高。就其创作动机和思想内涵而言,主要可分为三大类:

一是对戏剧表演情况的记述。这部分观剧诗并非着眼于剧本的内容或者人物的性格,而是记录了何时何地、因何而作此诗、观剧时的情景、对邀请者的感谢等,涉及一定的交游因素。例如钱谦益所作的《仲夏观剧,欢燕浃月,戏题长句呈同席许宫允诸公》:"浃月邀欢趁会期,老夫氍毹也追随。可怜舞艳歌娇日,正是莺啼燕语时。中酒再需年少病,讨花重发早春痴。闲身好事浑无赖,看取霜毛一番迟。"②这首诗是钱谦益自谦年迈,应邀仲夏夜观戏的情景,浃月赏戏,心情愉悦而作,"舞艳歌娇"、"莺啼燕语"正是对演出盛况的概括,言语间流露出诗人对青春的向往和对自身迟暮之年的慨叹。

二是对演员高超技艺的赞美。如何将戏曲文本变为生动感人的演出,全依赖演员们的表演技艺,唱、念、做、打,甚至一个眼波流转,都可以成为打动观众的关键所在。因此,演员的演技在很大程度上决定了一出戏剧的流行程度,很多文人也作诗对伶人技艺大加赞赏。如朱彝尊的《观剧四首》③写道:

> 四照亭开桂树丛,夜凉风细蜡灯红。人间亦有霓裳曲,

---

① 严迪昌:《清诗史》,人民文学出版社 2011 年版,第 590 页。
② 钱谦益:《牧斋初学集》,上海古籍出版社 2009 年版,第 308 页。
③ 朱彝尊:《曝书亭集》,民国四库丛刊本,卷二十,第 147 页。

绝倒吴趋老乐工。

　　三径秋花裛露新,重携酒伴过城阇。只应夜夜西江月,
留照筵前旧舞人。

　　烛下清歌杨叛儿,手中团扇谢芳姿。胜他幅幅缠头锦,
赚得张郎拜月词。

　　历历羊灯树杪楼,惢修箫谱散觥筹。龙钟莫怪尊前客,
弟子梨园也白头。

这四首诗从描写舞台布置入手,其间多对伶人技艺的赞赏
涉及了乐工、舞蹈、演员等角色分工,既对其表演技艺赞叹不绝,
为之所动,同时又对梨园弟子的艰辛表示同情,可谓是咏出了梨
园心声。

三是对观剧所思所感的表达。这类观剧诗最能表达诗人自
身的情感,其间不乏"借他人酒杯,浇自己块垒"之作,有的表达
对历史人物的评价,有的是对世事变迁的感慨,有的是针对剧情
出发,表述自己的看法,金德瑛《观剧绝句》中的诗均属这一类
型。这类的观剧诗数量较多,文人墨客纷纷借剧抒怀,如赵怀玉
《安澜园观剧》①中:

　　枯肠自笑久抛杯,酹酒王郎歌莫哀。留得新翻春乐府,
木犀香里待重来。

这首诗是对应王学浩的《再生缘》而作,诗中有着"而今迈步
从头越"的豪迈,鼓励友人不要灰心的同时,也是在激励自己,以
壮志抱负为重,不要害怕失败,此诗即以戏剧为情感的触发点,
表达自身的豪迈情怀。

---

　　①　赵怀玉:《亦有生斋诗集》,清嘉庆刻本,卷一,第5a页。

可见这一时期观剧诗创作呈现出多题材、多视角切入,关照戏剧表演本身的同时融入诗歌自身咏怀的特征,为文人所喜爱。金德瑛本人虽无戏曲作品传世,却是观剧的行家,其《观剧绝句》更是观剧诗中的佳作。

二　《观剧绝句》的创作思想

金德瑛作有三十首观剧诗,收为一集,名为《观剧绝句》,其中写人的十一首,写事的十九首。这些诗不但描绘出演出的情况,还有对剧本内容的评论、对历史人物和事件的咏叹之情,体现了桧门老人"咏史"的戏曲观念。金德瑛在《观剧绝句》的序言中写道:

> 稗官院本,虚实难陈,美恶观感,易于通俗,君子犹有取焉。其间亵昵荒唐,所当刊落。今每篇举一人一事,比兴讽喻,咏史之变体也。借端节取,实实虚虚,期于言归典据。或曰谲谏之风,或曰小说之流,平心必察,朋友勿以是弃余可矣。当时际冬春,公余漏永,地主假梨园以娱宾,衰年赖丝竹为陶写。触景生情,波澜点缀,与二三知己,为羁旅消寒之一道耳。

可见,戏曲的题材多取材于历史,同时又虚实结合,这与当时主流戏曲观是相吻合的。杨潮观在《吟风阁杂剧·凝碧池忠魂再表》中也曾赞同这一戏曲观念道"凝碧池,思忠义之士也。妻子则孝哀矣,爵禄具则忠哀矣,上失而求诸士,士失而诸伶工贱人焉。昔晏子有言：'若雷海青者，其可同类而共薄之耶？'"①。《观剧绝句》中的诗作从情节叙述、人物形象刻画，再到诗人情感的抒发和表达，都紧扣其戏剧观念而作，相互呼应。

（一）对重要情节的高度概括

诗歌文体自由灵便，受到创作时间、空间的制约相对较小，不似一部戏剧的创作要经历漫长的情感积淀和写作过程，观剧诗可以在短时间内将作者所观之戏的精华部分或是最受欢迎之处概括出来，便于读者了解。如《岳忠武》②：

> 十二金牌三字狱，七陵弗恤况臣躬。天护碑词随地割，龙蛇生动《满江红》。

本诗基于《精忠记》而作，《精忠记》描写了爱国英雄岳飞的戎马一生，曾经"十二金牌"的风华却不敌"莫须有"三个字，便葬送了一位金戈英雄，空留一首《满江红》。这首诗便是对《精忠记》的高度概括，再现了宋王朝政治腐败，奸臣当道，英雄报国无门，枉作孤魂，短短四句概括了戏剧中的矛盾冲突，再现了英雄的悲凉，同时也为当时的统治者敲响了警钟，要保持政治清明，重视人才，方能政权巩固。同样题材的还有《南内》③：

> 从谨听来言已晚，龟年散后老何方？杜鹃春去无人拜，坠翼江头细柳长。

这首诗是根据《长生殿》所作，诗中化用了两个人的典故：一

---

① 杨潮观：《吟风阁杂剧》，上海古籍出版社1983年版，第197页。
② 叶德辉：《观剧绝句》，叶氏观古堂刻本，上卷，第15a页。
③ 叶德辉：《观剧绝句》，叶氏观古堂刻本，上卷，第15a页。

为郭从谨,在李隆基逃亡之时献饭相助,但无奈国破家亡,做这些已是为时已晚;二为宫廷乐师李龟年的下场,安史之乱之后,李龟年流落江湖,终老他方。全诗描绘了安史之乱后大唐王朝的败落之象,场景相连,以典故话别离,意味深长。《长生殿》剧本篇幅较长,杨、李二人的爱情自古传唱,诗人抓住了两个关键性的线索人物和他们身上的故事来概括,用细节反衬出李唐的兴衰转折,再望杨、李二人打猎的地方也已是空空如也,只剩柳树绵长。

《观剧绝句》中写到的另一位帝王与佳人的凄凉爱情的便是王昭君:

> 蛾眉一误赐单于,为妾伸威画士诛。贤传含冤今报未,琵琶还带怨声无?[1]

据《后汉书·南匈奴传》中记载王昭君"丰容靓饰,光明汉宫,顾影徊,竦动左右"[2]。《明妃》中抓住了王昭君被赐出塞和亲的缘故,因其不肯贿赂画师毛延寿,长期未能得到汉元帝的召见,诗中前两句即抓住了这一故事发展的主要矛盾所在。若终身处于深宫之中,王昭君的命运可能就与一般的宫中女子无二了,正是被赐和亲的机缘,使她与汉元帝碰撞出爱情的火花,然而却相见恨晚。后世歌颂王昭君的戏曲作品十分广泛,从马致远的《汉宫秋》到薛旦的《昭君梦》,再到尤侗的《吊琵琶》均歌颂了王昭君对民族团结、国泰民安所作出的贡献,元代诗人赵介甚至高度评价王昭君对民族团结作出的贡献不亚于汉代大将军霍去病。金德瑛在《明妃》的最后试问了昭君的琵琶是否还有哀

---

① 叶德辉:《观剧绝句》,叶氏观古堂刻本,上卷,第19a页。
② 范晔:《后汉书》,中华书局2011年版,卷八十九,第533页。

怨,侧面体现了对昭君命运的同情之感。

清代广泛流传的戏曲故事还有目连救母一类的神话故事,旨在教化劝导,金德瑛曾概括《目莲母》[①]:

> 茹荤破戒入重科,赖感慈悲孝行多。杀业羯肌夷最大,可能行法问阎罗。

这一佛教故事取材于《佛说盂兰盆经》,最早由东汉传入我国,从西晋流传到清,在中国流传甚广,曾是无数绘画及戏曲的创作题材。故事讲述了目连的母亲青提夫人贪婪无道,其子目连却极其孝顺,青提夫人死后下地狱,受尽各种苦刑。目连为救出母亲,于佛教七月十五日建盂兰盆会,巧借僧众之力让母亲吃饱,之后母亲得以转世。目连救母的故事主旨就在于劝人向善,劝人行孝,有着"天下无不是之父母"的隐喻。诗人通过对目连孝行的概括和对阎罗的指责等故事细节的概括,唤起读者对整部戏剧故事的回忆,深化了不仅要遵礼,更要按照理学的要求付出实际行动这一主题。

(二)对主要角色的传神写照

金德瑛的观剧诗写事明晰通透,写人更是生动传神,在《观剧绝句》中描写了多种风格的人物,既有站在重大历史变革的风口浪尖上的苏武、范蠡、明妃,又有同是文人墨客的李太白;既有人人得而诛之的一代奸臣严嵩,又有《桃花扇》中平凡的说书艺人柳敬亭等小人物。具体说来,如:"望乡对友罄忠情,通国临于雪窖生。却有终宵怀不乱,黄罗负托白虹晴。"[②]苏武天汉元年

---

① 范晔:《后汉书》,卷八十九,第 533 页。
② 叶德辉:《观剧绝句》,叶氏观古堂刻本,上卷,第 13b 页。

(前100年)奉命以中郎将持节出使匈奴被扣留,历经千难万险
最终回到汉朝,死后汉宣帝将其列为麒麟阁十一功臣之一,彰显
其节操。《苏武牧羊记》这一历史题材剧演绎了苏武出使匈奴,
被匈奴扣押,拒不投降,被放逐到北海的牧羊生活。匈奴曾令苏
武的好友李陵前去探望,动之以情;又施美人计诱之以色,但苏
武正气凛然,李陵羞愧而回,"姑娘"自刎身亡。这些情节金德瑛
概括为"望乡对有郁忠情"和"却有终宵怀不乱",两个著名的典
故渲染出苏子卿的浩然正气。剧中的经典关目《劝降》、《逼降》
展现了苏武面对敌人的威逼利诱不屈不挠的铮铮傲骨;《吃雪》、
《牧羊》刻画了塞外之苦和主人公的坚强意志;《望乡》、《告雁》抒
发了主人公对大汉的思念,情归故土的渴望。《苏子卿》一诗将
这些情节浓缩为一首绝句,既刻画了主人公坎坷的人生经历,又
歌颂了苏武的爱国思想和民族气节。

乱世之中有英雄,也有奸臣、小人,金德瑛对《凤鸣记》中的
严嵩进行了刻画:

> 偃月堂奸无子孽,黔山国贼更亲仇。淋漓写到阜田院,
> 快过铜山露布不?①

明代传奇《凤鸣记》是重大政治斗争题材的代表作,对后来
的《清忠谱》、《桃花扇》等剧本的创作有明显的影响。《凤鸣记》
以四十一回的笔墨刻画了严嵩窃居相位,排挤夏言、曾铣等人,
进谏谗言,草菅人命,为排除异己,丢失河套等种种罪行,侧面反
映了明王朝政治的昏暗,更将严嵩这一反面人物刻画的淋漓尽
致。金德瑛以短短四句抒发了对这一国贼的仇恨,末句在艺术

---

① 叶德辉:《观剧绝句》,叶氏观古堂刻本,上卷,第3a页。

手法上采用了疑问句的形式,未作定论,是因为公道自在人心,这样使读者有了更为广阔和深刻的思考空间。

金德瑛作为馆阁文人,对《綵毫记》①中的大文豪李白也曾赞颂过:

> 行乐清平草数章,未将大雅压齐梁。后来百赋千篇手,争慕青莲入醉乡。

生活在盛唐的李白性格豪迈,游历了祖国的大好河山,诗风豪迈奔放、清新飘逸,意境幻化、想象丰富,在诗中就有如"白发三千丈,缘愁似个长"的夸张比喻,在赋作中更是将这种想象、夸张、比喻等手法运用到极致,同时融入了神话传说、梦中幻境、历史典故等情节,让神思插上翅膀,给读者以审美的享受。金德瑛对李白的诗赋给予了很高的评价,可"压齐梁"、"百赋千篇",更对李白以"醉"为手段表现出的洒脱之感佩服不已,认为李白是将内心主观世界外化的高手,达到了艺术的真实。

(三)对理论观点的情感表达

清初提倡讲理学,重视道德实践,康熙帝曾于康熙九年颁布《圣谕十六条》,亲自主编《性理精义》、《性理大全》等"劝善书",大力推行道德建设。至雍正时,对《圣谕十六条》进行了注解,史称《圣谕广训》,二者均强调躬行与实践的重要性。康熙御用的理学家李光地、熊次旅等人有意识地吸收儒家文化,在康熙起居注第十二年曾记载道"明理之后又需实行,不行,徒空谈耳",第二十六年也有记载道"口谓道学不能躬行者甚多"等等。可见清

---

① 叶德辉:《观剧绝句》,叶氏观古堂刻本,上卷,第13a页。

初强调道学者必在身体力行，考其究竟，进而由学风到政风，到乾隆年间尚理之风更盛，乾嘉诗学也曾被称为"朴学"。在理学之风的倡导下，目连的孝行更是被大为推崇，金德瑛一直以来所受到的都是儒家思想的熏陶，《目连母》一诗对目连的孝行进行了描绘，其意也具有劝善的作用，宣扬了"百善孝为先"的儒家思想，这与清初的理学之风是密不可分的。

金德瑛还描绘了神仙钟馗的形象劝人向善，其诗曰：

> 胸科象笏绿掀髯，作使山妖担几套。旧事题名君记否？翠微深处逞威严。①

钟馗是中国历史上"赐福镇宅圣君"，始于上古巫术，民间多以钟馗为门神的形象，百姓笃信钟馗捉鬼镇宅，能保一方平安，《本草纲目》中也有关于用钟馗像烧成灰冲水服用治疗疑难杂症的记载。此诗描绘了钟馗"绿髯公"的形象及捉鬼的善举，意在宣扬除恶扬善的社会主旋律，与乾嘉尚理、躬行的道德观念一脉相承。

《观剧绝句》中不仅出现了神仙形象，还涉及了佛祖达摩、女冠等佛教形象，既是对戏剧内容的文艺评论，同时在理学风尚下也具有一定的教化作用。对女冠形象描绘如《玉簪记》②：

> 九子无夫问女歧，摩登梵咒解何时。花宫多少仙人子，爱水萍浮不自持。

高濂的《玉簪记》取材于《古今女史》和明人杂剧《张于湖误宿女贞观记》，《琴挑》、《秋江》等出情景交融，诗情画意，深受观

---

①　叶德辉：《观剧绝句》，叶氏观古堂刻本，上卷，第16a页。

②　叶德辉：《观剧绝句》，叶氏观古堂刻本，上卷，第16b页。

众喜爱,盛演不衰。全剧描写了道姑陈妙常与书生潘必正的爱情故事,剧中少女陈娇莲在金兵南下时与家人离散,后入金陵女贞观为道士,法名妙常。观主之侄潘必正会试落第,路经女贞观,陈、潘二人经过茶叙、琴挑、偷诗等一番波折后,私自结合,终成连理。金德瑛的《玉簪记》把陈妙常对爱情既热烈追求又害羞畏怯的复杂心理,描写得玲珑剔透,他甚至将"爱不能"的心理比作"摩登梵咒",不知何时能解开,面对"摩登梵咒",花宫仙人也不能自持了。

除了女冠,《观剧绝句》中涉及宗教的还有《达摩》①一首:

> 一芦飞渡一芦回,满壁嵩云长翠苔。剩下江心流宕月,猕猴聊尾共探来。

达摩生于南天竺(今印度),婆罗门族,传说达摩是香至王的第三个儿子,倾心于研究大乘佛法,师从般若多罗大师,并于南朝梁时自印度航海到达广州,再北行至北魏,以禅法教人,后成为中国禅宗的始祖。相传曾有人见到达摩"口唱南无,合掌连日",他传达的禅宗思想"直指人心,见性成佛,不立文字,教外别传"②,意为只要明心见性、了解自己的心性,就可以成佛。佛教的文化在流传过程中与文学相互融合、相互渗透,慧能"菩提本无树,何处惹尘埃"的诗句就是经典的例证。金德瑛的《达摩》中"一芦飞渡一芦回"首句便暗含禅机,点出了佛教"轮回"的思想,佛教通过宣扬有转世轮回来劝人向善,做了善事在轮回中便可以转世为好的形象,或者转世到相对优越的环境中;做了恶事便要受到惩罚,如天蓬元帅因调戏嫦娥被打下凡间,转世为猪八

---

① 叶德辉:《观剧绝句》,叶氏观古堂刻本,上卷,第15a页。
② 杨炫之著,尚荣注:《洛阳伽蓝记》,中华书局2022年版,第19页。

戒,这些对于审美接受者来说都具有一定的劝诫功能。第三、四两句"剩下江心流宕月,猕猴聊尾共探来"也与佛教的思想紧密契合,强调了接近自然、亲近自然的超脱,自古文人雅士多有傲岸超脱的情愫,从竹林七贤的隐居不仕到陶渊明的"采菊东篱下,悠然见南山",文人雅士倾心追求的超然物外的情怀,金德瑛于此诗中也婉约地表达了出来。

可见,金德瑛的《观剧绝句》中融合了历史感、文化感和理学观念于一体,分别从写事和写人两个角度切入,与乾嘉时期的文化生态紧密相连,同时又切近戏曲演出本身,综合了表演与叙事艺术,向读者展现了丰富多彩的观剧感受,因此后世许多文人争相唱和金德瑛的《观剧绝句》,向这位观剧诗的前辈致敬。

三　《观剧绝句》的唱和及其影响

康熙时,诗歌在文学上占据了重要地位,这一时期的民间戏曲文化也得以有效地保留和发展,并为诗歌的创作提供了有效的素材。金德瑛的《观剧绝句》创作于"戊寅己卯",他的孙子金孝柏曾对《观剧绝句》的创作和出版过程作了详细的描述:

> 《观剧绝句》三十首,先大父总宪公之遗墨也。此诗公屡书之,先子所见,别是一册,因据以镂板,次叙微有移易,语句亦小有异,如"意谓登天许寒人",别本作"不信登天逊寒人"。似所书在此册之后,公有所改定也。此诗不编入正集中,初止二十四首,大约戊寅己卯顺天使署之作,后增加官、虞姬、周仓、赵文华、鸣凤记、演官六首。向以为辛巳夏作,今观是册,则在庚辰前矣。宏度扬州牧,名潮观,金匮

人,有《吟风阁诗钞》,乃公丙辰分校所得士也,庚午二月得此,重加装池。①

《观剧绝句》的创作过程也曾几经删改,反复揣摩,最后形成了三十首绝句,集中了桧门老人对戏曲作品的感悟和对古今之事的感慨,这三十首绝句流传至今,晚辈后学纷纷效仿和唱和,几百年间有很多人对这三十首绝句给予了很高的评价:

酒阑郑重出诗册,册纸虽破墨未枯。当时观剧卅绝句,丝竹陶写聊自娱。②

观剧诗虽近闲情,要有咏史遗风,方能推事,盖诗通于史,为其可以明乎得失之故也。读总宪公诸首,语长心重,庄雅不挑,庶几擅西昆之清丽,而又远东维之靡曼,洵堪作艺林圭臬,又岂独文孙获手泽如获重宝耶?③

往见刘文清公书观剧诗册,词翰皆致佳妙。此册在文清前面,音节之抗坠,豪墨之飞转,并相仿佛。先辈游戏之作,皆可宝贵如是。④

兹捧读桧门先生观剧诗三十首,词飞珠玉,字挟风霜,借傀儡之登场,寓无穷之惩劝。⑤

诸如此类的评价还有很多,有的从意境的描绘,有的从主旨的阐发,有的从炼字酌句,有的从艺术手法等等方面向《观剧绝句》致敬。同时还有许多人与金德瑛的咏史的戏曲观一脉相承,

① 俞为民,孙蓉蓉编:《历代曲话汇编》,黄山书社2008年版,清代编,第106页。
② 俞为民,孙蓉蓉编:《历代曲话汇编》,清代编,第107页。
③ 俞为民,孙蓉蓉编:《历代曲话汇编》,清代编,第109页。
④ 俞为民,孙蓉蓉编:《历代曲话汇编》,清代编,第110页。
⑤ 俞为民,孙蓉蓉编:《历代曲话汇编》,清代编,第111页。

最典型的就是他的门生杨潮观,另外还有沈维鐈、朱休度、王先谦等人。

> 咏史之作,义关劝惩,非学有本原,长于讽喻,为易称也……此咏史之绪余,而风雅之正轨也。[①]

> 剧本之作,滥觞于乐府,古人即事兴怀,被之弦管,魏晋而下,莫不皆然。元、明易为词曲,所谓负鼓盲翁,满村传说,老妪孺子,皆能道之极。于淫哇下里,士林视之蔑如矣。桧门先达德望过人,胸罗全史,拥风雅之全,返兴观之正,抒怀咏史,知不仅以华屋神仙,云窗六扇,击节仙奴也。[②]

可见,金德瑛的观剧诗创作从主旨创作、题材选取到细节的阐发,都已经形成了比较成熟的创作体系并体现出个体风貌,为后世所纷纷效仿和唱和,不失为观剧诗创作的楷模。

(一)王先谦和桧门先生《观剧绝句》

王先谦(1842—1917),字益吾,人称"葵园先生",湖南长沙人。同治四年(1865)进士,授翰林院庶吉士,散馆授编修,曾任云南、江西、浙江等省乡试考官,督江苏学政,校刻《皇清经解续编》,主持编纂《十朝东华录》、《汉书补注》、《后汉书集解》等。卸任后归乡任岳麓书院院长,著有《虚受堂文集》。

王先谦痛恨空谈,坚持实事求是,严谨治学。他曾指出:"中国学人大病,在一空字。理学兴,则舍程朱而趋陆王,以程朱务实也;汉学兴,则抵汉而尊宋,以汉学苦人也;新学兴,又斥西而守中,以西学尤繁重也。"王先谦的"忌空谈,重求是"与金德瑛重

---

① 俞为民,孙蓉蓉编:《历代曲话汇编》,清代编,第110页。
② 俞为民,孙蓉蓉编:《历代曲话汇编》,清代编,第108页。

史笔,将诗歌看作咏史的变体的观念异曲同工。在唱和金德瑛的观剧诗中,二人的表现出了相近的对历史人物悲惨命运的同情和思考,如写《虞姬》①:

廿八骑残尚几时,滔滔江水岂还期。毂城他日游魂到,不作苍龙梦薄姬。(金德瑛)

徐府芳祠定远墩,楚歌真断美人魂。只缘一曲《千金记》,长见仓皇拭泪痕。(王先谦)

二人皆表达了对虞姬的同情,对美人断魂充满了慨叹,以春秋笔法抒发了对历史兴亡、朝代更替的感慨。以短短四言再现了战火纷飞、兵荒马乱的战场和四面楚歌下美人的凄惶,使事用典皆尽佳处。再如《明妃》②中:

蛾眉一误赐单于,为妾伸威画士诛。贤传含冤今报未,琵琶还带怨声无?(金德瑛)

掖庭一去总无言,争说琵琶恋汉恩。疑是春风真面在,都从千载曲中论。(王先谦)

又是一首对乱世佳人的抒写,一个从客观抒写画匠的失误,另一个从主观写主人公的默默无言,二者有同时抓住"琵琶"这一意向,所有的感情都从琵琶曲中传达出来,然而琵琶的主人究竟是幽怨还是留恋,这些都待后人评说,两位诗人都保持了史笔的客观性,感慨中主观色彩相对较淡。

二人的观剧诗中提到的孝子目连,王先谦在金德瑛的基础上有进一步深化和追溯:

---

① 叶德辉:《观剧绝句》,叶氏观古堂刻本,中卷,第7a页。
② 叶德辉:《观剧绝句》,叶氏观古堂刻本,中卷,第7b页。

茹荤破戒入重科，赖感慈悲孝行多。杀业羯肌夷最大，可能行法问阎罗。（金德瑛）

地狱名从佛国彰，高僧救母孝思长。黄泉碧落嘲居易，传唱还应溯李唐。[1]（王先谦）

可见，王先谦将孝行这一传统美德上溯到唐代，更加体现了他崇尚程朱理学，不喜空谈，强调将孝行落到实处，而不是挂在嘴边，这种思想与清初的理学之风是一脉相承的。

作为金德瑛百年之后的文人、朝廷官员、经学家，王先谦与金德瑛的人生轨迹有相似之处，都是科举选拔出来的文官，多次担任科举考官和多年的学政生涯带给他们追求事实求是的作风和文学态度，加之清初理学之风的影响和传承，二人对理学思想具有较高的认同感，并在作品中体现无遗。

（二）皮锡瑞三和桧门先生《观剧绝句》

皮锡瑞（1850—1908），字鹿门，一字簏云，湖南善化（今长沙）人。光绪九年（1883）举人，后多次应礼部试未中，遂放弃科举之路。因崇尚西汉伏胜之治《尚书》，命居所为"师伏堂"，人称"师伏先生"，著有《师伏堂丛书》、《师伏堂笔记》、《师伏堂日记》等。

皮锡瑞工于诗及骈文，是晚清公认的经学大家，他主张实事求是，不应党同妒真。皮锡瑞对于理学的态度与金德瑛及那一时期的经学家们有着高度的认同感，这也不乏成为他多次唱和金德瑛的《观剧绝句》的重要原因之一，他曾先后三次唱和《观剧绝句》，他咏史的基调下也带有一定的个性化色彩。

---

[1]　叶德辉：《观剧绝句》，叶氏观古堂刻本，中卷，第10a页。

在观剧诗的创作中,皮锡瑞采用史笔对历史人物进行了评价,由于其自身科举失败、官场失意,因此在创作时也不免流露出壮志未酬的感慨,如《李太白》①中他写道:

沉香亭畔酒中仙,歌到东巡绝可怜。不是苍生望安石,何因老谪夜郎天?

愁见长安大可哀,浮云蔽日凤凰台。此时白玉楼成未,不召仙才召鬼才。

在皮锡瑞笔下对于李白的关注点集中于才高八斗的李白并没有被朝廷重用,甚至还被贬谪夜郎,而皮锡瑞本人也是极有才华的,当时的经学大家都对其赞不绝口,后辈儒生也多敬佩其对于经学感悟的深刻性。然而事与愿违,皮锡瑞的才学很少有机会施展出来,又没有得到官方科场的认可,郁郁之心天地可鉴,于是才发出了"不召仙才召鬼才"的悲壮感慨,借李白的经历来抒发自己壮志未酬的惆怅心态。同时皮锡瑞也十分同情岳飞的遭遇,曾在《岳忠武》②中写道:

班师一诏憾千秋,唾手燕云志未酬。我读公词常自愧,等闲白了少年头。

沙场不死死风波,奈彼小朝猜忌何。试问曲端呼铁像,岂殊忠骨掩青螺?

皮锡瑞首次采用第一人称咏史抒怀,"我"代表了他自己,在读岳飞词的时候为其精忠报国的精神所感动,更加敬佩这位民族英雄,自己也有岳飞那样的志向却没有机会实现,只能"空悲

---

① 叶德辉:《观剧绝句》,叶氏观古堂刻本,中卷,第 8b 页。
② 叶德辉:《观剧绝句》,叶氏观古堂刻本,中卷,第 8a 页。

切"了。岳飞的结局是悲惨而凄凉的,英雄悲剧性的结局要归因于黑暗的王朝、腐败的统治。晚清时期的政治,乃至文坛也呈现出了衰落之态,虚假繁荣,文人官宦化,"国家不幸诗家幸",很多文人都以诗歌寄托自己的感伤情怀,皮锡瑞的感怀中不仅包含了自身的苦闷,同时还包容了那个时代的症候。

另外,在艺术手法上,皮锡瑞虽然是唱和金德瑛的《观剧绝句》,大体上符合了诗题与音律的一致性,但同时也更多地运用了反问和疑问的句式以加强他的感情抒发和表达。例如《扫松》中的"庐墓中郎孝可嘉,何曾扫叶藉邻家?"《周遇吉》中的"若使烈皇能将将,岂终披发见高皇?"《刺虎》中的"柔荑未染猪龙血,双虎何关世重轻?"等等。这些句子在诗歌中加强了语气,使感情色彩更加浓重,呈现出与金德瑛的观剧诗迥异的一面。

可见,皮锡瑞的唱和《观剧绝句》既带有自身的时代色彩,符合当时的文学生态,同时又在金德瑛创作的基础上有所延伸:他首度将个性化色彩融入史笔之中,不似观剧诗之初的客观呈现,而是把自己的感情和经历融入其中,与历史人物或事件产生共鸣,从而深化主题。在创作的过程中,皮锡瑞也对诗歌的外化过程进行了加工,以疑问句和反问句的反复出现来强化感情色彩,让读者自问自答,深入人心,堪称对观剧诗唱和的作品中的典范之作。

(三)易顺鼎、朱益濬和桧门先生《观剧绝句》

易顺鼎(1858—1920),字实甫、实父、中硕,号忏绮斋、眉伽、晚号哭庵、一广居士等,湖南龙阳(今汉寿)人。光绪元年(1875)举人,寒庐七子之一,与樊增祥并称"樊易",著作有《琴志楼编年诗集》等。

朱益濬(？—1920)，字辅源，号纯卿，江西莲花县人。光绪三年(1877)丁丑科进士，授翰林院庶吉士，著作有《碧云山房存稿》。

文学作为一种文化形态，与社会历史的脚步是紧密相连的，尤其是语言特性很强的诗歌更是与社会历史、经济状况分不开的。晚清时期政治动荡，改朝易代的阴影笼罩在整个社会形态之上，诗歌本就是为文人写心的一种文学手段，于是此时诗歌的发展陷入万马齐喑的衰落、颓唐之势，很难再次呈现"中兴"与崛起的全面繁荣局面，在这种状态下，文人的心态也发生了明显的变化，表现在诗歌中的情感也不尽相同，因此二者虽对金德瑛的观剧诗有所继承，但同时也在一定程度上反应了当时的历史潮流和社会背景。

易顺鼎与朱益濬曾分别和《观剧绝句》三十首，流传至今，二人传承了程朱理学传统，抱着实事求是的治学精神，以史笔作诗。与皮锡瑞不同的是，他们并未在诗中融入太多的个人情感，以客观的理学精神看待人和事。朱益濬笔法与皮锡瑞不乏相似之处，"倘见告身供一醉，谁甘虚牝掷黄金？"、"谁题三尺报君亲？袅袅青霞旧侍嫔。"、"终南何处得科名？嫁娶居然眷属情。"等诗句均以疑问的句式表达出来，且多居于上两联。由于主观色彩相对淡化，朱益濬的诗并未体现出强烈的感情，即使采用疑问句也不似皮锡瑞的诗语气那般强烈。而易顺鼎唱和的观剧三十首与金德瑛观剧诗的创作风格和思想感情是十分接近的，如《明妃》[①]一首：

　　　　赂毛赎蔡两沉吟，归国文姬总疚心。白发生输青冢死，

---

① 叶德辉：《观剧绝句》，叶氏观古堂刻本，中卷，第9a页。

美人原不仗黄金。

二人都采用了王昭君不卑不亢，不肯贿赂画师，最终被远嫁匈奴的典故，同时二人又都表示出深深的思考，即王昭君的追求究竟是在汉宫中安慰的生活还是因和亲作出的贡献而永垂青史，这也正是历史上文人骚客众说纷纭的症结所在。再如对岳飞的描写：

> 金牌十二送南朝，寡妇孤儿恨始消。赵宋兴亡双重镇，朱仙咫尺接陈桥。[①]

易顺鼎效仿金德瑛，也从"十二金牌"的典故切入，再现了当时精忠报国与壮志难酬的矛盾冲突，加之清末的政治环境，此诗的描绘也暗示了对清末政治腐败的感慨。

可以说，朱益濬和易顺鼎作为清末理学思想的代表，在传承了程朱思想的基础上对金德瑛的戏曲观和文学观具有一定的认同感，在唱和《观剧绝句》的过程中由于时代的局限，在创作上尚未达到古人的高度，有些诗句略显平直和苍白，从中也可以看出古文向白话转变的倾向，抓住了古体诗走向终结的尾巴。

（四）叶德辉三和桧门先生《观剧绝句》

叶德辉（1864—1927）字奂彬，号直山，别号郋园，湖南湘潭人。光绪十八年（1892）进士，授吏部主事，不久便辞官返乡，致力于古籍版本考辨和出版，提倡经学，是清末著名的藏书家及出版家。著作有《书林清话》、《书林馀话》、《观古堂书目》等。光绪三十四年（1908），叶德辉将金德瑛的《观剧绝句》及其有关题和

---

① 叶德辉：《观剧绝句》，叶氏观古堂刻本，中卷，第 9b 页。

作品整理结集,他本人也题和《观剧绝句》九十首,一并出版。

　　清末古文经学再度复兴,叶德辉也是当时的经学大家,在收集和整理古书的过程中特别重视出处、考据的工作,将其视为诗歌学习和创作的一部分。在《观剧绝句》过程中除了全面地收集了金德瑛的观剧诗以及后人唱和、评点《观剧绝句》之外,其另一大贡献便是注明了与每首诗相关的戏剧的出处和现存的版本情况,如《虞姬》中注明"千金记,沈练川撰,今刊入毛晋六十种曲";《周遇吉》中注明"铁冠图,国朝无撰人,今刊入纳书楹谱及缀白裘";《柳敬亭》中注有"桃花扇,明孔尚任撰,今有刊本"等。叶德辉唱和的诗中,多在后面注明了该部戏剧的版本情况,为清代戏剧的选本研究作出了巨大贡献。

　　不仅如此,叶德辉更注重对细节考据的把握,往往就剧中的某一细节或人物的命运,通过旁征博引,与史实相比勘,这与金德瑛"咏史变体"的戏剧观念一脉相承。如《马嵬驿》[①]一诗主要是对杨贵妃的死因进行考辨:

　　　　一束梨花缢女轻,美人颜色果倾城。当时又说吞金屑,总是君王太薄情。

　　诗中即提及杨贵妃的死因有两种说法:一曰缢死,一曰吞金。叶德辉在诗后加以证明道:"唐人刘禹锡《马嵬驿》诗:贵人饮金屑,倏忽舜英暮。似贵妃之死乃饮金屑,非赐缢也。传闻异辞在唐世已然矣。"说明杨贵妃之死自唐便有异说,且以刘禹锡的诗证明吞金的说法相对有理有据。再如对王昭君远嫁的考辨,在《昭君》诗后注释道:"昭君事史书及乐府所载,诬紊读之令

---

　　①　叶德辉:《观剧绝句》,叶氏观古堂刻本,下卷,第6a页。

人气短。《西京杂记》载有:元帝杀画工毛延寿事,亦未及昭君嫁单于以后事,惟元马致远《破幽梦孤雁汉宫秋》杂剧略言毛延寿因元帝怒其索宫人贿,失昭君,欲斩延寿,延寿逃至单于处……"①《昭君》诗仅短短的四句,而后面的考据之语占据了大半篇幅,这是叶德辉唱和《观剧绝句》独具的特色。叶德辉不仅继承了"咏史变体"的戏剧观念,同时进一步将"史"推到了更高的地位,更加注重考辨,与当时提倡经学之风密不可分。

另外,叶德辉也注意到了戏剧演出的情况,如《加官》诗后注释"凡登场先一人袍笏缓步而出,谓之跳加官";再如对八仙的扮相提出质疑"沈汾《续仙传》云:曹国舅为青巾少年。与今世所传五绺须像不合,蓝采和、韩湘子、何仙姑并少年也。"这些注释和记载均为脱离考据的思想,叶德辉旁征博引,或结合史料记载,或将戏剧不同版本进行对比,关注细节刻画,更重史实,这些做法将金德瑛"咏史"的戏剧观进一步深化了。

综上所述,清初少数民族掌握中原政权,对汉民族文化进行了很好的学习和传承,发展至乾隆时,戏曲文化呈现出大繁荣、大发展的状态,无论从民间戏到宫廷戏,再到舞台艺术,无论是从宏观上还是细微处,戏曲文化都在不断地进步着。与戏曲同为文化范畴的文学也随之方兴未艾,文人骚客转向大量地创作观剧诗,并互相唱和,形成一定的文学圈子。金德瑛的观剧诗结合了戏曲文本、戏曲表演及戏曲文化,兼备文学评论的功能,同时秉承了清初的理学之风,以"咏史变体"之笔向读者和后人呈现了当时戏曲的风貌和审美接受者的反馈。金德瑛的观剧诗创作是这一时期独有的文学现象,他的观剧诗中所体现的戏曲观、

---

① 　叶德辉:《观剧绝句》,叶氏观古堂刻本,下卷,第6b页。

文学观也在一定程度上代表了当时主流话语下的戏曲、文学观念，具有普泛性的意义。因而直到清末，经学研究者也纷纷效仿和唱和他的观剧诗创作，并流传至今。

小　结

金德瑛与秀水诗派有着不解之缘，诗宗黄庭坚，其成员多为馆阁文人，"总宪酷嗜涪翁，故论诗以清新刻削、酸寒瘦涩为能，于同乡最爱钱君坤一。"与金德瑛交往甚密的主要是这些文人和朝廷官员，他们擅于以诗进行交流，在这些文人的诗文集中都有所记载。因其地域与成员身份的关系，御制诗在金德瑛的诗歌及整个秀水诗派的创作中占有较大的比重，这些诗歌并不完全代表诗人自身的文学态度，却是雍乾官方话语下的情感表达，对了解这一时期的统治阶级文学观念具有一定的借鉴意义。

金德瑛的诗歌题材呈现多样化特征，《桧门诗存》中怀古、交游、山水、题画、御制等多种题材兼收并蓄。从中可见诗人的人生轨迹和生平经历，所到之处、所感之事均通过诗歌表达出来，诗歌在清代继续延续着"诗言志"的主要特性。同时，如此的诗歌创作也从侧面展现出时至雍乾，文人已经逐渐摆脱了改朝易代的社会现实，诗歌重新转向抒情写意，关注政治变迁的功能逐渐减弱，文学性大大增强。因此金德瑛的诗歌能够清晰明了，在对黄庭坚"清新瘦硬"的诗风有所继承的基础上发挥出自身特色：总体上侧重诗歌的叙事性描写，呈现出诗人为官和交游的经历，诗风清新自然，直达所见，加之多种艺术手法的运用，形成多样化的诗歌创作风貌。

　　雍乾盛世，戏曲艺术得到长足的发展，观剧诗的创作在这一时期具有独特的文学意义。金德瑛的《观剧绝句》是这一时期观剧诗的代表，其中明确表达了诗人"咏史"的戏剧观："稗官院本，虚实杂陈，美恶观感，易于通俗，君子犹有取焉。其间亵昵荒唐，所当刊落。今每篇举一人一事，比兴讽喻，咏史之变体也。"《观剧绝句》中收录的观剧诗或记事或写人，均以史笔传达兴亡之感，借他人酒杯浇自己之块垒。观剧诗这一独特的文学现象在清诗中的价值定位存在于两个层面：一方面是文学批评史的价值的彰显，观剧诗一身兼二职，既是对戏剧的审美接受，同时又是对戏剧的再传播；另一方面观剧诗并不是戏剧作品的衍生品，创作主体通过诗歌表达戏剧观念，知识阶层对其接受、鉴赏的同时也有唱和作品产生，形成了自足性的文学互动。因而迎合了清代戏曲繁荣发展的文化背景，推动了戏曲由俗至雅的发展，金德瑛的观剧诗代代传承至今，其间不乏文人唱和、评点之作。至光绪以后，戏剧趋向案头化，对观剧诗的创作很难创新，于是叶德辉、皮日休、易顺鼎等人开始转向对盛世观剧诗创作的唱和，一时唱和观剧诗成为清末对戏曲审美内涵演绎的另一潮流。

　　此外，观剧诗的传播者和接受者以文人士大夫为主体，从传播方式来看，观剧诗不似小说、戏曲等文学样式那般大众化，观剧诗的接受主体是小众的，因此难免会呈现个人化、文人化的局限。同时限于诗歌篇幅短小，对戏曲的评论和论述有时不能全面深入，缺乏对戏曲的艺术内涵及社会影响的关注等，这些都是观剧诗的局限性所在。

第八章 以梦问情:重修玉茗堂与
《临川梦》对《牡丹亭》的接受

　　康雍时期最著名的两出戏曲《长生殿》与《桃花扇》在观剧诗对其接受中都蕴含了文人对历史和现实的反思,其中对历史的反思是由戏曲文本带来的,对现实的思考是由演剧的具体遭际所引发的,二者都抱着客观的处世心态,不再沉浸在自身的易代飘零之感中。文人心态的转变与戏曲创作风格的转变密切相关,康雍时期的戏曲创作虽然继承了汤显祖的"至情"思想,但这种"情"已经不是简单的儿女之情,而是家国之感;戏曲家虽然效仿汤氏"借尸还魂"的创作笔法,但不是简单的借杜丽娘之身还杜丽娘之魂,而是借历史之尸还文人之魂;因此"情"与"梦"的主题发展至康雍时期,已经不是单纯的杜丽娘一个人的春梦,而是文人群体在历史积淀下反思而成的心绪与追求。而金德瑛门生蒋士铨所作的《临川梦》承接汤显祖的创作之风,再次掀起了"梦"的主题的高潮。

一　重修玉茗堂

康熙三十三年(1694),时任抚州通判的陆辂因感汤显祖兴寄高远,十分仰慕,又不忍玉茗堂败落,便将玉茗堂重修,并大宴文人雅士,连演两日《牡丹亭》,文人豪客纷纷作诗以和。

毛师柱(1634—1711)诗记载了当时听闻此事文人的心情:"歌声缥缈前尘在,柳影依稀昔梦空。知是官闲聊遣兴,早传佳话遍江东"①,诗人听到缥缈的歌声,又回忆起前尘往事,易代之感已成空梦,明明知道重修玉茗堂之事并无任何政治目的,仅为"遣兴",但因汤显祖的"四梦"早已成为文人心中兴寄与追求的精神动力,因此重修玉茗堂一事一经传开,文人纷纷称赞陆辂。毛师柱的另一首诗又将文人观玉茗堂剧以寄托垒块的心绪表露出来,诗云:"江山故宅总茫茫,谁识临川翰墨场。早解簪缨余志节,闲消块垒寄宫商"②,玉茗堂原本是汤显祖用来排演戏剧的地方,曾荒废多年,诗人开篇就将这种荒凉之感上升到家国情愫,将"江山"与"故宅"联系起来,使这种苍凉更加厚重,也增添了自己对历史的感叹于诗中,最后一句更直言将"块垒"寄托于戏曲中,可见临川诸剧对康雍时期文人心绪的影响之深远。王士禛将这种深远的影响比拟为"歌声犹绕画梁尘",其诗云:"落花如

---

① 毛师柱:《虞山陆次公别驾旧任抚州,曾为汤义仍先生修复玉茗堂,随设木主演《牡丹亭》传奇祀之,妍倡流传,率成赓和》(其二),《端峰诗续选》,清康熙三十三年(1694)王吉武刻本,卷三,第24a页。

② 毛师柱:《虞山陆次公别驾旧任抚州,曾为汤义仍先生修复玉茗堂,随设木主演《牡丹亭》传奇祀之,妍倡流传,率成赓和》(其一),《端峰诗续选》,清康熙三十三年(1694)王吉武刻本,卷三,第24a页。

梦草如茵，吊古临川正暮春。玉茗又升风景地，丹青长忆绮罗人。瞿塘回棹三生石，迦叶闻筝累劫身。酒罢江亭帆已远，歌声犹绕画梁尘"①，诗中处处充满禅意，因汤显祖晚年参禅悟道，王士祯以此作为追忆汤氏的情感基点，值得注意的是，《牡丹亭》是汤显祖早期的作品，充满了对情的追求和对梦的向往，尚未涉及禅悟之思，重修玉茗堂时演的是《牡丹亭》，王士祯为何会想到禅悟这一层？实际上是源自自身对历史和现实的感悟与思索，佛家以"花"喻凡事种种，王士祯入笔从"落花"写起，有意点染一丝悲凉的格调，花开花落如一场梦，诗人不言花开，但言花落，颇有时移世易的意味。此诗既是吊临川，亦是吊古，再观汤剧，犹如再遇汤显祖一样，因此诗人选用了"三生石"和"迦叶闻筝"两个典故，②玉茗堂重建犹如三生轮回，是冥冥之中所注定，戏中的歌声余音绕梁，以喻晚明之情在康熙间的回响。唐孙华（1634—1723）则从细节刻画入手，追忆词客风流，其诗有"才子文章机上

---

① 王士祯：《门人陆次公铬通判抚州半载挂冠，重建玉茗堂于故址落成，大宴郡僚，出吴儿演〈牡丹亭〉剧，二日解缆去，自赋四诗纪事和寄》（其一），《带经堂集》，《清代诗文集汇编》，第 134 册，卷五十九，第 538 页。

② "三生石"典故指唐代隐士李源，与慧林寺住持圆观（一说为"园泽"）互为知音，两人在峨眉山游玩途中遇一怀孕三年的孕妇，圆观说他注定要做这个妇人的儿子，既然遇到了就躲不开了。他和李源相约十三年后在三生石处相见，当天圆观圆寂，孕妇产子。十三年后李源来到三生石，见一牧童唱道："三生石上旧精魂，赏月吟风不要论。惭愧故人远相访，此身虽异性长存。"李源遂与圆观相认，圆观唱道："身前身后事茫茫，欲话因缘恐断肠。吴越江山游已遍，却回烟棹上瞿塘。"（参见李昉等著：《太平广记》，中华书局 1961 年版，卷三八七，第 3089 页）"迦叶闻筝"指迦叶闻筝起舞，阿难听乐心狂事，明代屠隆的《昙花记》曾引用此典"迦叶闻筝起舞，阿难听乐心狂。宿世曾司曲部，始知结习难忘"（第八出《云游遇师》）。

锦,美人形影梦中云"及"词客风流悲逝水,筝人舞曲按回波"①之句,两句诗都将"美"与"悲"进行了对比,前者将汤显祖的戏文之精妙比作织机上的锦缎,戏中的美人形象却像梦中的云朵,是镜花水月,只能供人想象了;后者由眼前的声乐场面追思往日玉茗堂演剧的热闹场面,而今词客风流却如流水一般随风而逝,两句诗以现实中存在的"才子文章"和"筝人舞曲"与记忆中的"美人形影"、"词客风流"进行虚实对比,反衬出美好已逝,诗人最后以一句"往哲有灵应一笑,檀痕重掐断肠歌"②作结,化用汤显祖诗句"自掐檀痕教小伶",在诗人心中,重修玉茗堂意味着对汤显祖的"情"与"梦"的重拾,在康雍间戏曲创作上,《长生殿》的借尸还魂,《桃花扇》的离合之情,以及一系列以"梦"为题的戏曲文本,都是文人借对汤显祖"情至"思想的继承,以"梦"的创作手法,再问心中的情,由此生发出对历史的追忆与反思。

康雍间的观剧诗中还有一系列观与梦相关的戏曲而写作的诗值得关注。王士禛在观演《琼花梦》③时亦采用汤诗"自掐檀痕教小伶"句,其诗云:"临川遗迹草萧萧,绝调荆溪又寂寥。自掐

---

① 唐孙华:《常熟陆次公曾为抚州别驾,重葺临川玉茗堂,设汤义仍先生木主,演《牡丹亭》传奇祀之,诗纪其事,属和二首》,《东江诗钞》,《清代诗文集汇编》,第136册,卷五,第547页。

② 唐孙华:《常熟陆次公曾为抚州别驾,重葺临川玉茗堂,设汤义仍先生木主,演《牡丹亭》传奇祀之,诗纪其事,属和二首》,《东江诗钞》,《清代诗文集汇编》,第136册,卷五,第547页。

③ 《琼花梦》,又名《江花梦》、《江花乐府》,共28出。《传奇汇考标目》《今乐考证》《曲录》等录作《琼花梦》,今存乾隆四十二年(1777)重刻《龙改庵二种曲》所收本,《古本戏曲丛刊》据之影印。剧叙江云仲、袁餐霞、鲍雨臣三人以诗笺、宝剑为信物,因梦成婚,最后经吕洞宾点化,得道升仙的故事。

檀痕亲顾曲,江东惟有阿龙超"①,《琼花梦》剧成书于康熙十四年(1675),较《长生殿》与《桃花扇》问世都早,但直到问世后二十年左右王士禛作观剧诗赞龙燮(1640—1697)所着之剧,此剧方始盛行,李嵊瑞观剧诗《除夕前三日,集陆刑部宅,公宴渔洋、山姜两先生,观演《琼花梦》剧。明日,两先生有诗纪事,同人皆和,予亦如数赋十绝句》(其十)载此事云:"谱得新词自昔年,益都诸老品题全。如何不起琼花色,只待周郎一顾传。"②《琼花梦》在剧情设置上承继了汤显祖从前期到后期的创作思想,因梦定情是汤显祖早期作品《牡丹亭》中的情节,龙燮在剧中使三位主人公圆梦成婚之后并未结束,又让吕洞宾来点化三人,使三人看破红尘,一起修行,这又是汤显祖后期作品《邯郸梦》中的情节化用,文人对此剧的赞赏亦多因其集汤显祖创作思想之大成,同时又给了文人反思人生的契机。王士禛本人在称赞此剧的同时,亦发出"人生如梦"的感慨:

> 歌舞并州暂许窥,心如墙壁阿谁知? 尊前唱彻销魂曲,不奈横陈嚼蜡时。(其一)
>
> 三年书记扬州梦,一梦扬州三十年。谁识蕃厘旧游侣,白头犹剩杜樊川。(其七)
>
> 香山翠色玉泉流,小别俄惊二十秋。不负残年好风景,千峰霁雪一登楼。(其八)③

---

① 王士禛:《观演〈琼花梦〉传奇柬龙石楼公允八首》(其三),《清代诗文集汇编》,第 134 册,卷五十九,第 538 页。

② 李嵊瑞:《后圃编年稿》,《四库全书存目丛书》,集部,第 234 册,卷十三,第 489 页。

③ 王士禛:《观演〈琼花梦〉传奇柬龙石楼公允八首》,《带经堂集》,《清代诗文集汇编》,第 134 册,卷五十九,第 530 页。

王士祯曾任扬州推官，扬州对于王士祯来说是其从仕宦到诗人的转型，他广泛交游，结集诗社，扩大自己的影响力，奠定文坛主盟的地位。随后康熙十七年（1678）王士祯迁礼部主事，官至刑部尚书，更见在扬州的岁月也是其事业上升期的前奏，然而世事无常，康熙四十三年（1704）因受"王五案"牵连，王士祯以"瞻徇"罪被革职返乡，由这个时间反推，即可知第二首诗中"一梦扬州三十年"的感慨从何而来。王士祯以杜牧自况，杜牧《寄扬州韩绰判官》诗有："落魄江南载酒行，楚腰肠断掌中轻。十年一觉扬州梦，赢得青楼薄幸名"之句，王士祯的内心并没有杜牧那么洒脱，他还是很看重自己的功名，并将受牵连被贬官的感受形容为"心如墙壁"、"横陈嚼蜡"。上述三首诗借《琼花梦》问世二十年后方受到关注一事，醉翁之意不在酒，王士祯追忆起他在扬州的欢畅岁月，呼朋引伴，何等惬意，三十年间带给他的世事变化是措手不及的，"俄惊"二字既是在说《琼花梦》，也是在说自己的心境，可见汤显祖的"情"与"梦"跟文人心中现实的"梦"之间产生的隔空回响，通过《琼花梦》的纽带串联起来。

再如孔尚任观演《琼花梦》传奇后感叹道："压倒临川旧羽商，白云楼子碧山堂。伤春未醒朦胧眼，又看人间梦两场"[1]，徐釚在《戏柬雷岸》中也写道："豆蔻初薰香已残，久将团扇箧中看。知君未醒琼花梦，天上还来问彩鸾"[2]，这两首诗一首作于康熙三十三年（1694），一首作于康熙二十六年（1687），两位文人都尚未

---

　　①　孔尚任：《燕台杂兴三十首》（其三），见汪蔚林编：《孔尚任诗文集》，中华书局1962年版，第367页。

　　②　徐釚：《南州草堂集》卷十三，《清代诗文集汇编》，第141册，第345页。

经历人生的起伏，[①]却都在思索"梦"的"未醒"的论题。这种思索源于对汤显祖"梦"的创作的继承，孔尚任言《琼花梦》"压倒临川旧羽商"，既点明了此剧是汤氏创作手法的延续，同时又称赞其超越性。龙燮对才子佳人大团圆结局的超越在于将男女之情上升为精神之恋，客观来讲，主人公江云仲娶得二位娇妻，已经是大团圆，龙燮又以吕洞宾将三人点化，自此修仙问道，抛弃世俗的夫妻相处模式，转而追求精神上的共鸣，正如尤侗评价："有情眷属无生话，蓬岛蓉城别有天"[②]。孔、徐二人的诗中一致赞成三人结为眷属并非是梦醒的时候，人间世事都是梦一场，这两首诗并非是基于二人的生平经历而进行的反思，而是就抒情传统的延续与发展而进行的对人生的再思考。此外康雍时期对"梦"的塑造及"人生如梦"的主题的探讨而作的观剧诗还有很多，在此不一一赘述。

从《长生殿》、《桃花扇》到《琼花梦》，康雍时期传奇的创作主要承继了汤显祖"情至"思想及"以梦问情"的思维方式，重修玉茗堂一事虽为陆辂任上遣兴之举，对当时的文人来讲，亦是标举抒情旗帜的一次激励。文人观剧时又将剧中之情延伸至对人生的反思之中，有的是有感于自身经历抒发，有的是就戏论戏地思索，形成康雍时期戏曲创作对"情"的另一种延伸，即以情入史，将钗盒情缘融入家国之感中。

---

① 时孔尚任《桃花扇》尚未成稿；徐釚于康熙十八年(1679)举博学鸿词科，纂修《明史》，官路平坦。

② 尤侗：《观演〈江花梦〉赠雷岸太史》，《江花梦·卷首》，清乾隆刻本。另龙燮对《琼花梦》结局的设置与其亲身经历，即早年与爱妻天人永隔亦有关。参见陆林：《试论清初戏曲家龙燮及其剧作》，《社会科学辑刊》，2010年，第4期，第232-237页。

二 蒋士铨生平及其戏曲创作

蒋士铨(1725—1785),铅山(今属江西)人,字心馀、苕生,号藏园,又号清容居士,晚号定甫。乾隆二十二年(1757年)进士,授翰林院编修,科举三起三落,为官经历颇为坎坷。其精通诗文,热衷于戏曲创作,与袁枚、赵翼合称"江右三大家"①。有《忠雅堂诗集》、《忠雅堂文集》传世,共收录诗歌作品两千五百六十九首,另有多部戏曲作品,如《一片石》、《临川梦》、《香祖楼》等,其创作杂剧、传奇兼擅。

蒋士铨自幼家境贫寒,十五岁时开始学诗,二十二岁在铅山中举,之后开始了进京求仕的旅途。他先后三次赶考,都未能遇,直到乾隆二十二年,遇到了当时督江西学政的金德瑛。复试时金德瑛问到蒋士铨的家世、游迹以及古文师承,蒋士铨一一作答,金德瑛很满意,遂在其试卷上批语道:"喧啾百鸟群,见此孤凤皇。将来未可量也。"后收为门生。自此以后,蒋士铨便开始跟随恩师金德瑛的身侧,先后走遍抚州、建昌、吉安、赣州、南安、瑞州等地,广结江西名士,诗文才华见长,后任《续文献通考》编修。蒋士铨深受老师的喜爱,师徒情深,其文学思想也颇受金德瑛的影响,并在文学作品中体现出来。

蒋士铨的才华深受金德瑛的赏识,不仅在阅读蒋士铨的试卷时金德瑛的批语给了蒋士铨很高的评价,在两师徒后来的交往中,金德瑛也曾提到蒋士铨的与众不同。在《丁卯八月阅心馀

---

① 赵尔巽:《清史稿·文苑》,中华书局1998年版,第3021页。

闱中望月四绝句》的第一首中,金德瑛写道:"卷里朝霞秀可餐,
峥嵘气象扫郊寒。知君早有凌云兴,不作寻常月色看。"①。可
见,金德瑛早就看出了他的学生有凌云壮志,将来会有更深的造
诣,因此不能将其与旁人相提并论。在《七月十一日李家渡阮月
次蒋心馀韵》中金德瑛的一句话成为史笔,后人评论蒋士铨的才
华时每每提及词句,即"蒋生下笔妙天下,万马喑避骅骝前"②,这
两句诗对蒋士铨的评价是极高的,认为他有绝世才华,可使天下
英才万马齐喑。当然,金德瑛对自己学生的评价之高也离不开
他的严格要求,有诗为证:

锦屏山归途戏语心馀

其出如泉波如天,蓬莱海外诗谪仙。山行水立自颠倒,
石牛洞中风格老。

奇外出奇见豫章,峨眉竞秀各一方。锦屏山石坳几折,
仿佛谷诗巉天立。

折如累堵危当中,半侧不倒欺罡风。乌鸦白鸽翮翮出,
树梢品空安巢窟。

韩公所著山石诗,其山何名竟不知。山红涧碧松历大,
寻常品垄亦遇之。

匆匆看画饭鹿糜,暮而宿兮朝而辞。岂其泰山北斗笔,
不暇刻画穷幽姿。

故知凌空发意趣,气挟凡境皆环奇。纷纷苦学鲍谢体,
刻舟求剑将毋痴。

此诗的前半部分描绘了锦屏山的奇特景色,奇山怪石,可与

---

① 金德瑛:《桧门诗存》,清如心堂刻本,卷一,第77a页。
② 金德瑛:《桧门诗存》,清如心堂刻本,卷一,第77a页。

峨眉竞秀，后面提到韩公所著的山石诗，蒋士铨竟然不知道诗的名字，金德瑛便在诗的末尾点到学习诗歌创作，效法先人是个好方法，但是切勿刻舟求剑，不懂得变通，要将知识活学活用，形成属于自己的风格。

蒋士铨不仅在诗歌创作上有所创获，在文学思想上也深受金德瑛的影响。金德瑛自身并无戏曲作品创作，但他对戏曲的兴趣十分浓厚，曾作《观剧绝句》三十首，以表达他看戏之后的感受和自身的戏剧观。金德瑛提倡以史笔写戏剧，通过历史故事的再现或改写来关照当下，让戏剧取材自历史，同时又能够虚实结合，做到"稗官院本，虚实杂陈，美恶观感，易于通俗"，这十六个字是金德瑛在《观剧绝句》序言中的描述，足以概括他的戏剧观。蒋士铨同样热衷于描写历史故事，在他的作品中，《临川梦》展现了汤显祖的生平与创作；《冬青树》描绘了南宋王朝的衰亡；《一片石》和《第二碑》皆演娄妃；《雪中人》以铁丐吴六奇为主人公……《藏园九种曲》中除了《香祖楼》和《空谷楼》外全都是历史题材的作品。蒋士铨曾用"亵昵荒唐，所当刊落"的概括对恩师金德瑛的戏剧观进行呼应，这种以史笔创作以达到教化功能的做法与金德瑛在《观剧绝句》中提到的"比兴讽喻，犹咏史之变体"[①]不谋而合，可见，金德瑛的戏剧观潜移默化地影响着蒋士铨的创作。

纵然蒋士铨后因久未升迁而辞官归隐，后与袁枚等诗人相聚创作，又在会稽、扬州等书院讲学，直至最后其文学创作走向成熟，这些都离不开恩师金德瑛对其潜移默化的影响及其文学观、戏曲观的奠定。

---

① 金德瑛：《观剧绝句·序》，清光绪刻本。

三 《牡丹亭》与《临川梦》的情感表达

《牡丹亭》与《临川梦》均立足于梦,因梦而生情,梦是情之所起,梦是否是人类内心真实想法的再现,这一观点目前在心理学领域说法不一,而于文学,梦无疑是情感表达的一条蹊径。无论是以纪传体成文,还是以叙事体创作,围绕梦的主题,汤显祖和蒋士铨两位戏曲大家均将自身情感投射其中,另读者回味无穷。

凡读《牡丹亭》,不可忽视其作者题词:

> "天下女子有情,宁有如杜丽娘者乎!梦其人即病……如丽娘者,乃可谓之有情人耳。情不知所起,一往而深。生者可以死,死可以生。生而不可与死,死而不可复生者,皆非情之至也。梦中之情,何必非真?天下岂少梦中之人耶!"

作者在开篇就点出了梦与情的关系,即因梦生情。在汤显祖看来,梦中之情是真实的,梦中的人在大千世界中也不在少数,《牡丹亭》的情节展开也是由梦贯穿,作为一条红线,与开篇题词高度吻合的。

然而,《牡丹亭》共 55 出,到第 10 出才有梦的出现,即《惊梦》情节,为何梦得如此迟呢?前 9 出又是为何而作呢?答案当然是因为梦。正是有了前 9 出的《训女》、《闺塾》、《肃苑》等情节,才有了杜丽娘的梦,成为直接导致杜丽娘"惊梦"的三大要素:首先,《言怀》、《训女》、《诘病》代表了封建家长对青年一代的思想束缚,杜宝是封建思想下的所谓的正派人物,正是由于被礼

学深深浸染,他本能地排斥与礼学相抵触的思想。《训女》一出中,他对女儿的严格要求表达的淋漓尽致:

> "孩儿,把台盏收去。(旦下介)(外)叫春香。俺问你小姐终日绣房,有何生活?(贴)绣房中则是绣。(外)绣的许多?(贴)绣了打绵。(外)什么绵?(贴)睡眠。(外)好哩,好哩。夫人,你才说'长向华荫课女工',却纵容女孩儿闲眠,是何家教?叫女孩儿。(旦上)爹爹有何吩咐?(外)适问春香,你白日眠睡,是何道理?假如刺绣余闲,有架上图书,可以寓目。他日到人家,知书识礼,父母光辉。这都是你娘亲失教也。"[1]

除了杜宝代表的家长立场外,更奉封建礼教思想为宗旨的老师陈最良登场了,《延师》、《闺塾》等情节展现了杜丽娘所代表的青年人与以陈最良为代表的迂腐思想的冲突,二人就《诗经·关雎》展开了讨论,陈最良认为《诗经》讲的是"后妃之德"(《牡丹亭》人民文学出版社 1982 年版 页 26),杜丽娘关注的却是男女感情的自由与真挚。由此更加引出了因梦生情的第三个因素,便是杜丽娘自身的伤春之情,《怅眺》、《肃苑》两出则着笔于此。读了《关雎》的杜丽娘对爱情产生了一种朦胧的期待,在内在因素与外在因素相结合的过程中,内因起到了主导的作用,《肃苑》与《惊梦》两出紧密相连也正是如此,杜丽娘日有所思,且非常向往,才有了夜有所梦。

在《牡丹亭》中,梦是一切情感的起源,《惊梦》一出拉开了因梦生情的大幕,才演化出了后面"花花草草由人恋,生生死死随

---

[1] 汤显祖:《牡丹亭》,人民文学出版社 1982 年版,第 8 页。

人愿"的凄美爱情故事。

蒋士铨在《临川梦自序》中与《牡丹亭题记》的至情思想一脉相承：

> "客者多矣，乃杂采各书，及《玉茗集》中所载种种情事，谱为《临川梦》一剧，摩绘先生人品，现身场上，庶几痴人不以先生为词人也欤。嗟乎！先生以生为梦，以死为醒，予则以生为死，以醒为梦。"①

这段话在表明了自身创作动机的同时交代了梦的主题，蒋士铨对汤显祖对梦、情、生、死四个方面的阐述是十分赞同的，甚至在第三回《谱梦》中直接引用《牡丹亭题记》中"情不知所起，一往而深……皆非情之至也"②一段话。

另外，在《临川梦》中以梦为题的回目就占了近半数，共20出的戏目中，有9出以梦为名。蒋士铨通过如许多的梦将汤显祖的一生勾画出来，基本上遵从了汤显祖的文学主张及其生平经历，如在第十七回《集梦》中借淳于梦之口说："想他借我们的酒杯，浇他自家的垒块，不可不赏鉴一番"③，同时还通过《集梦》、《说梦》、《了梦》等回目让"四梦"中的人物登场与汤显祖对话，更增添了情感表达的真实性，创作角度也很新颖，语言幽默。

《牡丹亭》与《临川梦》都是作者在写别人的故事，但却采用了不同的叙述视角，具有不同的艺术效果：《牡丹亭》采用了第三人称叙事，作者置身事外，处于讲述的角色，将杜丽娘和柳梦梅

---

① 蒋士铨著，周妙中点校：《蒋士铨戏曲集·清容外集》，中华书局1993年版，第210页。
② 蒋士铨著，周妙中点校：《蒋士铨戏曲集·清容外集》，第217页。
③ 蒋士铨著，周妙中点校：《蒋士铨戏曲集·清容外集》，第271页。

的爱情故事从因到果，从头至尾的娓娓道来，作者不加以自己的
评论于其中；而《临川梦》则不然，虽然作者也没有在剧本中扮演
角色或具体出现，但汤显祖的角色是第一人称叙述，更增添了真
实感，同时，作者的立场和看法也通过汤显祖之口淋漓尽致地表
达了出来。

　　无论是第一人称还是第三人称，作者的思想感情在文中的
自我投射是显而易见的。汤显祖，字义仍，一字若士，江西临川
人，二十一岁时中举，却不肯依附权贵，"忤陈继儒，遂以媒孽下
第。万历五年再赴会试。张居正欲其子及第，罗致海内名士以
张之，延显祖及沈懋学。"①汤显祖虽博学多才、"名布天壤"，但
直到三十四岁才中进士。后历任太常博士、詹房事主簿、礼部祠
祭司主事等职。万历十九年（1591）他目睹当时官僚腐败愤而上
《论辅臣科臣疏》，弹劾大学士申时行并抨击朝政，触怒了皇帝而
被贬为徐闻典史，后调任浙江遂昌县知县，一任五年，政绩斐然，
却因压制豪强，触怒权贵而招致上司的非议和地方势力的反对，
终于万历二十六年（1598）愤而弃官归里，潜心于戏剧及诗词创
作。由此，汤显祖的戏曲创作在一定程度上反映了其对政治的
不满和怀才不遇的文人心态，如戏中的柳梦梅就是个落难秀才，
在第二十二出《旅寄》中柳梦梅一出场：

　　【捣练子】人出路，鸟离巢。揽天风雪梦牢骚。这几日
精神寒冻倒。香山墺里打包来，三水船儿到岸开。要寄乡
心值寒岁，岭南南上半枝梅。我柳梦梅，秋风拜别中郎，因
循亲友辞饯。离船过岭，早是暮冬。不提防岭北风严，感了
寒疾，又无扫兴而回之理。一天风雪，望见南安。好苦也！

---

　　①　蒋士铨著，周妙中点校：《蒋士铨戏曲集·清容外集》，第210页。

【风入松】我孤身取试长安道,犯严寒少袭单病了……①

柳梦梅的出场刻画了举子们参加科举的艰辛,这应当是汤显祖科举之路的一个缩影,通过柳梦梅的遭遇无形中融入了作者本身的情感共鸣。

《临川梦》的作者蒋士铨与汤显祖的生平尤其是官场的经历颇有相近之处,蒋士铨十一岁便随父亲远游齐、鲁、燕、赵等地,后科举时受金德瑛的赏识,金德瑛称其为"孤凤凰"。于是当时蒋士铨名震一时,然而他与汤显祖一样不畏权贵,坚持自己的理想,《铅山县志·人物·儒林传》中曾将其描述为:"当是时,士铨名震京师,名公卿争以识面为快,有县宦欲罗致之,士铨意不屑,自以方柄入圆凿,恐不合,且得祸。"正是蒋士铨与汤显祖气质上的相似之处,使得蒋士铨在京师为和珅所抑,留京师八年,却一直不遇。他的大部分戏曲都是这一时期的创作,不遇的愤懑之情难以排遣,只好在文学作品中发泄,就像在前文提到的"借他人酒杯浇自己之块垒"。因此,汤显祖与蒋士铨二人将自身情感投射在各自的戏曲作品中的痕迹是十分明显的。

四 《牡丹亭》与《临川梦》的人物形象对比

《牡丹亭》传承了古典小说戏曲的人物发展脉络,以杜丽娘的情感发展为主线,一线贯之,由生到死,死而复生的全部过程支撑起其主要的故事情节,同时在不同的回目中增添净、丑、末等人物形象进行烘托,使得人物形象多样化,故事情节丰富化。

---

① 蒋士铨著,周妙中点校:《蒋士铨戏曲集·清容外集》,第105-106页。

　　其中最典型的形象当属杜丽娘，她作为太守府内的小姐，大家闺秀，每日受三从四德的礼教束缚，在读到《关雎》之后产生了对爱情的深沉的向往，这次启蒙教育促使她离开绣房，走入后花园，于是便有了"朝飞暮卷，云霞翠轩；雨丝风片，烟波画船——锦屏人忒看的这韶光贱！"的感慨，直接导致最后的结果就是《惊梦》。在这一部分中作者安排了杜宝这样的封建家长和陈最良那样的封建私塾先生，与富于青春幻想的杜丽娘的思想形成巨大的矛盾冲突，"原来姹紫嫣红开遍，似这般都赋与断井颓垣！良辰美景奈何天，赏心乐事谁家院！"，杜丽娘惋惜的不仅是残春的景色，更是她自身青春的逝去，冲突和对比之下更添伤感之情。

　　诚然，《牡丹亭》和其他的戏曲一样，故事情节波澜起伏，在不同的故事发展阶段，次要人物的分配也是不尽相同的。杜丽娘与柳梦梅在梦中幽会并私定终身，导致了杜丽娘相思忧郁而亡，一起带走的是青春对爱的渴望："这般花花草草由人恋，生生死死随人愿，便酸酸楚楚无人怨！"（《寻梦·江而水》）然而这部爱情并不是不被人祝福的，胡判官便是一个很好的例子，他同情杜丽娘的心情，并被"一梦而亡"的行为所震撼，这是他无法想象的，于是在《冥判》一出中杜丽娘得以还魂的机会，为之后的《冥誓》等作出了铺垫。

　　《牡丹亭》的情节遵循了中国古典小说和戏曲中才子佳人故事的大团圆结局的套路，杜丽娘和柳梦梅最终获得了家人的理解和美满的爱情，而《临川梦》的创作并不是遵循套路所作。具体来说，在人物的安排上，以汤显祖为中心，却并不是着重讲述汤显祖的某一件事，而是围绕汤显祖展开，铺开一张人物关系网，借汤显祖和玉茗堂四梦来借题说法，进而阐释作者的情感。

在剧中,首先叙述了汤显祖的生平不遇,以及汤显祖《论辅臣科臣疏》上表后遭到的冷遇,然而这些遭际都不能改变汤氏的立场:"士各有志,无容相强",①这是全剧最主要的一条线索。另外,张居正、张四维、申时行等人把持朝政,社会动荡不安,"张四维倚恃金多,始贿新郑,再贿江陵(居正),又贿武清伯李伟、太监冯保,乃得夤缘入相"②,张居正不惜重金收买汤显祖,并用状元头衔诱惑他,同时用探花头衔收买沈懋学,这里沈的屈从和汤的不屈形成了鲜明的对比,反衬效果强烈。其三是由《牡丹亭》引起的第三条线索,即娄江俞二姑的暮色还魂重访汤显祖,俞二姑也是一多情女子,读《牡丹亭》引起共鸣,过度悲伤而亡,在剧中由其养娘将其生前批注本《牡丹亭》送予汤显祖,俞二姑又还魂寻寻觅玉茗堂,向汤显祖诉说对《牡丹亭》的深切感悟,其中也不乏对《牡丹亭》语言的直接引用。与第三条线并列的线索还有《紫钗记》、《邯郸记》、《南柯梦》中的人物梦回玉茗堂,在此集会,与汤显祖共同探讨至清之思想,最后"四梦都从一梦消,梦境相承梦难了",从而引起读者的深刻思考。"四梦"中人物的出现构成了结构安排的平行,又增添了许多叙述口吻,让作者有足够的空间借他人酒杯浇自己块垒,因此"四梦"中的人物不仅是《临川梦》在人物和结构安排上的闪光点,更是作者抒发情感的有效途径,这种抒发感情的方式匠心独具,且在《牡丹亭》的基础上进行了丰富和发展,叙述视角更为开阔,人物安排在梦的主题下更为灵活,同时也为后世的戏曲创作提供了新的思路和切入点。

---

① 蒋士铨著,周妙中点校:《蒋士铨戏曲集·清容外集》,第 220 页。
② 蒋士铨著,周妙中点校:《蒋士铨戏曲集·清容外集》,第 224 页。

小 结

梦的叙事自古有之,唐传奇中多出现托梦之故事,几百年来,不断有模仿其笔法之作,一脉相承。《牡丹亭》是对梦的运用的成功典范,因梦生情,一往而深,一梦而亡,这带给读者的震撼是可想而知的,同时,这种真真假假、亦真亦幻的行文风格也为后世文人所欣赏和效仿。

蒋士铨在文学观上对汤显祖是十分认同的,汤显祖在戏曲领域内反对以沈璟为代表的格律派,当时沈璟主张"宁协律而词不工。读之不成句,而讴之始协,是曲中之工巧",汤显祖的主张则是"凡文以意、趣、神、色为主,四者到时,或有丽词后音可用,而时能一一顾九宫四声否?如必按字摸声,即有窒滞进拽之苦,恐不能成句矣!"因此,蒋士铨在文学创作的审美接受上大体承袭了汤显祖的创作风貌,尤其在语言的运用上经常模仿甚至直接引用《牡丹亭》中的语言,如在前文中提及的《牡丹亭》题记中的话语被直接引用在《临川梦》的第二出中,直接呈现在读者眼前,有似曾相识的感觉,同时也象征着蒋士铨对汤显祖的至情思想的膜拜。

除了这两部作品间的影响之外,梦的主题创作对后世的作品也有着或浅或深的影响,在《牡丹亭》之后,梦的主题在《长生殿》这部作品中再次达到巅峰。《长生殿》中以杨、李的爱情故事为主线,在前50回中二人的相识、相知、相许已经表达的淋漓尽致。然而,杨贵妃的死作为全剧的高潮,却不是尾声,笔者继续扬扬洒洒又作50回描绘了二人羽化成仙,天上人间的重逢,意在以更深刻的笔触刻画两人伉俪情深。作者如此创作的笔法无疑受到了《牡丹亭》和《临川梦》很大程度上的影响,死后还魂成为了戏曲创作情节中的又一大套路,并为读者广泛喜爱。《牡丹亭》的作者在《临川梦》中摇身一变成为了主角,两部作品之间的联系是千丝万缕的。同时,两位作家的生平经历,思想感情,以及对人物的刻画上都有相似之处、承袭之感。另外,这两部作品都是我国古典戏曲艺术宝库中不可或缺的一个重要组成部分,在戏曲发展长河中起着承前启后的作用,为后世的文学创作提供了思路和素材,具有较高的研究价值。

第九章　李渔的小说、戏曲观比较

——以《丑郎君怕娇偏得艳》和《奈何天》为例

鲁迅称李渔为"帮闲文人"，主要是源于《闲情偶寄》，有人认为《闲情偶寄》顾名思义是一部寄情之作，也有人认为这是一部讲究生活艺术的著作。从宏观上讲，《闲情偶寄》在体制上是一部杂著，"闲"与"忙"往往是相对的，"忙"在古人看来是"经国之大业"，如此说来，"闲"就是兼济天下之外独善其身的生活琐事了。因此，《闲情偶寄》杂具了人文性、创造性和实用性的特征，同时又因其繁简得易，雅俗共赏，为其小说戏曲观的接受和传播提供了舞台。

一　确立主题与突出戏剧冲突

李渔的小说和戏曲作品几乎全与婚恋故事相关，这并不是说明他特别关注婚恋问题，而是通过这些婚恋作品反映着自己的小说、戏曲观念，"十部传奇九相思"，小说和戏曲主要是反映男女情事的。这些作品也自然反映出了晚明以来尚情的思想：

赞成爱情婚姻自主,反对父母包办儿女的婚事,特别是对"情的执着"的欣赏。因此李渔的作品不同于才子佳人小说和戏曲,他在关于爱情主题的思索上有着独到的见解,在《闲情偶寄》中也通过"减头绪"、"立主脑"和"脱窠臼"等几个方面表现出来。

首先,"减头绪"和"立主脑"是相辅相成的,要突出一部作品的主题,头绪不必繁多,这样有利于读者跟观众的理解和领悟,二者均从线索和结构概念上强调了小说和戏曲的叙事性特征,并且不同于以往"重曲轻戏"的一贯看法。例如在《丑郎君怕娇偏得艳》当中是一条文线贯穿始终,以丑郎君为核心,先极力刻画其形象之丑,丑人当是难配佳人的,可是在情节接下来的发展中,丑郎君接二连三地娶到了三位佳人,因而引发出种种的麻烦和困扰,经历了百转千回之后终成正果。尽管在这过程中,情节繁复,枝杈繁多,但线索是十分明晰的,所有的情节的发展都是以阙不全为中心展开的。与其不尽相同的是,在戏曲《奈何天》中,线索由一增加至二,即由阙忠引发的一条武线。全剧中第十出《助边》、第二十三出《计左》、第二十四出《掳俊》等回目占有相当的比重,描绘了战争的场景和战场上用计的细节,这是在《丑郎君怕娇偏得艳》中未曾见到的。从戏剧冲突的设置角度来讲,这样的情节增加是有自身的原因的,可能为舞台效果而设计,可能为吸引观众而设置,无论是怎样的创作动机,这样的增改无疑是成功的,一文一武两条线索的设置使得结构更加的丰富,内容更加丰满,同时又头绪清晰,结构分明,阙不全的命运仍是主要焦点,这样的焦点不仅仅是主观的描绘,还有侧面的烘托,使得人物形象更加立体化、丰满化,这与李渔的戏曲理论"减头绪"和"立主脑"是不谋而合的。

其次,"脱窠臼"与"别古今"是一脉相承的,二者皆为李渔强调艺术创新的集中体现,在主题的选取和内容的设置上满足了受众的猎奇心理,其创作风格不仅为后世作家所推崇,同时也与一些西方作家,如欧亨利、契诃夫等人的创作不谋而合。在《丑郎君怕娇偏得艳》与《奈何天》的主题设置上的一大突破便是不同于以往的才子佳人模式:佳人不一定配才子,也可能配丑男。男主人公也不是专爱美女,并未像《西厢记》中的张生被莺莺"临去秋波那一转"所打动,他只想找一个普普通通的女子跟他过日子。由此紧扣住了《丑郎君怕娇偏得艳》开篇的主题:

> 古来"红颜薄命"四个字已经说尽了,只是这四个字,也要解的明白,不是因为他有了红颜,然后才薄命,只是他应该薄命,所以才罚做红颜。
>
> 照阎王这等说来,红颜是薄命的根由,薄命定是红颜的结果。①

确立了这一"别古今"的创作主旨,接下来的戏剧冲突就自然而然呈现在读者和观众面前了。

李渔认为教弟子要选古本,选戏要选新本。小说中虽无明显的古今之分,却也能体现出李渔在创作时要锐意创新的创作理念。从这两部作品来看,"红颜薄命"这一主题出新、出奇,更接近西方的命运悲剧,然而,在对命运的探讨过程中又具有一定的局限性:按理说红颜当薄命,不应嫁与好郎君,过上幸福生活,而这两部作品偏偏又都设置了大团圆的结局,因此也并未完全逃出才子佳人的旧有模式。

---

① 李渔:《李渔全集》,浙江古籍出版社1991年版,第八卷,第6页。

二 情节的合理性与细节描写的真实性

李渔主张在戏曲的创作中描写人情物理，把人情作为检验戏曲作品成功与否的标准，即在强调题材与主题创新的同时注重把握创新的度，要符合事态人情，冷热适度，因此他在《闲情偶寄》中"剂冷热"的部分有过如下阐述：

> 予谓传奇无冷热，只怕不合人情。如其离合悲欢，皆为人情所必至，能使人哭，能使人笑，能使人怒发冲冠，能使人惊魂欲绝，即使鼓板不动，场上寂然，而观者叫绝之声，反能震天动地。[①]

这一阐述也符合了李渔自己所说的"冷中之热，胜于热中之冷；俗中之雅，逊于雅中之俗"，对雅俗、冷热之间的关系进行了辩证的论述，强调了戏曲创作要注重情节的合理性和细节描写的真实性。

在冷热搭配的情节设置上，《丑郎君怕娇偏得艳》中阙不全因为自身的不足并不想找美娇娘为妻，然而事与愿违，三个妻子个顶个的貌若天仙，更有才貌双全者，因此三场娶亲的情节是整个故事的主干，高潮迭起，矛盾冲突激烈，男主角甚至与第二任妻子动手打了起来，可谓热闹非凡。然而在娶了三任妻子之后，古语有云"事不过三"，故事该到了收尾的时候，该如何将这个矛盾冲突激烈的场面收尾呢？李渔选择了热情节冷处理，即三

---

① 李渔：《闲情偶寄·演习部》，人民文学出版社2013年版，第65页。

个妻子各退一步，想出三人轮流陪伴阙不全的所谓"万全之策"，阙不全被这么一闹再闹，也只好接受，促成了低调的大团圆结局。这样的结尾不但使故事顺利地由热到冷、由高潮到结局，更是一个符合人情物理的结局，不同于以往才子佳人题材的结局，二人若情投意合却不能在一起，便借助神仙帮忙或还魂再续之类的想法，李渔的结局更贴近生活，从切实的生活角度出发，将其当作生活中可能发生的问题，想一个"退一步海阔天空"的解决办法，也很符合中国古代的中庸之道。

相比之下，从辩证的角度来看，当小说转化为戏曲的过程中，作家加入的思考便更多了。《奈何天》中由于武线的增加，使得整个故事高潮迭起，不能简单地规划冷与热的表达了。具体来说，阙不全娶妻的过程矛盾层出不穷，足以吸引观众眼球，同时李渔又增加了战争场面的描绘，给单一的故事情节融入了一个大的社会背景，使整个故事充满立体感和丰富感。由于战争场面宏大，在剧中也体现出了"热"的一面。能使读者和观众感受到这一变化，离不开细节的勾勒和小人物的作用，在两部作品中关键的陪衬人物是袁滢，他与阙不全相比，是一个才貌双全的形象，与阙不全形成丑与美的反差。起初在小说中，袁滢的形象比较单一，读者对他的了解也不是很多，他的才子形象和睿智识破三夫人的计谋给读者留下深刻的印象。在改编为戏曲的过程中，随着故事的丰富和发展，袁滢的戏份也有所增加，例如他用美男计巧胜敌寇，给观众看到了袁滢的另一面。因此在阙不全的故事丰富了的同时，袁滢的形象也被添枝加叶，保持了丑与美对比的平衡，可见作者的良苦用心。

另外，徐渭在《南词叙录》中提到"唱为主，白为宾，故曰宾白"，戏曲在发展到明代的中后期，一直存在着"重曲轻戏"的倾

向,有的人学戏只学唱,有的人评戏只评曲,李渔在纵横于戏曲和小说之间的时候首先看到了宾白的作用:

> 故知宾白一道,当与曲文等视,有最得意之曲文,即当有最得意之宾白,但使笔酣墨饱,其势自能相生。①

李渔认为宾白是串联戏曲情节的主要载体,宾白直接关乎理解戏曲的情节、把握人物形象,他第一次将宾白与词采、音律三者相提并论,可见其对细节的重视,并且,李渔在将小说改为戏曲的时候大量地保留和照搬小说的原文作为宾白,同时对宾白的设置提出了许多要求。

三　人物形象和人物语言相辅相成

人物的形象向来都是小说和戏曲故事的主要组成部分,在戏曲作品中的主人公一般为生角和旦角,李渔则突破了这一传统,将男主人公用丑角来扮演,一则打破了传统的角色设置,二则丑角在《奈何天》中符合阙不全的形象特质,适应了角色的审美要求。在古代戏曲作品中,用丑角做主角的作品少之又少,阙不全给观众留下了深刻的印象。《奈何天·前词》中便唱道:

> 多少词人能改革,夺旦还生,演作风流剧。美妇因而仇所适,纷纷邪行从斯出。此番破尽传奇格,丑、旦联姻真叵测。须知此理极平常,不是奇冤休叫屈。②

---

① 李渔:《闲情偶寄·演习部》,第42页。
② 李渔:《李渔全集》,第七卷,第3页。

在改编的过程中，人物的内心世界、言行举止、环境变化都得到了充分的丰富和发扬，使得整个故事丰满起来，有的时候在小说改编为戏曲的过程中也不乏新形象的出现，在这两部作品的对比中，新增的形象阙忠是不可忽视的。阙忠和袁滢的作用是相似的，都为了帮衬阙不全，形成衬托、对比的效果，如果说袁滢是反衬阙不全，那么阙忠便是正衬阙不全，突出阙不全的善良本性。在《奈何天》中阙忠做了很多善事，比如边疆正乱，需要民间捐款筹备军饷，阙忠便捐了许多银子，大家在看到阙忠的善的时候不难想到，这些钱应当是他主人阙不全所出，李渔就是通过如此这般的细节，从辅助人物的行为中侧面表现阙不全内在美好的一面，比平铺直叙更有信服力，同时也丰富了故事情节，引人入胜。

为了适应形象的要求，在人物的语言设置上李渔也下了不少功夫，力求达到"适俗"的效果。除了强调宾白的作用以外，李渔对宾白的语言还提出了八个方面的具体要求，即"声务铿锵""语求俏似""词别繁减""字分南北""文贵洁净""意取尖新""少用方言"以及"时防漏孔"。李渔的"适俗"并不是要让戏曲作品中的语言变得很粗俗，他认为元代戏曲中人物的语言要么艰深晦涩，要么通俗之极，李渔强调语言要符合人物形象，符合人物的身份：

> 词贵显浅之说，前已道之详矣。然一味显浅，而不知分别，则将日流粗俗，求为文人之笔而不可得矣。元曲多犯此病，乃矫艰深隐晦之弊而过焉者也。极粗极俗之语，未尝不入填词，但宜从角色起见。如在花面口中，则惟恐不粗不俗；一涉生、旦之曲，便宜斟酌其词。无论生为衣冠、仕宦，旦为小姐、夫人，出言吐词，当有隽雅春容之度；即使生为仆

从，旦作梅香，亦须择言而发，不与净、丑同声：以生、旦有生、旦之体，净、丑有净、丑之腔故也。①

在《丑郎君怕娇偏得艳》和《奈何天》两部作品中，李渔均秉承着"适俗"的维度，将人物形象与应有的语言风貌相匹配。阙不全并不是学富五车的读书人，因此在娶第三房妻子时候的抱怨中也流露着市井气：

> 我不信妇人家竟是会变的，只过得一夜，又标致了许多。我不知造了什么业障，触犯了天公，只管把这些好妇人来磨灭我。②

"业障""触犯天公""磨灭"这些词都不是书面语，也不是文人口中的之乎者也，读者一读便知这话只能出自阙不全之口。然后同样是慨叹、抱怨，出自读过书的邹小姐之口便截然不同：

> 你如今完璧归赵，只当不曾落地狱，依旧去做了天上人了。只是我两个珠沉海底，今生料想不能出头，只好修个来世罢了。③

"完璧归赵""珠沉海底"这些都是书面用语，邹小姐因为读过书，在说话的时候便不那么直白，引经据典，具有文人特质，也符合其人物身份特质。

在《丑郎君怕娇偏得艳》中李渔便以"适俗"的笔触刻画了故事中的每一个人物的形象，从小说向戏曲转化之后，《奈何天》中保留了大量的小说中的原话作为宾白，然后在此基础上进行丰

---

① 李渔：《闲情偶寄·词曲部上》，第21页。
② 李渔：《李渔全集》，第八卷，第8页。
③ 李渔：《李渔全集》，第八卷，第26页。

富和加工,可见李渔对人物语言的要求和重视。

综上所述,李渔从贴近生活的角度出发,向审美接受者展现了自己的小说和戏曲作品,通过主题、情节、人物等多方面阐释了自己的生活理念和哲学思想,并以《闲情偶寄》为理论结晶,让读者读到一个小说家李渔、一个编导李渔。李渔的小说和戏曲作品一脉相承,很多都是由小说改编成为戏曲,在两种题材转化的过程中体现出了李渔的文学观念,即文学创作要从生活出发,注重情节的塑造和细节的把握,以求故事的真实性和完整性,同时注重人物形象的塑造,赋予人物符合其身份的语言,不同类型的人物当具备不同的语言特质。综合了如许的创作因素,文学作品才能更贴近生活,更吸引读者和观众,更能流传千古,为后人称道。

第十章 《过番歌》中的历史记忆与移民轨迹

闽南地濒东海南滨,自唐代始,就有泉州人漂洋过海,移民到南洋诸岛。宋元泉州港更加兴盛,远航东南亚各国经商的泉州华侨猛增,本地人习惯把前往南洋谋生称为"过番"。《过番歌》是十九世纪末、二十世纪初流传于闽南、台湾以及东南亚华人社区的一部闽南语的长篇说唱诗,因其内容讲述了清末农民下南洋的艰辛过程而一直被传唱,是方言讲唱文学的代表作品之一。

一 台藏《过番歌》的文本流传
及其在新加坡的演出

二十世纪六十年代初,法国学者施博尔(Kristofer M. Schipper)教授在《台湾风物》上发表的《五百旧本哥仔册目录》一文中记载了《过番歌》,现存台湾所藏《过番歌》主要有四个版本:一是厦门博文斋书局本;二是上海开文书局本,这两种版本均藏于台湾"中研院"傅斯年图书馆,并收入汉籍电子文献数据库;三

是厦门会文堂本(下简称"会文堂本"),现藏于台湾大学图书馆
杨云萍文库典藏哥仔册,是现在可见的《过番歌》最早的版本;四
是厦门文德堂荣记刊本(下简称"文德堂本"),原于清光绪三十
一年(1905年)刊刻发行,现收入《俗文学丛刊》之中。① 其中最
值得关注的是会文堂和文德堂两个版本。

　　会文堂本《过番歌》共计344行,每行七字,详细讲述了一个
唐山农民听人劝说准备下南洋,辞别父母相亲到异地谋生以及
一路上的酸甜苦辣。这是一个相对完整版本的过番故事,书题
标明"新刻",便应当还有旧刻,旧刻的面貌我们已经不得而知,
这本"新刻"的《过番歌》是现在可见的最早版本。文德堂本是在
会文堂本的基础上重新润色并增添了若干情节形成的新本,因
此书题为"最新过番歌",并标明为"光绪乙巳年刊"。《过番歌》
定场诗有云:"现今清朝定太平,一重山岭一重洋。"②故事发生的
时间在清朝,既是讲述千里迢迢到新加坡的故事,当在十九世纪
初,新加坡迅速繁荣,大量华人开始移民时。加之会文堂为晚清
较为著名的书坊,现存英国牛津图书馆所藏《绣像荔镜奇逢传
奇》为会文堂道光丁未(1847)年刻本,是现存可见会文堂刊刻出
版的最早记录。由此可以推测,会文堂本《过番歌》的刊刻时间

---

① 关于《过番歌》版本研究已有的研究成果有刘登翰《〈过番歌〉及其异本》(《福
建学刊》,1991年第6期)、《论〈过番歌〉的版本、流传及文化意蕴》(《华侨大学学报》
2002年第2期),陈瑛珣《台湾流通新刊〈过番歌〉歌仔册版本研究——以上海开文书
局与厦门博文斋书局与厦门会文堂版本为例》(《第六届海峡两岸闽南文化研讨会论
文集》)。

② 俗文学丛刊编辑小组:《俗文学丛刊》,新文丰出版股份有限公司1994年版,
第364册,第441页。

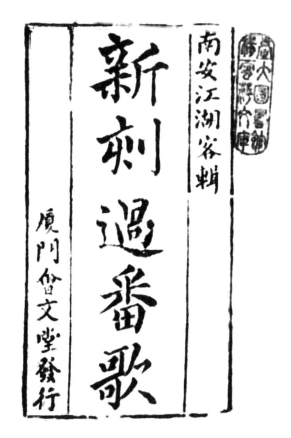

图 1 台湾大学图书馆杨云萍文库藏厦门会文堂本

约在 1847 至 1905 之间。①

　　文德堂本对会文堂本加以润色,使故事条理更加清晰,情节过渡更加自然,并对多处细节进行了渲染,具体统计情况如下。

---

　　① 刘登翰《〈过番歌〉及其异本》(《福建学刊》,1991 年第 6 期)中将会文堂本的刊刻时间推测在 1847—1914 年之间,本文将时间下限向前推进至 1905 年。

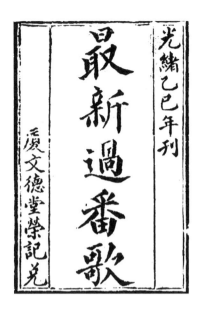

图 2 《俗文学丛刊》所收厦门文德堂荣记刊本

情节概要	会文堂本	文德堂本
海上晕船	有人眩船叫苦天,也有眩船兼呕吐,也有眩船倒在埔。	增加了"腹内无食真空沙,想起卜哮真见诮,不哮目淬啼袂条。"
工长苛刻	有人问口就应伊,能做工长免相欺。	增加了"做人工长免化鬼,平平是趁长家镭。"
克扣工钱	别人一月发四摆,汝今不发说我知。	增加了"就叫戈里来置账,一个账丢几十钱。"
立志从商	未提及	增加了"日月快过有几时,也都讨趁几个钱。就想开店做生理,生理一做有三年。除费也存数百元,一时计算心喜欢。"

续表

情节概要	会文堂本	文德堂本
回程雇佣挑夫	未提及	增加了"工钱若干即来支,倩于一个不只勇。二天就到咱家时,清还工钱付挑夫。"
劝世之言	番平好趁是无影,番平那有好头路,有去无来各许多,有尔遇镭无到开,因何即有无返来,谁人不信去试看,许时好歹汝就知,说出只歌何恁听,番平那路不通行,我今说话那无影,去时别人再探听。	我今说话乎恁听,番平好趁有影代,也有艰苦无头路,也有趁钱无到开,有个钱银入手来,荒花留连数十载,有个办单不肯去,终日赛马拔纸牌,番平若是千好趁,许多人去几个来,是我亲身经见过,全头说出乎恁知,不是说话来相骗,恁那不信去刺埋,许时好呆恁就知,我今说话呒影,再对别人去探听,劝恁只厝若可度,番平千万不通行,田园勤苦着去作,日后食用不免京,富贵贫贱总由天,我今死心不欣羡。

可见文德堂本从故事情节的叙述到细节的处理,都较会文堂本更加细致完善。值得注意的是,文德堂本将结尾劝世之言的篇幅大大增加,极大地影响了后来《过番歌》泛化为潮、闽、客过番歌谣后的创作主旨。

厦门学者周学辉曾将这首《过番歌》寄给远在新加坡的亲人,成为后来安溪会馆演唱的底本。当《过番歌》流传到新加坡,现在影像资料中看到的演出故事版本,则与最初的故事有较大差异,笔者据新加坡口述历史中心藏影像资料将安溪会馆演唱的《过番歌》①唱词转录为文字如下：

　　天地生人一样心，因何贫富这分明，人间出有几样景，
大家听我说言因。无钱说实无人信，有钱说虚句句真，唔信
且看筵中酒，杯杯先敬有钱人。其余世事说不尽，且说当今
过番歹，在咱唐山真无空，即着相招过番邦。想着侵欠人钱
项，失志无脸窗见人，想起有古不爱讲，心头沉重檜轻松。
甘心出外来去趁，在咱唐山实在难，当时心中思想起，禀过
双亲得知机。想卜出外求财利，早晚不能在身边，年纪算来
廿一二，在咱唐山吼了时。爹娘听说目眶红，出外千万是唔
窗，番歹虽然恰好趁，这条水路十外工。过番牙人有块讲，
比咱唐山恰重难，番银好趁唔无映，田螺含水过三冬。爹娘
听子说因伊，咱厝趁无五十钱，侵欠人债满满是，被人辱骂
吼了时。年年侵欠人钱利，咱无家伙受人欺，那是不敢出外
趁，欠债何时窗还人。父母听说相吼步，说汝大汉心肝粗，
如今两人年又老，越吼出门是愈好。番平虽者好头路，船税
也要十外块，出外受风又受雨，映今咱厝怨叹途。爹娘听我
说言因，在咱家中檜成人，被人取笑檜长进，看咱万代檜做
身。爹娘听说不得已，一时想起心头悲，有人说你檜长进，
是咱利运未够时。心头唔愿想唔清，听到半时檜静宁，暝日
愈想心愈冷，才得甘心过番歹，富贵卑贱自恨命，千般万苦
终由天，越想番歹好景致，由你自已去主持。一时听说倒伤
情，心肝就是弹乱琴，船税哪人去哪领，明早催早要起走。
出外的人真大阵，爹娘在厝免烦心，我去出外吼要紧，自得
自顾你一身。劝仔出门依时精，谨言狗仔记在心，你去出外

———————

① 视频资料来源：https://www.youtube.com/watch? v＝hnMvxxrfbfA。

得勤俭,细心结交朋友人。人说莫信直中直,需得提防仁不仁,哪知路遥知马力,防提时久见人心。画虎画皮难画骨,知人知面不知心,这条真理大要紧,千万记得我言因。爹娘吩咐之言因,心肝怠怨桧静宁,说着人间几样景,别人吃比咱的心 咱是并吃乱开用,因何家内会这贫,平生吃做毒心兴,今日落难真不明。

这篇唱词只有"在咱唐山真无空"、"相招过番邦"两句与会文堂本一致,其他均已作出更改,大致的故事与原本接近,也是唐山人下南洋时的种种辛酸,重点在于前半段的背井离乡和后半段的劝世主题,中间具体过番的过程几乎未见。会文堂本结尾虽然落脚于劝世,但只有"番平千万不通行,田园勤苦着去作,日后食用不免京,富贵贫贱总由天,我今死心不欣羡慕。"等几句,劝说后人安于农桑,不必羡慕过番人的富贵,都是难以想象的辛苦换来的。而安溪会馆演唱的《过番歌》自"富贵卑贱自恨命,千般万苦终由天"句开始,近三分之一的篇幅都在劝世,与文德堂本的创作意图是比较接近的,但在具体的劝世表达上也做出了改编。

事实上,《过番歌》产生之后,客、闽、潮等地都相继产生了许多关于下南洋的民间小调,即广义上的过番歌谣,如客家山歌《莫过番》侧重于劝告他人不要下南洋;《妹送亲哥去过番》演绎了妹妹送哥哥去过番时候恋恋不舍的样子;《劝郎谣》则以夫妻对唱的方式阐释了类似的主题;潮汕民歌《心慌慌意茫茫》描绘了下南洋之前忐忑的心情;更有《嫁着过番翁》以女性视角描写女子下南洋之后嫁与当地人,却夜夜独守空房,只能眼望"蜘蛛顶"，巴不得"天朦胧"①的苦闷心绪，等等。过番歌谣多从会文堂本《过番歌》中选取某一情节进行发挥，再加以丰富和改编，形成新的歌谣，却都是片段化的演绎，只有在《过番歌》这篇长诗里面记录的是下南洋的完整经历。因此，会文堂本《过番歌》既为过番歌谣的多样化发展奠定了基础，又成就了华人下南洋的完整雏形；文德堂本则为过番歌谣的劝世主题埋下了伏笔。

二 《过番歌》中的历史记忆

《过番歌》在流传过程中不断被截取片段进行改编，逐渐演化为留恋故土和劝世两种主题，情感的抒发和阐释上升为主要内容，下南洋路途中的辛酸细节渐渐被忽略，而这些细节恰恰是真实生活的写照，铭刻着过番过程中的历史记忆，因此有必要再重新梳理一下《过番歌》中主人公过番的全过程。

《过番歌》的内容主要分为四个部分：背井离乡、借道福建、异邦辛酸、重返故土。第一部分中主人公本为唐山一位农民，当时的唐山农村还比较贫穷，除务农外，也没有其他的谋生之路。主人公偶然听闻朋友说去番爿（即新加坡，又称"番平"）可以赚大钱，便动了心思。但毕竟山高路远，前途未卜，父母亲朋都上前劝其三思，"父母劝子是不通，亦着在家想做田。番邦好趁咱无望，田螺甘水岗过冬。卜去亦着一把本，咱厝卜趁岂无银。"②父母劝说无果，亲戚又来相劝："卜去番平路又远，番平虽然有却

---

① 林朝虹、林伦伦：《全本潮汕方言歌谣评注》，花城出版社 2012 年版，第 224-225 页。

② 《俗文学丛刊》，第 364 册，第 429 页。

好,咱厝卜趁岂是无,咱厝卜不随在咱,想到趁食是长难。"①前来劝阻的亲友叔伥都认为番爿虽然好处多,但想长久立足也并非易事。然而,这些劝言都未能阻止主人公下南洋的决心,跟邻里借了七八块银元,作为下南洋的全部盘缠。借好盘缠的第二日一早,主人公便拜别父母,告别乡亲,南下出发了。

晚清民初下南洋主要走海路,从福建登船,经台湾海峡、南海,抵达马来西亚、印度尼西亚、新加坡等地。《过番歌》中的主人公两次经过福建,一是去程,一是回程。去程时先在漳州境内的安平镇搭小船到了厦门,到厦门又不知何时才能有大船靠港,就只好住店等候。当时的客栈里有许多准备下南洋谋生之人,都在等大船,因此也有专门从事引渡的水客,负责传递行船时间以及登船事宜,有时客栈老板也会充当这样的水客。引渡的服务费用很高,客栈老板开价为"五元二",对主人公来说是一笔巨款,他的盘缠共计才七八元,行前以为足以支持到番爿,因为听说番爿的汇率较低,"一圆即用一百钱"②,而这笔盘缠大部分都花在了这一张船票上。买妥船票之后,客栈老板会派专人先去船上占座位,跟老板买票的乘客都可得到一个位置较好的座位,不必"不通相等坐一堆"③,也不会没有餐饭供应。上船之后,许多人晕船,"有人眩船叫苦天,也有眩船兼呕吐,也有眩船倒在埔。想起过海拙干难,咱厝小可冈去途。一日若是食二顿,也不来此受干难。"④晕船的感觉着实难受,主人公宁可每日少吃一餐饭,也不愿再坐船。轮船中途靠岸汕头港,添加货物,另有百余

---

① 《俗文学丛刊》,第364册,第429页。
② 《俗文学丛刊》,第364册,第430页。
③ 《俗文学丛刊》,第364册,第430页。
④ 《俗文学丛刊》,第364册,第430页。

名乘客登船,又继续忍着"冥日眩船目淬流"①的不适感在海上漂泊了七天七夜,终于看到陆地,目的地寔叻(即新加坡)到了。

到达新加坡,整个下南洋的旅程达到了高潮。新加坡的美景让这位唐山来的农民大开眼界,不仅有美丽的自然风光,马路上的牛车、马驼络绎不绝,铁路上的火车呼啸而过,声大似雷,还有曼妙的女子吸引主人公的眼球。可是,新鲜劲儿过后,总还是要讨生活。新加坡的华人虽然多,但行方便也并不容易,主人公找工作并不顺利,几番碰壁之后应征了小工。做小工的日子非常辛苦,每天四点钟就被工头叫起床,吃完早饭之后天还未亮。工地包三餐,每日做工即有三十锝的报酬。即便在底层做工,华人也屡屡受气。工头每日将劳工的情况提交给公司,公司再定期按劳发薪,可是主人公刚去不久便被克扣了薪水,其他人每月发四次薪水,他却没有。于是上前跟工头理论,工头却说他的薪水还没到期,他又跑去问大头家,大头家也说他没有钱在公司。主人公一气之下辞去了小工的工作。后来一日,朋友邀其到戏院看戏,他开始接触到毒品,戏院人群复杂,从戏子到妓女都有吸食毒品的习惯,主人公身无分文,就结识了戏院里的一群瘾君子,终日与他们为伍,吸食毒品。后来又与狐朋狗友一同到牛车水嫖妓,本以为自己过的是神仙般的日子,却发现自己染上了花柳病,人人避而远之。此时的主人公连看病的钱都没有,只能在当铺当掉自己的衣裤,换钱治病。病好后他下定决心不再沾染这些恶习,坚持三年没有再碰这些东西。于是奋发图强,有一点积蓄之后自己开始做生意,赚了几百元,在当时来说已经是一笔不小的财产。

---

① 《俗文学丛刊》,第364册,第432页。

实现了赚钱的愿望，回首孤身在外的点点滴滴，主人公倍加思念亲人，于是决定回故乡唐山。首先从新加坡乘船到香港，主人公在香港上岸，第一次到香港的他对眼前的新鲜事物也充满了兴趣，他甚至认为香港餐馆里的菜比新加坡的还要大盘，更加实惠，适合生活。在香港整装之后前往厦门，这是主人公第二次踏足福建。与去程不同的是，去程时都是晕船的痛苦，回程则满心期待与向往，这才驻足看一看厦门这座城市，原来也是"人马闹匆匆"①，不过，归乡情切，便未在厦门做更多逗留，而是取路安海，再到溪尾。或许是路途遥远已经疲惫不堪，或许是衣锦还乡的心态作祟，主人公在溪尾雇佣了一个挑夫帮自己挑行李，一路到家，付清挑夫工钱走人。到家时正值八月十五中秋佳节，异乡漂泊时与家人团圆的梦想终于实现。

像大多数讲唱文学的故事发展理路一样，《过番歌》也是以大团圆结局，但并不是在大团圆的场面中戛然而止，而是做了进一步劝世的延伸，这也是《过番歌》更具艺术价值的体现。主人公到家之后，亲戚街坊听闻他过番回来，都以为他赚了大钱，纷纷来探望，并向其打探番爿的真实情况。他则借此机会将自己的经验教训分享给大家："番平好趁有影代，也有艰苦无头路，也有趁钱无到开，有个钱银入手来，荒花留连数十载，有个办单不肯去，终日赛马拔纸牌，番平若是千好趁，许多人去几个来。"②由此劝告同乡还是安心务农，"番平千万不通行，田园勤苦着去作，日后食用不免京，富贵贫贱总由天，我今死心不欣羡。"③这种以外出闯荡为题材归于劝世主题的创作理路并非始于《过番歌》，

---

① 《俗文学丛刊》，第364册，第452页。
② 《俗文学丛刊》，第364册，第452-453页。
③ 《俗文学丛刊》，第364册，第453页。

早在十八世纪，台湾便流传着一首《劝人莫过台歌》，亦为闽南语说唱诗，四字一句，讲述了一位移民亲人的不顾劝告和妻子的阻挠，毅然变卖所有家产以作为过台路费，在经历了种种海上磨难之后，刚刚抵达台湾，所有钱财便被抢劫一空，后来在炼糖厂工作数日，一拿到钱又去花天酒地，逍遥过后被妓女扫地出门，人财两空，后又染上恶疾，奄奄一息弥留之际劝告世人莫过台来，安心耕种，过贫苦却快乐的生活。《劝人莫过台歌》稿本收藏于台湾新竹，1983 年以《渡台悲歌》为题公开出版，其故事情节与《过番歌》有许多相似之处，只是主人公未能幸运地重返家乡，并非大团圆结局。《渡台悲歌》出版之后，类似《劝人莫过台歌》的许多稿本相继出现，多数为残本，还有一本长达 400 余行，所增加的篇幅类似于文德堂本，即对劝世主旨的反复强调。

目前学界对民俗学范畴下的歌谣研究越来越给予关注，长篇说唱诗《过番歌》的研究价值就在于：一是打破了传统价值观念，农耕文明有着根深蒂固的安土重迁观念，轻易不移居，《过番歌》中的主人公不顾父母的反对、亲朋乡邻的劝阻，毅然决然地离开家乡，直奔番平，既说明了十九世纪初期福建农民生活的困苦，生存压力迫使其南下过番，也表现出新加坡在繁荣崛起的过程中已经声名远扬，给主人公以巨大的吸引力，向往富裕的新生活；二是中国传统的改变生存环境的重要途径便是科举，《过番歌》的主人公为底层农民，与科举无缘，他能选择的改变生存方式的途径便是过番，这也是当时除知识分子外，平民百姓为改变命运可以做出的新选择，代表着社会价值观念的一种转变；三是以往的文学作品中对移民生活的描写，多选择较为成功的案例，即在海外打拼之后取得卓越成就者，成为文人歌颂的对象，而《过番歌》源于底层生活，难得将下南洋过程中的艰辛较为真实地刻画出来；四是从过番的过程中，可以看出在异国他乡，同族同乡的相互扶持是能否在异地立足的重要条件，初来乍到，人生地不熟的时候，有了同乡同族的协助或照拂，则可更快地融入当地社会；五是《过番歌》及其版本演变过程中都遵从一个重要的命题，便是"劝人莫过番"，繁华世界充满机遇的同时也充满诱惑，因此不要盲目羡慕他人的泼天富贵，过番过程中的经验教训给那些期待过番但尚未付诸行动的人敲响了警钟。

三　《过番歌》中的移民轨迹及其可视化

《过番歌》除了文本自身的文学性之外，还具有丰富的史料价值，值得注意的是，在过番过程的铺排叙事中不断出现地点的转移，这些地点形成了当时过番所走过的路径，可以从中了解到十九世纪的移民是以何种途径下南洋，又经历了哪些辗转才到达南洋的，是移民史研究的重要史料。笔者比对了台藏各版本的《过番歌》，整理出主人公的移民路线，去程是从唐山①出发，经板头、官桥、东岭、赤兰、安平、厦门、汕头入公海，直达寔叻（即新加坡）；回程是在寔叻从海路出发抵达香港，从香港换乘小船到厦门，再从厦门转陆路经过安海、溪尾回到唐山。

十九世纪初期下南洋的浪潮中，粤、闽两地占移民人数的95％以上，这与地理、人文因素都有着密切的关系。粤、闽居民

---

①　唐山并非现在的河北唐山，其地理位置大约相当于现在的福建莆田。明成化（1645年）以后，福建地区因人多地少以及海禁、战乱等原因，闽南人开始漂洋过海，向澎湖、台湾等地移民，形成"唐山过台湾"的高潮，台湾同胞因此在狭义上称福建人为"唐山人"，广义上也可泛指大陆人。

与海相习,与太平洋上东南亚各国的居民生活习惯、生存技能都有相通之处,且这两省距东南亚最近,可以节省大量路费,比当时流行的另一移民地域——拉丁美洲要经济划算得多。《过番歌》的主人公为福建移民,在转水路之前,他辗转了福建多地。

地点依现代的行政划分,主要集中在泉州、漳州、汕头,还有泉州和晋江的交界,以及漳州和龙海的交界处。福建作为海上丝绸之路的起点,上述几个城市均为对外交流做出了重要的贡献,明清以降,源源不断地输送了大量华人前往东南亚,成为在东南亚的商业、进出口贸易、手工业等多个行业的主要力量。据统计,莆田现共有海外侨胞 150 万人,分布在 84 个国家和地区;泉州人现分布在世界上 129 个国家和地区,泉州籍的华侨华人750 万人,旅居香港同胞 70 万人,旅居澳门同胞 6 万人,台湾汉族同胞中 44.8%(约 900 万人)祖籍为泉州;漳州现有旅居海外的华侨、港澳同胞 70 万人,台湾汉族同胞约三分之一祖籍为漳州;汕头和厦门作为潮汕文化的发源地之一,海外侨胞则更多,不一一赘述。[①] 其不仅到达经常提及的马来西亚、印度尼西亚,还有缅甸、菲律宾以及周边的苏门答腊、加里曼丹等各群岛,可以说足迹遍布大半个东南亚。

借用现代技术手段将移民轨迹可视化的意义就在于:一、移民行迹更加直观,若仅从文本阅读经验来看,大致可以得到"一路南下"的宏观体认,但从鹰眼图中放大来看,便可知其在一地徘徊反复甚至交叉的路线行迹,可见过番并非顺利地一路南下,中间经历的种种细节更容易凸显出来,受到研究者的关注;二、

---

① 统计数据来源于《2017 年国民经济和社会发展统计公报》,http://www. tjcn. org/tjgb/。

古今地域对比,通识概念上对福建移民城市的地域来源多为厦门、汕头、泉州、漳州几处,但通过将古今地域进行对比之后,有些不易被关注到的地方也在移民路径上,如泉州和晋江的交界、漳州和龙海的交界等,因行政区域划分不同,会给研究者带来概念上的偏差,经 Worldmap 对应呈现之后,则可以避免地域判断上的偏差;三、提供跨学科的研究方法,将文学作品中的地域信息提炼出来,借用数据库技术,形成有效的地理信息,为史学研究提供依据,这一流程需要文学、史学、地理学、计算机科学的通力合作,将所得成果发布到学术地图平台,可为更多的研究者提供参考,同时,学术地图平台可以提供信息检索功能,本文图 3 仅以《过番歌》为例勾勒了单条行迹路线,若将移民史料进行更多的整合,便可更加直观地看到移民路线之间的交叉之处、移民聚集地等信息,更多的研究课题将被挖掘出来。

小 结

十九世纪的俗文学极为昌盛,其兴起于民间,取材于民间,是对这一时期民间风貌的集中体现。遗憾的是,因方言的差异以及流传过程中文本的大量流失,以方言叙述为主的俗文学尚未引起学界的足够重视。

值得注意的是,首先,以《过番歌》为代表的这一时期的俗文学作品所选择的主题往往是主流文学作品中较少涉及的,或几乎未关注到的,也是馆阁文人不会去选择的题材,这些作品恰恰弥补了后世对当时不同地域民俗生活了解的空白。其次,源于中国东南部地区关于早期移民的歌谣和民间讲唱文本是这类民俗研究的一个极好的范例,尽管文本未能跳脱大团圆结局一类的传统叙事的写作模式,或者有些部分语言过于低俗,但就其艺术表现来说,已经足以给读者或观众带来奇妙的审美体验。再次,这些文本的文献价值不可忽视。尽管明清时期的移民或华侨的相关研究已经不少,但绝大多数都是描写事业成功的移民作品,极少能够看到此类迫于生计漂洋过海以求改善生活质量,却常常波折不断,甚至以失败告终的例子,而这些恰恰是绝大多数移民的真实经历。最后,尽管传抄过程中屡次改编,版本情况十分复杂,但这些民俗唱本的流行程度非常强。同时不可忽视的是,这些唱本不仅以文本的形式在流传,更多的至今仍在口口相传。正是这种口口相传的模式,在十九世纪之初,南下移民的平民百姓就已经通过自己的记忆把这些民俗唱段带到了东南亚各国,并在异国他乡将其搬演至舞台,作为思念故土的一种寄托。此外,将移民轨迹进行可视化处理,可以更加直观地看到移民的路径,更真切地感受到华人背井离乡外出谋生的辛酸,也为移民史研究提供了新方法。

第十一章 曲海赓续:中国传统戏曲
在海外的传播

中国传统戏曲与古希腊戏剧、古印度梵剧一样,经百年流传依然保有极大的生命力和文化独特性。在中国文化"走出去"的背景下,有说有唱、有文有武的传统戏曲无疑是展示中华文化的重要窗口。从早期梅兰芳、程砚秋等京剧名伶海外巡演开始,中国戏曲已经拥有了大批海外爱好者,在不断翻译、编演、创新的过程中得到了极大的丰富。

一 早期梅兰芳的海外巡演

1919 年初,日本东京帝国剧场董事长大仓喜八郎男爵和著名汉学家龙居濑三邀请梅兰芳赴日演出,先后出演了《天女散花》、《御碑亭》、《黛玉葬花》、《虹霓关》、《贵妃醉酒》等名剧,引起了强烈反响,一时间"万人空巷,争看梅郎"。梅兰芳曾先后三次访日、一次访美、一次访苏,塑造了中外戏曲文化交流的一块里程碑,成功将中国传统戏曲融入世界戏剧体系之中。

　　日本是梅兰芳最早开始海外演出的国家,他的表演引起了日本观众的极大兴趣和赞赏。他在日本的巡回演出不仅展示了中国传统艺术的独特魅力,还推动了中日文化交流的进程,其表演风格和技艺对日本传统戏剧的发展产生了深远的影响。日本近代"中国文学研究第一人"、著名汉学家铃木虎雄曾谈道:"梅剧是中国剧进入我邦之起点……我平生以为观中国剧,一是以心去听,二是以耳聆听,三是以目观之者为善。我等外国人最困难的是'以耳聆听',但所幸有目视辅助,另外预先习读曲文,了解剧中人物,则能够心情相通也。"①

　　从《品梅记》所收的评点文字来看,日本观众将这些演出称为"中国剧"或"古装歌舞剧",即兼具演唱与舞蹈的艺术形式。中文唱腔对日本观众来说是比较难于理解的,但舞蹈作为视觉艺术的直观表达,很容易引起共鸣。日本评论家将梅兰芳在戏曲中表演的舞蹈称为"梅舞","梅舞"一词传回中国后,中国的部分评论家也援用此词。当时对"梅舞"评价最多的针对的是《天女散花》,这出戏是梅兰芳的代表剧目之一,以难度大、丰富而优美的袖舞著称,被日本学者评价为:"云上舞蹈没有丝毫凡间俗气,在漫无边际的空中翱翔的天女似真似幻,似乎是优雅,似乎是轻灵,高低起伏的曲调中舞姿总是那么楚楚动人。"②"此戏以舞为主,天女的舞姿收放自如,技巧得心应手,配合歌曲翩然起舞之时确实如同端丽的天女在浩渺长空飞翔一般。据说此舞采用了本邦一些舞蹈动作,观之确实如此。"③仲木贞一对《天女散花》中袖舞的动作做了更为具体的分析:"其舞蹈动作是两手不

----

①　青木正儿等著,李玲译:《品梅记》,文化艺术出版社2015年版,第35页。

②　青木正儿等著,李玲译:《品梅记》第26页。

③　青木正儿等著,李玲译:《品梅记》第57页。

断地进行对称的活动，与肩膀、上半身、腰部连成一条频频流动的线，随着舒缓而单纯的音乐在表演着。这个舞姿可以说是大陆型的，就是很大方的、全部用优美文雅的曲线来组成的……从两肩把红青两色的长丝绸垂下，用手操作它而在空中描出曲线来。"①这些描述都是袖舞的基本动作或经典的艺术效果，但在戏曲中运用的时候，因为戏曲的独特旋律和对亮相的定格要求，使得袖舞的节奏也不得不发生变化，这些变化也逃不过观众的眼睛，"从一个定型到另一个定型的过程是用柔软的动作和手势衔接起来的，不知该怎么形容它才好"，②"梅兰芳扮演的天女把两条表示云霭的绸带拖起，飘然若画，表演着有节奏的舞蹈"，可见，袖舞在戏曲中独特的节奏感和艺术效果已经引起了观者的注意。

日本观众之所以会注意到节奏上的变化，是因为日本的传统舞蹈同样强调节奏和亮相。对此，内藤湖南曾将梅兰芳的舞蹈与日本舞蹈进行了对比，认为"如果和我国舞蹈相比的话，我国舞蹈的特点犹如光琳派的花卉，充满别样的逸趣，而梅的优点则像恽南田的画风，空灵缥缈。"③大岛友直更高度评价其舞蹈如神来之技，"具有一种日本舞蹈和演剧中未曾有的神妙"④；神田喜一郎认为中国剧与日本能乐相近，不使用幕布，较少使用道具，依靠动作程式和夸张的肢体表演打动观众，《天女散花》中的舞蹈便是这种象征艺术最为卓越的代表。⑤ 同时，日本的戏曲批

① 仲木贞一：《梅兰芳的歌舞剧》，《读卖新闻》，1919年第5期第3版。
② 凡鸟：《显示了天赋的艺术风貌，梅兰芳第一天的演出》，《国民新闻》，1919年第5期第3版。
③ 青木正儿等著，李玲译：《品梅记》第45页。
④ 青木正儿等著，李玲译：《品梅记》第79页。
⑤ 青木正儿等著，李玲译：《品梅记》第61-62页。

评家也深入关注了中国舞蹈和戏曲自身的发展，作出客观的分析。如传统袖舞的连续性和流畅性较高，在配合戏曲亮相的过程中，其连续性难免被割裂，这样的改变是否影响到审美。内藤湖南曾以梅兰芳的《尼姑思凡》和《天女散花》两部作品中的舞蹈进行了对比，认为"梅在《尼姑思凡》中的舞蹈遵从了传统程式，恰如其分，无可挑剔；但在被誉为拿手绝活的《天女散花》中，我感觉舞蹈身段太过火了。"①这个问题梅兰芳在回忆《天女散花》的编排过程时也曾提及。《天女散花》中的舞蹈为衬托天女凌空的姿态，融入了武戏中"三倒手""鹞子翻身""跨虎"等身段，形成上下旋转、翻花飞舞的视觉效果。但在吉祥园初演之后，其好友曾在后台提出建议，认为《散花》中的舞蹈"动作太多了，叫人看得眼花缭乱，分不出段落、层次，损伤了艺术性。"②为解决身段和舞蹈相协调的问题，梅兰芳将身段和舞蹈都固定在工尺里面，具体到哪一把花撒在哪一板里，由此，《天女散花》中的舞蹈成为了一种"定型"的舞蹈，也就是内藤湖南所看到的不同于传统连贯式舞蹈的艺术效果。梅兰芳在对戏曲表演艺术创新的过程中兼采众长，在观看日本的戏剧演出之后，将其与京剧进行了一番对比，认为在舞蹈的姿势和节奏上有很多相似之处，如菊五郎《鹭娘》《渔师》《供奴》等，尤其是《鹭娘》中照水的身段、行头和换装在京剧中也都有。③

　　梅兰芳的美国演出堪称中国京剧首次在西方大规模亮相的

---

　　① 青木正儿等著，李玲译：《品梅记》第 45 页。

　　② 梅兰芳述，许姬传等记：《舞台生活四十年》中国戏剧出版社 1987 年版，第 3 集，第 531 页。

　　③ 梅兰芳：《中国戏曲的盛衰及其艺术的变迁》，《改造》，1924 年，第 6 期，第 12 页。

里程碑。他丁1930年首次访问美国,并在纽约等主要城市举行了一系列精彩演出。梅兰芳的演出在美国引起了轰动,他被誉为中国文化的代表。他通过京剧的形式向西方观众展示了中国的历史、传统和精神。这些演出对于促进中美两国之间的文化交流起到了重要的桥梁作用。梅兰芳在苏联的演出也取得了巨大的成功。他于1957年首次访问苏联,并在莫斯科和列宁格勒(现圣彼得堡)等地举行了一系列精彩演出。梅兰芳的表演在苏联观众中引起了轰动,他被誉为中国艺术的使者。他的演出不仅加深了中苏两国之间的友谊,也对苏联观众对中国艺术的认识和理解产生了积极影响。

梅兰芳通过其出色的演技和独特的表演风格,向世界展示了中国传统文化的瑰宝。他的演出让观众深入了解了京剧的精髓和中国历史文化的深厚底蕴,为中华文化的传播做出了重要贡献。他的表演不仅吸引了众多外国观众的关注,也激发了许多西方艺术家对中国艺术的兴趣。他与许多国际艺术家和学者的交流合作,推动了中外戏曲艺术的融合和创新。德国著名戏剧理论家、诗人布莱希特在观看梅兰芳演出之后,对中国传统戏曲的想象力和审美间离效果赞赏不已,尤其是"中国古典戏曲大量使用象征手法,一位将军在肩膀上插几面小旗,小旗多少象征他率领多少军队。穷人的服装是绸缎做的,却由不同颜色大小的绸块缝制而成,不规则的布块意味着补丁……"[2]中国戏曲的陌生化效果所引发的共鸣,使得不同文化领域和语言环境下的戏剧演出能够相互吸引、相互影响,布莱希特创作的戏剧《高加索灰阑记》便是借用了中国元杂剧中《包待制智勘灰阑记》的故事理路。

二　程砚秋的欧洲巡演

程砚秋是中国京剧的一代宗师，他于1893年出生于一个艺术世家。在他的职业生涯中，以其出色的演技、丰富的表演经验和深刻的戏曲造诣成为备受赞誉的演员。程砚秋不仅是一位杰出的表演艺术家，同时也对戏曲理论进行了深入研究，并为后来的戏曲发展做出了重要贡献。

1932年，程砚秋一行到访了意大利、比利时、法国、德国、瑞士，历时一年零两个月。程砚秋的欧洲演出为西方观众展示了中国京剧这一独特的表演形式。他的精湛演技和饱满的表演风格深深吸引了欧洲观众的注意。通过他的演出，西方观众对中国戏曲有了更深入的了解，并且对中国文化产生了浓厚的兴趣。他不仅通过语言的沟通，更是通过他的表演艺术和舞台形式与观众进行了深入的沟通。他的演出不仅展示了中国传统文化的瑰宝，也向西方观众传递了中国人民的情感与价值观，有助于增进中西方之间的文化互鉴与友谊。

程砚秋在戏曲表演技艺方面有着深入的研究和突破。他提倡真实、自然的表演风格，注重角色的内心感受与情感的表达。在欧洲期间，他还经常观看欣赏各种演唱会，在把中国传统戏曲的艺术特点介绍给西方的同时，也注重吸收西方表演艺术中的可取之处，如后来我们在《锁麟囊》中听到美国电影《璇宫艳史》插曲的旋律便是其中西合璧的大胆尝试。他的演艺风格深受后来的戏曲演员借鉴与追随，对戏曲表演技艺产生了深远的影响。程砚秋回国后写了一份长达19项的考察报告，他深入研究了戏曲的音乐、舞蹈、表演等方面，提出了一系列关于戏曲表演技巧和艺术规律的理论观点。他的研究成果丰富了戏曲理论的内容，为后来的戏曲研究者提供了重要的参考。通过在欧洲的演出，为西方观众展示了中国京剧的魅力，并推动了中西方之间的文化交流与理解。他对戏曲理论的研究与创新，为戏曲表演技艺和剧目创作提供了重要的指导和贡献。程砚秋在戏曲界的地位和影响力是不可忽视的，他的努力与贡献对于戏曲艺术的发展和传承起到了重要的推动作用。

近代报刊媒体评论认为程派水袖当单独列为戏曲表演技艺之一，"砚秋之水袖功夫足称当代巨擘，整齐美妙，飘洒自如，空前绝后。"[①]新艳秋在回忆程砚秋表演《窦娥冤》时，"'辞别了众高邻'的边唱边舞，水袖全是双的，双袖分别甩出去，再收回托肘，是从太极拳肘底锤变化出来的。"[②]由此将原本翩若惊鸿的柔美舞态转化为外柔内刚的力量之美，更贴近所塑造的人物性格，也极大提升了人物形象的美感。在编排水袖动作的过程中，程砚秋也遇到了袖舞动作如何与戏曲的唱词、节奏相吻合的问题，他从口、手、眼、身、步进行拆分组合，如《三击掌》中表演抛绣球招亲，"身向左转，把右水袖引起，随之把左水袖也引起，上右脚，跟左脚，回一点身子，双手举起，念'高搭彩楼'；撤左脚，回右脚，把右水袖伸出，从斜身胸前滑、送、甩出水袖，同时念'抛球'；紧跟着上步沉腰，把左水袖搭在右臂上，念'招赘'；把左水袖送出向下滑，拾起右水袖上下一分，左水袖托右肘，右水袖放在右腮方向，念'打贫随贫'；向右移动，双水袖分开，右水袖由右横滑在右

---

① 沈慕秋：《关于程砚秋》，《三六九画报》，1940年，第8期，第18页。
② 程派艺术研究小组：《秋声集》，北京出版社1983年版，第166-167页。

臂上，念'打富随富'。"①可见程砚秋所创的水袖动作虽有两百之多，但动作之间并不是孤立的，其连贯性可以较好地与剧情节奏相匹配，所有的动作都围绕丰富人物形象而展开。程砚秋的水袖技艺不仅与剧中人物的贴合度较高，在视觉上也呈现出较强的表现力，在当时被视作艺术欣赏，许可在《程砚秋之水袖》中谈到水袖在表演中的重要性，"青衣而不善运用水袖，犹文人之不能为文，武将之不善将兵。"②由此，程砚秋对水袖的弘扬也引来了业内精英的纷纷效仿，赵荣琛、王吟秋、章逸云等人在台下观摩的身影都时常被当时的媒体捕捉到，尤其是程砚秋扮演王宝钏时跑坡进窑的水袖和身段，许多伶人观摩后也进行模仿练习。

　　以水袖技艺和旦角功夫扬名后的程砚秋，和梅兰芳一样，以宣扬国剧为己任，多次带队巡演，更远赴欧洲。继梅兰芳1919年和1924年访日、1930年访美之后，程砚秋于1932年初赴欧洲考察戏剧，经法、德、意及瑞士等国，与众多戏剧家和学者相互交流，尤其是对东西方戏剧文化的比较和探讨，颇具建树。与梅兰芳不同的是，程砚秋在中西戏剧交流的过程中更注重考察西方戏剧学理论，为中国的戏剧改良提供借鉴，其行前曾言："把他们的戏剧原理与趋势考察一下，带一个有系统的报告回来，以为我们梨园行改进戏剧的参考。"③国内的评论也有曾预测在国外演出"光玩弄水袖是不能引起外人对国剧的兴趣与美感的"，④而事实上，程砚秋到瑞士日内瓦世界学校表演的《琴挑》《思凡》等剧，还展示了结合太极身法的水袖动作，受到极大欢迎。回国后，其

---

① 派艺术研究小组：《秋声集》，第31页。
② 许可：《程砚秋之水袖》，《力报》，1940年，第4期，第4页。
③ 程砚秋：《致梨园公益会同人书》，《剧学月刊》，1932年，第1期，第3页。
④ 迷王：《写在程砚秋出国前》，《十日戏剧》，1937年，第16期，第12页。

交流心得汇聚为《程砚秋赴欧洲考察戏曲音乐报告书》，为戏曲改良提供了十九条宝贵建议，在十年间培养了"德、和、金、玉、永"五科近三百位学生，其中多位成长为京剧与舞蹈名家。

三　传统戏曲的域外跨文化认同

夏威夷大学亚洲戏剧项目主任魏丽莎（Elizabeth A. Wichmann-Walczak）教授曾在 1979—1980 年间来到中国做京剧相关的田野调查，有幸成为中国著名京剧表演艺术家、梅派艺术传人、梅兰芳弟子沈小梅的学生，并跟从沈老师学习京剧的唱、念、做、打。回到夏威夷后，魏丽莎教授致力于京剧的编排和演出工作，每隔四年都会和沈老师一起在夏威夷大学举办京剧的培训项目，二人共同完成了一部现代京剧、三部新编历史剧和四部传统京剧的海外演出。

由于京剧的输出高度依赖本土语言，在海外演出中理解京剧的唱词和念白并为其找到合适的英文转译，难度非常大，若想将京剧转译成英文进行演出，不仅要进行大量唱词的翻译工作，还要匹配唱腔、音律，不断进行模仿和练习。魏丽莎教授翻译和编导的全本英语剧《凤还巢》《铡美案》《玉堂春》《四郎探母》《沙家浜》《杨门女将》等，对京剧的海外传播做出了巨大贡献。其中，《凤还巢》是第一部全部由外国人出演的全本英语京剧，早年梅兰芳在美国巡演时搬上舞台的第一部戏也是《凤还巢》。此剧是梅兰芳根据清宫藏本《循环序》改编而成，又名《丑配》，在当时与《风筝误》齐名，为梅派唱腔中的代表性唱段。魏丽莎在沈小梅、陆根章、张希贵等艺术家的精心指导下，使用的便是梅兰芳

1959 年访美演出的台本，此剧还曾在北京、西安和上海访演。

2010 年，魏丽莎组织编演的《穆桂英挂帅》获得中国对外文化交流协会、美国富布莱特基金会、亚洲文化协会、中美学术交流委员会的资助，在夏威夷公演。正因魏丽莎教授对中国传统戏曲文化的热爱，以及数十年来的不懈追求，于 2019 年荣获了第七届"中华之光——传播中华文化年度人物"大奖。接受采访时，她坚定相信对传统中国戏剧的搬演，不是那种博物馆陈列品式的简单工作，而是鲜活的、充满变化的、具有创造性的。

中国传统戏曲剧目中的人物多来源于历史人物身上发生的故事，海外观众在观演时常常会引发共鸣，联想到本国的英雄人物或历史故事，从而达到感同身受的艺术效果。如法国著名翻译家、戏剧理论家慕理耶（Louis Athenais Mourier）在评价观看《汉宫秋》时便会感叹："在中国人的观念中，离开中华帝国这块神圣的领土，离开'天下'，前往世界的边缘，或者说，前往野蛮人居住的化外之地，乃是一种巨大的痛苦。"①作为一位法国观众，能够理解剧中中国女性的内心世界和儒家义理，很多时候得益于东西方文学的异曲同工之妙。根据慕理耶的记载，法国人在看中国的《㑇梅香》时，便会将此剧与莫里哀的《爱情的怨气》进行对比，"以同样的方式，一面帮助这对恋人，一面又捉弄他们。"②又如将《窦娥冤》和《麦克白》进行对比，等等。

近年来在海外最为流行的中国传统剧目当属《牡丹亭》。当代著名作家、文化学者白先勇以"古典为体，现代为用"作为彰显

---

① WICHMANN ELIZABETH. Xiqu Research and Translation with the Artists in Mind. Asian Theatre Journal. vol. 11. 1994(1). p. 117.

② WICHMANN ELIZABETH. Xiqu Research and Translation with the Artists in Mind. Asian Theatre Journal. vol. 11. 1994(1). p. 118.

当代东方美学意蕴的审美标准,将 55 折全本戏改为 27 折精华版,排演的青春版《牡丹亭》在美国的巡演在加州大学的四个校区连演 12 场,引起了强烈反响。在加州大学圣芭芭拉校区演出时,美国观众比例高达 70%,有很多歌剧学院、西部音乐学院、戏剧学院和音乐学院的师生前往观看,认为这是自梅兰芳赴美演出后,中国传统戏曲在美国影响力最大的演出。此后青春版《牡丹亭》又赴意大利、希腊、英国、法国等地,在 2004 年首演以来,已经上演了 350 多场。2019 年得到荷兰演出艺术基金的支持在海牙公演,荷兰王室成员、多国外交使节、国际组织代表等 700 多人观看此剧,荷兰舞团负责人在接受采访时表示,昆曲的东方美是含蓄的,而现代舞蹈是外放的,昆曲在寻求东西方审美艺术融合的过程中,也找到了新的艺术灵感。

美国著名导演彼得·塞勒斯(Peter Sellars)汲取了布莱希特的表演方式,希望在观众和舞台之间制造审美间离的效果,以去领域化的方式打造了先锋剧版《牡丹亭》。塞勒斯在剧中设置了昆曲、歌剧和先锋剧三组同角色主人公同台演出,这一艺术构思的灵感来源于美国艺术与科学院院士、芝加哥大学东亚艺术中心主任巫鸿教授的重屏理论:"作为一组图像来看,两架屏风之中的景象与超出他们边界之外的场景形成了对照。一种微妙的视觉游戏在这种层叠的平面和空间展开了。"[1]通过同场景的切分达到重屏效果,塞勒斯由此来寻找东方美学与西方审美趣味之间的联系,所形成的拼贴风格成为美国文化影响的直接表现。塞勒斯与白先勇都致力于昆曲的国际化进程,北京大学艺

---

① 叶朗:《胸中之竹——走向现代之中国美学》,安徽教育出版社 1998 年版,第53 页。

术学院名誉院长叶朗教授曾指出，戏曲和其他艺术形式的区别就在于审美的生成途径和审美意象的构成关系不同，[6]塞勒斯与白先勇在用戏曲神韵传达文化内涵的同时，都抓住了审美间离效果给观众带来的新意，不同文化背景下的观众都沉醉于中国戏曲创造的舞台美感世界之中。

参考文献

一、古今著述（以著作名称音序为序）

B

《不登大雅文库珍本戏曲丛刊》，北京大学图书馆编，北京：学苑出版社，2003 年版。

《白香词谱》，舒梦兰著，上海：上海古籍出版社，2001 年版。

C

《词话丛编》，唐圭璋编，北京：中华书局，1986 年版。

《词律》，万树著，上海：上海古籍出版社，1984 年版。

《词学史料学》，王兆鹏著，北京：中华书局，2004 年版。

《才性与玄理》，牟宗三著。台北：学生书局，1993 年版。

G

《孤本明传奇盐梅记》，青山高士撰，北京：北京图书馆出版社，1998 年版。

《孤本元明杂剧》，王季烈编，北京：中国戏剧出版社，1958 年版。

《古本戏曲丛刊初集》，《古本戏曲丛刊》编辑委员会编，上海：商务印书馆，1954 年版。

《古本戏曲丛刊二集》,《古本戏曲丛刊》编辑委员会编,上海:商务印书馆,1955 年版。

《古本戏曲丛刊三集》,《古本戏曲丛刊》编辑委员会编,上海:商务印书馆,1957 年版。

《古本戏曲丛刊四集》,《古本戏曲丛刊》编辑委员会编,上海:商务印书馆,1958 年版。

《古本戏曲丛刊五集》,《古本戏曲丛刊》编辑委员会编,上海:商务印书馆,1985 年版。

《古典戏曲存目汇考》,庄一拂编,上海:上海古籍出版社,1982 年版。

《古本戏曲剧目提要》,李修生著。北京:文化艺术出版社,1997 年版。

《闺塾师:明末清初江南的才女文化》,高彦颐著。南京:江苏人民出版社,2005 年版。

《国语》,上海师范大学古籍整理组校点,上海:上海古籍出版社,1978 年版。

《京剧剧目概览》,许祥麟编。天津:天津古籍出版社,2003 年版。

F

《傅惜华藏古典戏曲珍本丛刊》,王文章主编,北京:学苑出版社,2010 年版。

《傅惜华古典戏曲提要笺证》,谢雍君著。北京:学苑出版社,2010 年版。

H

《海外孤本晚明戏剧选集三种》,(俄)李福清,(中)李平编,上海:上海古籍出版社,1993 年版。

《花草粹编》,陈耀文著,保定:河北大学出版社,2007 年版。

J

《金元词通论》,陶然著,上海:上海古籍出版社,2010年版。

《姜白石词编年笺校》,夏承焘著,上海:上海古籍出版社,1981
年版。

《菊花新曲破:胡忌学术论文集》,胡忌著。北京:中华书局,2008
年版。

《家人父子——由人伦探访明清之际士大夫的生活世界》,赵园
著。北京:北京大学出版社,2015年版。

K

《康熙曲谱》,王奕清主编,长沙:岳麓书社,2000年版。

《六十种曲》,毛晋编,北京:中华书局,2007年版。

L

《论语》,张燕婴译注,北京:中华书局,2007年版。

《李太白全集》,李白著,成都:巴蜀书社,1986年版。

《历代咏剧诗歌选注》,赵山林著。北京:书目文献出版社,1988
年版。

《历代妇女著作考》,胡文楷著。上海:上海古籍出版社,2008
年版。

《历代曲话汇编》(清代编),俞为民,孙蓉蓉编。合肥:黄山书社,
2009年版。

M

《明词史》,张仲谋著,北京:人民文学出版社,2002年版。

《明代传奇全目》,傅惜华著,北京:人民文学出版社,1959年版。

《明代传奇之剧场及其艺术》,王安祈著,台北:学生书局,1986
年版。

《明代词学之构建》,余意著,上海:上海古籍出版社,2009年版。

《明代戏曲史》,金宁芬著,北京:社会科学文献出版社,2007
　　年版。

《明代杂剧全目》,傅惜华著,北京:作家出版社,1958年版。

《明代中后期词坛研究》,张若兰著,北京:社会科学文献出版社,
　　2010年版。

《明清传奇戏曲文体研究》,郭英德著,北京:商务印书馆,2004
　　年版。

《明清传奇综录》,郭英德编著,石家庄:河北教育出版社,1997
　　年版。

《牡丹亭研究资料考释》,徐扶明著,上海:上海古籍出版社,1987
　　年版。

《〈明史〉编纂考》,包遵彭著。台北:学生书局,1968年版。

《〈明史〉考证扶微》,包遵彭著。台北:学生书局,1968年版。

《明清传奇综录》,郭英德著。石家庄:河北教育出版社,1997
　　年版。

《明清戏曲序跋研究》,李致远著。北京:知识产权出版社,2011
　　年版。

《明清曲论个案研究》,李克和等著。北京:中国社会科学出版
　　社,2010年版。

《明末清初戏曲研究》,孙书磊著。北京:社会科学文献出版社,
　　2007年版。

《明清之际的思想与言说》,赵园著。上海:复旦大学出版社,
　　2010年版。

《明清之际士大夫研究》,赵园著。北京:北京大学出版社,1999
　　年版。

《明清江苏文人年表》,张慧剑编。上海:上海古籍出版社,1986

年版。

《明清抄本孤本戏曲丛刊》，首都图书馆编。北京：线装书局，
　　1996 年版。

《明清传奇选》，赵景深，胡忌编。北京：中国青年出版社，2010
　　年版。

《牡丹亭研究资料考释》，徐扶明著。上海：上海古籍出版社，
　　1987 年版。

N

《〈南词叙录〉注释》，徐渭著；李复波，熊澄宇注，北京：中国戏剧
　　出版社，1989 年版。

Q

《钦定词谱》，王奕清等编著，北京：中国书店，2010 年版。

《曲海总目提要》，无名氏著，北京：人民文学出版社，1959 年版。

《曲品校注》，吕天成撰，吴书荫校注，北京：中华书局，2006 年版。

《全唐五代词》，曾昭岷等编，北京：中华书局，1999 年版。

《全宋词》，唐圭璋编，北京：中华书局，1965 年版。

《全宋词补辑》，孔繁礼编，北京：中华书局，1981 年版。

《全金元词》，唐圭璋编，北京：中华书局 1979 年版。

《全明词》，饶宗颐、张璋编，北京：中华书局，2004 年版。

《全明词补编》，周明初、叶晔编，杭州：浙江大学出版社，2007
　　年版。

《曲话文体考论》，杨剑明著。上海：上海古籍出版社，2013 年版。

《清代禁毁戏曲史料编年》，丁淑梅著。成都：四川大学出版社，
　　2010 年版。

《清代内廷演戏史话》，丁汝芹著。北京：紫禁城出版社，1999
　　年版。

《〈劝善金科〉研究》,戴云著。北京:北京师范大学出版社,2006
　　年版。

《清代杂剧全目》,傅惜华著。北京:人民文学出版社,1981年版。

《清代散见戏曲史料汇编》(诗词卷),赵兴勤,赵韡编,载《古典文
　　献研究辑刊》,第18编,第15-17册。台北:花木兰文化
　　出版社,2014年。

《清代人物生卒年表》,江庆柏编。北京:人民文学出版社,2005
　　年版。

《清代妇女文学史》,梁乙真著。台北:中华书局,1979年版。

《清代女诗人研究》,钟慧玲著。台北:里仁书局,2000年版。

《清代伶官传》,王芷章著。上海:商务印书馆,2014年版。

《清诗史》,严迪昌著。杭州:浙江古籍出版社,2002年版。

《清代燕都梨园史料》,张次谿编。北京:中国戏剧出版社,1988
　　年版。

《清代内廷演剧始末考》,朱家溍,丁汝芹著。北京:中国书店,
　　2007年版。

《清代戏曲史》,周妙中著。郑州:中州古籍出版社,1987年版。

《清代戏曲选注》,萧善因著。上海:上海古籍出版社,2010年版。

《清代杂剧选》,王永宽著。郑州:中州古籍出版社,1994年版。

《清人戏曲序跋研究》,罗丽容著。台北:里仁书局,2002年版。

《清代戏曲家丛考》,陆萼庭著。北京:学林出版社,1995年版。

《清代中期燕都梨园史料评艺三论研究》,潘丽珠著。台北:里仁
　　书局,1998年版。

《清朝官方史学研究》,乔治忠著。台北:文津出版社,1994年版。

R

《日本所藏稀见中国戏曲文献丛刊》,黄仕忠等编,桂林:广西师

范大学出版社,2006 年版。

《日本所藏中国戏曲文献研究》,黄仕忠著。北京:高等教育出版社,2011 年版。

《日本东京大学东洋文化研究所双红堂文库藏稀见中国钞本曲本汇刊》,黄仕忠,〔日〕大木康编。桂林:广西师范大学出版社,2013 年版。

S

《善本戏曲丛刊》,王秋桂主编,台北:学生书局,1984 年版。

《奢摩他室曲丛》,吴梅编,上海:商务印书馆,1928 年版。

《沈璟集》,沈璟著,徐朔方校,北京:中华书局,1991 年版。

《绥中吴氏藏抄本稿本戏曲丛刊》,吴书荫编,北京:学苑出版社,2004 年版。

《宋元戏曲考》,王国维著,北京:中国戏剧出版社,1994 年版。

《宋词的定量分析》,刘尊明著,北京:北京大学出版社,2012 年版。

《宋词用韵研究》,魏慧斌著,西安:陕西人民教育出版社,2009 年版。

《士与中国文化》,余英时著,上海:上海人民出版社,2003 年版。

《水绘仙侣——1642—1651:冒辟疆与董小宛》,柏桦著。上海:东方出版社,2008 年版。

《逝去的启蒙:明清之际启蒙学者的文化心态》,朱义禄著。郑州:河南人民出版社,1995 年版。

T

《太和正音谱笺评》,朱权著,姚品文笺评,北京:中华书局,2010 年版。

《汤显祖戏曲集》,汤显祖著,钱南扬校点,上海:上海古籍出版社,2010 年版。

《汤显祖与晚明戏曲的嬗变》,程芸著。北京:中华书局,2006
　　年版。

《唐宋词史论》,王兆鹏著,北京:人民文学出版社,2000 年版。

《唐宋词通论》,吴熊和著,杭州:浙江古籍出版社,1989 年版。

《唐宋词集序跋汇编》,金启华编,南京:江苏教育出版社,1990
　　年版。

《唐戏弄》,任半塘著。上海:上海古籍出版社,1984 年版。

《太霞新奏》,冯梦龙著,南京:江苏古籍出版社,1993 年版。

《汤显祖论稿》,周育德著。北京:文化艺术出版社,1991 年版。

W

《文本风景:自我与空间的相互定义》,郑毓瑜著。台北:麦田出
　　版社,2014 年版。

X

《戏曲小说丛考》,叶德钧著,北京:中华书局,2004 年版。

《小忽雷传奇》,孔尚任著,郑州:中州古籍出版社,1986 年版。

《啸余谱》,程明善辑,上海:上海古籍出版社,1995 年版。

《戏曲文献学》,孙崇涛著。太原:山西教育出版社,2008 年版。

《戏曲优伶史》,孙崇涛,徐宏图著。北京:文化艺术出版社,1995
　　年版。

《戏曲文化学》,施旭升著。台北:秀威出版社,2015 年版。

《西厢汇编》,霍松林编,济南:山东文艺出版社,1987 年版。

《西方汉学十六讲》,张西平著。北京:外语教学与研究出版社,
　　2011 年版。

Y

《永乐大典戏文三种校注》,钱南扬校注,北京:中华书局,2009

年版。

《元曲选》,臧晋叔编,北京:中华书局,1989 年版。

《元明杂剧》,顾学颉著,上海:上海古籍出版社,1979 年版。

《元明清戏曲搬演论研究》,李惠绵著。台北:文史哲出版社,
　　1987 年版。

Z

《郑振铎藏古吴莲勺庐抄本戏曲百种》,殷梦霞选编,北京:国家
　　图书馆出版社,2009 年版。

《张庚戏剧论文集(1959—1965)》,张庚著。北京:文化艺术出版
　　社,1984 年版。

《制度·言论·心态:〈明清之际士大夫研究〉续编》,赵园著。北
　　京:北京大学出版社,2006 年版。

《中国古典戏曲论著集成》,中国戏曲研究院编,北京:中国戏曲
　　出版社,1959 年版。

《中国近世戏曲史》,青木正儿著,北京:中华书局,2010 年版。

《中国历代曲论释评》,程炳达,王卫民著。北京:民族出版社,
　　2010 年版。

《中国戏曲的双重义阈》,陈维昭著。南京:凤凰传媒出版集团,
　　2011 年版。

《中国音乐美学史论》,蔡仲德著。北京:人民音乐出版社,1988
　　年版。

《中国文人阶层史论》,龚鹏程著。宜兰:佛光人文社会学院,
　　2002 年版。

《〈庄子〉译注》,庄周著;杨柳桥注,上海:上海古籍出版社,2007
　　年版。

《中国戏剧史新论》,康保成著。台北:"国家"出版社,2012 年版。

《中国哲学概论》，劳思光著。台北：五南图书股份有限公司，2005 年版。

《中国古代剧场史》，廖奔著。郑州：中州古籍出版社，1997 年版。

《中西哲学之会通十四讲》，牟宗三著。台北：学生书局，1990 年版。

《中国曲学大辞典》，齐森华等著。杭州：浙江教育出版社，1997 年版。

《中国戏曲概论》，吴梅著。上海：上海书店，1989 年版。

《中国戏曲传播接受史》，赵山林著。上海：上海世纪出版集团，2008 年版。

《中国古典美学范畴》，曾祖荫著。台北：丹青图书有限公司，1987 年版。

《中国戏曲发展史纲要》，周贻白著。上海：上海古籍出版社，1979 年版。

二、译著

《被背叛的遗嘱》，［捷克］米兰·昆德拉（Milan Kundera）著；余中先译。上海：上海译文出版社，2003 年版。

《叫魂——乾隆盛世的妖术大恐慌》，［英］孔复礼（Philip Kuhn）著；陈兼，刘昶合译。台北：时英出版社，2000 年版。

《论自然、凝思和太一：〈九章集〉选译本》，［希腊］普罗提诺（Plotinus）著；石敏敏译。北京：中国社会科学出版社，2004 年版。

《明清女子题壁诗考》，［日］合山究（ごうやまきわむ）著；李寅生译。《河池师专学报》，2004 年，第 1 期。

《乾隆英使觐见记》，［英］马戛尔尼（George Macartney）著；刘半农译。上海：中华书局，1916 年版。

《日本的音乐》，[日]山根银二（やまねぎんじ）著；丰子恺译。北京：人民音乐出版社，1961 年版。

《诗与画的界限》，[德]莱辛（Gotthold Ephraim Lessing）著；朱光潜译。台北：蒲公英出版社，1986 年版。

《"新文化史"存在吗?》[法]夏提亚（Roger Chartier）著；杨尹瑄译。《台湾东亚文明研究学刊》，2008 年，第 5 卷，第 1 期。

《追忆：中国古典文学中的往事再现》，[美]宇文所安（Stephen Owen）著；郑学勤译。上海：上海古籍出版社，1990 年版。

《中国近世戏曲史》，[日]青木正儿（あおきまさる）著；王吉庐译。台北：商务印书馆，1982 年版。

三、外文文献

Chow Kai-wing：Publishing，Culture，and Power in Early Modern China，Standford：Standford University Press，2004.

Donald Schon：The Reflective Practitioner：How Professionals Think in Action，New York：Basic Books，1983.

Graham Allen：Intertextuality，London：Routledge，2000.

Geoffery Lloyd：Demystifying Mentalities，Cambridge：Cambridge University Press，1990.

Gérard Genette：The Architext：an introduction，Berkeley：University of California Press，1992.

Gérard Genette：Paratexts：Thresholds of Interpretation，New York：Cambridge University Press，1997.

Gittes，Katharine S. "Framing the Canterbury Tales：Chaucer

and the Medieval Frame". *Narrative Tradition*, New York: Greenwood Press,1991.

Jill Savege Scharff: Projective and Introjective Identification and the Use of the Therapist's Self, New York: Jason Aronson, Inc. 1992.

Julia Kristeva: Desire in Language: A Semiotic Approach to Literature and Art, New York: Columbia University, 1980.

Lynn A Struve: The Ming-Qing Conflict, 1619—1683: A Historiography and Source Guide, Ann Arbor, Mich: Association for Asian Studies, 1998.

Mark Stevenson & Wu Cuncun: Homoeroticism in Imperial China: A Sourcebook, New York: Routledge, 2013.

McHale Brian: *Postmodernist Fiction*, London and New York: Routledge, 1987.

Nelles, William. *Stories within Stories : Narrative Levels and Embedded Narrative*, Columbus: The Ohio State University Press, 2003.

Plotinus: The Six Enneads, Chicago: Encyclopaedia Britannica, 1952.

Roger Chartier: Cultural History: Between Practices and Representations, Cambridge: Polity Press, 1988.

Søren Aabye Kierkegaard: The Concept of Anxiety: A Simple Psychologically Orienting Deliberation on the Dogmatic Issue of Hereditary Sin, Princeton: Princeton University Press, 1981.

Werth Paul：*Text Worlds*：*Representing Conceptual Space in Discourse*，N. Y.：Longnan，1999.

图书在版编目(CIP)数据

明清戏曲的文体互渗现象研究 / 李碧著. —杭州：
浙江大学出版社，2023.12
ISBN 978-7-308-23404-7

Ⅰ. ①明… Ⅱ. ①李… Ⅲ. ①古代戏曲－文体－文学
研究－中国－明清时代 Ⅳ. ①I207.37

中国国家版本馆 CIP 数据核字(2024)第 022107 号

明清戏曲的文体互渗现象研究

李 碧 著

责任编辑	王荣鑫
责任校对	吴 庆
封面设计	项梦怡
出版发行	浙江大学出版社
	（杭州市天目山路 148 号　邮政编码 310007）
	（网址：http://www.zjupress.com）
排　　版	浙江大千时代文化传媒有限公司
印　　刷	杭州高腾印务有限公司
开　　本	880mm×1230mm　1/32
印　　张	7.75
字　　数	174 千
版 印 次	2023 年 12 月第 1 版　2023 年 12 月第 1 次印刷
书　　号	ISBN 978-7-308-23404-7
定　　价	68.00 元